Bert Lingnau

Steile Hechte

Wahre Kriminalfälle

KLATSCHMOHN

Impressum

Layout und Herstellung: KLATSCHMOHN Verlag,
Druck + Werbung GmbH & Co. KG
Illustrationen: Friederike Ablang, Berlin
1. Auflage 2023
ISBN 978-3-941064-96-6

Inhalt

Rostock und Umgebung

MECKLENBURGISCHE SEENPLATTE

Vorpommern

Klein Zicker auf Rügen

Vorwort

Im Jahr 2016 veröffentlichte ich im KLATSCHMOHN Verlag erstmals 48 wahre Kriminalfälle in einem Buch: **Rübe ab! Der kriminelle Reiseführer durch Mecklenburg und Vorpommern** war so erfolgreich, dass im Jahr 2022 der Fortsetzungsband **Singende Barsche** mit 62 lustigen und bewegenden Kriminalfällen folgte. Beide Bücher sind seither Bestseller des KLATSCHMOHN Verlages.

Nun also **Steile Hechte** mit 61 wahren Kriminal- und Rechtsfällen aus dem Norden. Der neue Band schildert – genau recherchiert – authentische Verbrechen, die an der Ostsee geschahen. Geografische Orientierung bietet eine Landkarte gleich vorn beim Aufschlagen des Buches. Hier finden Sie alle Orte, an denen die Verbrechen geschahen. Von den 61 Fällen sind 28 mit Augenzwinkern und oft sogar schwarzem Humor geschrieben. Da stehlen Kleinkriminelle eifrig Gänse oder bestechen ihre Gefängniswärter, Wunderheiler ziehen durchs Land und treiben Hokuspokus, Stromdiebe zapfen Leitungen an und bauernschlaue Gärtner erzählen was vom Pferd. Der Einfallsreichtum der Ganoven ist groß.

Daneben gibt es 33 ernste Geschichten, bei denen Fröhlichkeit unpassend und Scherze nicht angebracht sind, zum Beispiel wenn es um Hexenverfolgungen oder Fememorde geht. Die Spannung des Buches entsteht auch aus diesem Wechsel zwischen Heiterem und Traurigem. Zur Einordnung ist jeder Fall vorn mit einer Illustration versehen: Ein lachender roter Hecht kennzeichnet eine unterhaltsame Story, ein weinender schwarzer Hecht weist auf eine bewegende Geschichte hin.

So reisen Sie durch 660 Jahre voller Missetaten. Das älteste Verbrechen geschah 1391 in Stralsund, das jüngste 1953 in Zingst. In einigen Fällen setze ich niederdeutsche Sätze und Redewendungen ein. Das ist eine Hommage an meine Großeltern Else und Hans Lingnau, die auch Platt miteinander redeten.

Freuen Sie sich auf Sektalbert, kreative Fleischermeister, listige Hirschdiebe, störrische Fischer, Kinobesitzer, die Filmrisse haben und Klosterpröpste, die auf Abwege geraten. **Steile Hechte** ist ein unterhaltsames Buch über Irrwitziges, Menschliches und den Tatendrang von Spitzbuben. Ein Kaleidoskop des Verbrechens, ein dritter mecklenburg-vorpommerscher Pitaval, der von Fälschern, Betrügern und pfeifenden Kühen erzählt, aber auch von Verleumdung, Mord und staatlicher Kriminalität.

Im letzten Fall des Buches, der sich 1953 in meinem Heimatort Zingst ereignet hat, beschreibe ich die Ereignisse während der sogenannten *Aktion Rose*. Damals wurden Eigentümer von Hotels, Gaststätten und Pensionen vom Staat enteignet. In Zingst regte sich dagegen Widerstand. Eine zentrale Rolle spielte dabei Gerhard Wallis, der später, in den 1980er Jahren, mein Geschichtslehrer in Zingst war.

Schwerin, im Mai 2023 Bert Lingnau

Westmecklenburg

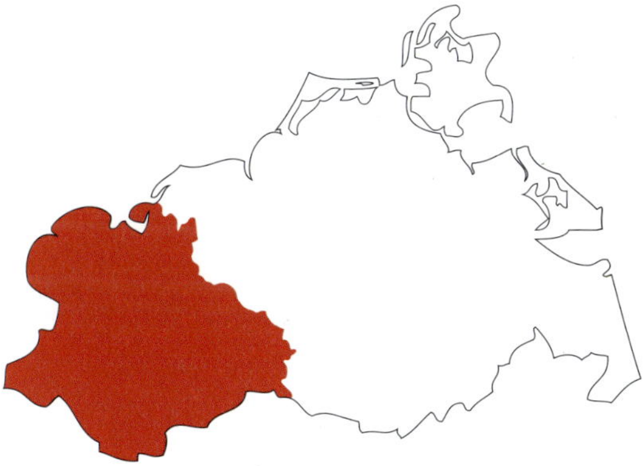

Brüel

Der Wunderheiler

Was man mit Hechtköpfen alles anstellen kann

Uralt und wundersam sind jene Geschichten, in denen Tiere zaubern können oder verlorene Dinge zurückbringen. Es sind die schönsten Erzählungen der Welt. In ihnen sprechen Hasen, Igel, Vögel und Füchse miteinander, sie verhalten sich wie Menschen und tun Gutes oder Böses. Oft wird ein kostbarer Ring im Bauch eines Fisches wiedergefunden. Im Märchen *Vom Fischer und seiner Frau* erfüllt der Butt, ein verwunschener Prinz, die Forderungen der Ilsebill und bestraft sie zuletzt für ihre Habgier.

Auf nichts Geringeres als Wunder hat sich zu Beginn des 20. Jahrhunderts auch ein Mann in Mecklenburg spezialisiert. Der Erbpächter Johann Joachim Heinrich Seyer, ein stattlicher Kerl, dessen Schnurrbart so buschig wie ein Fuchsschwanz ist und der vertrauenerweckend wie ein Landarzt auftritt, steigt zum König der Abergläubigen auf. 1845 in Lichtenhagen bei Rostock geboren, entdeckt Seyer im Laufe seines Lebens, dass es bei vielen Landsleuten einen Bedarf an metaphysischem Hokuspokus gibt und er seine Brötchen mühelos auch mit dem Behandeln von Krankheiten verdienen kann. Denn die sterben nicht aus, selbst wenn etliche der Betroffenen sterben. Ob Husten, Herzflattern, Hühneraugen, Hautausschlag oder Wasser in den Beinen – er zaudert nicht, sondern »zaubert« schlicht. Irgendwann ist der Zulauf zum »Wunderdoktor«, der inzwischen in Brüel wohnt und wirkt, so groß, dass er Postkarten mit einem Foto von sich und folgendem Spruch drucken lässt: *»In Brüel da geht die Sonne auf – Viel krankes Volk nimmt seinen Lauf – Dorthin, wo wohnt der Wundersmann, – Der alle Fehler heilen kann.«*

Bescheidenheit ist kein Mittelchen in der Hausapotheke des Medizinmannes. Durch seine Taten werden die Behörden auf ihn aufmerksam. Der Erste Staatsanwalt des Landgerichts Güstrow warnt vor Seyer, meldet das *Malchower Tageblatt* am 28. Juni 1910: *»Da derselbe vermutlich großen Zuspruch aus allen Landesteilen hat und in vielen Fällen die Leiden der Heilungsuchenden durch seine Behandlung verschlimmert worden sind, derselbe auch vielfach Heilung und Beseitigung von Leiden und Krankheiten zugesichert hat, ohne dazu imstande zu sein, so stellt die Erste Staatsanwaltschaft Ermittelungen an, ob derartige Fälle zu verzeichnen sind. Es wäre daher zu wünschen, wenn etwa Betroffene sich meldeten und Anzeige erstatteten.«*

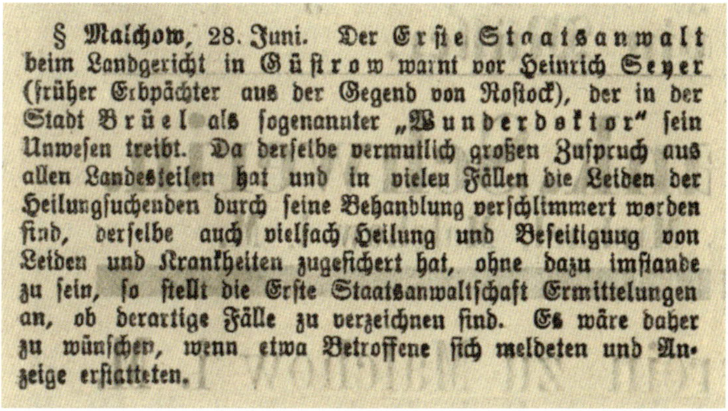

§ Malchow, 28. Juni. Der Erste Staatsanwalt beim Landgericht in Güstrow warnt vor Heinrich Seyer (früher Erbpächter aus der Gegend von Rostock), der in der Stadt Brüel als sogenannter „Wunderdoktor" sein Unwesen treibt. Da derselbe vermutlich großen Zuspruch aus allen Landesteilen hat und in vielen Fällen die Leiden der Heilungsuchenden durch seine Behandlung verschlimmert worden sind, derselbe auch vielfach Heilung und Beseitigung von Leiden und Krankheiten zugesichert hat, ohne dazu imstande zu sein, so stellt die Erste Staatsanwaltschaft Ermittelungen an, ob derartige Fälle zu verzeichnen sind. Es wäre daher zu wünschen, wenn etwa Betroffene sich meldeten und Anzeige erstatteten.

Das »Malchower Tageblatt« berichtete am 28. Juni 1910 über Heinrich Seyer.

Dessen ungeachtet betreibt der Wunderheiler weiter sein Gewerbe. 1913 sucht eine Bäuerin aus einem Dorf im Domanialamt Crivitz, deren Sohn schwer krank ist, Hilfe bei ihm. Seyer fragt nach dem Geburtstag des jungen Mannes, stellt in einem schwarzen Buch fest, dass dies ein Unglückstag sei und sagt seine Hilfe zu: »Ich besitze ein Mittel für das ganze Haus und die ganze Wirtschaft, für alle Dinge und Fälle.« Die Mutter will die Konsultation mit einem Fünfmarkstück bezahlen, auf Zureden macht sie jedoch ein Goldstück daraus, berichtet das *Ludwigsluster Tageblatt* am 26. Juli 1913: *»In der nächsten Woche ging es nun an die Kur, zu welcher der Wundermann ins Haus geholt wurde. Die Vorbereitungen hatte die Familie bereits getroffen. Es gehörten drei Pfund Hechte dazu, nicht zu klein, das Stück möglichst ein Pfund schwer. Diese wurden nach Eintreffen des Wundermannes gekocht und der Kopf dann abgetrennt.*

Der Hechtskopf enthält der Sage nach ›das ganze Leiden Christi‹. Der Wundermann suchte aus jedem Kopfe das ›Kreuz‹ heraus, das in einer Streichholzschachtel verpackt wurde, davon der Deckel vorher mit Löchern versehen worden war.

Diese Kreuze wurden dann in Haus und Ställen in Ständerlöcher gesetzt, damit sie ihre Wunder wirkten. Die weiteren Hechtskopfreste mußten vergraben werden, während das Beste vom Fisch, das Fleisch, von dem Wundermann mitgenommen wurde.« Der Schelm erhält auch Butter, Eier, Wurst, Schinken, wieder ein Goldstück und Reisegeld. Leider schlägt seine Kur nicht an. Auf die Bitte um weiteren Rat erklärt Seyer kurz und knapp, *»daß er dann nicht helfen könne«*.

So kommt der Hechthalunke, der neun Kinder zeugt, zu Wohlstand und lebt viele Jahre in Brüel in einer Villa in der Sternberger Straße 81. An seinem 90. Geburtstag wird er im Rundfunk erwähnt und meint: *»Nee, wat möten blot de Lüüd denken, wenn sei nun hören, dat de oll Seyer noch lewt.«*

Am 27. November 1936 stirbt der Wunderheiler 91-jährig als ältester Bürger der Stadt und wird auf dem Brüeler Friedhof beigesetzt. Man kann sich nur wundern, wie viel Wunderliches Fischköpfen zugetraut wird, ohne dass die Mecklenburger, die *Fischköppe*, zweifeln. Manche glauben eben gern an Wunder.

DOBBERTIN

Sektalbert

Nobel geht die Welt zugrunde

In der Nacht vom 23. zum 24. August 1912 schleicht der Frevel in Gestalt von Einbrechern im mecklenburgischen Klosterdorf Dobbertin umher. Die Aneignungsexperten stehlen zunächst, um sich die Arbeit zu erleichtern, dem Böttcher Riegmann vier Stemmeisen, erbeuten dann bei Dr. Schulz sämtliche Silbersachen im Wert von 1100 Mark, brechen im Bauhof ein Pult auf und sacken hier 200 Mark sowie sämtliches Silberzeug ein. Zuletzt fingern sie im Pferdestall einem Knecht aus seiner Hose, die er zu diesem Zeitpunkt nicht trägt, drei Mark heraus. Dann verschluckt die Dunkelheit die Diebe. In der darauffolgenden Nacht besuchen sie Häuser in Kritzkow, Kuhs und Sarmstorf nördlich von Güstrow. Die Beute ist insgesamt gering und besteht aus Geld und Kleidungsstücken.

Seit zwei Jahren sorgen ständige Einbrüche für Aufsehen und Unruhe in der Bevölkerung. Die Täter nutzen zunächst Fahrräder, besorgen sich dann aber – als modern-coole Kleptomanen – einen Kraftwagen und weiten ihre Streifzüge aus. Die *Berliner Börsen-Zeitung* berichtet am 31. August 1912 in ihrer Morgen-Ausgabe: *»In der Gegend von Rostock, Greifswald und auf der Insel Rügen erschien zur Nachtzeit ein Automobil mit fünf Personen und hielt in den Orten an. Während zwei sich an dem Automobil zu schaffen machten und den Nachtwächter des Dorfes in ein Gespräch zogen und so dessen Aufmerksamkeit von allem anderen ablenkten, führten die anderen drei Insassen vornehmlich in Pfarrhäusern Einbrüche aus. Später fuhren dann alle fünf wieder weiter.«*

Die Fachmänner, die wohl aus Berliner Verbrecherkreisen stammen, bevorzugen Gold- und Silbersachen. Obwohl die

Polizei eifrig nach ihnen fahndet, knattern die Kerle weiter arbeitsfreudig übers Land. In Deven bei Demmin steigen sie nachts ins Gasthaus ein, stehlen 500 Mark, schleppen den Spielautomaten heraus und brechen ihn im Garten auf. In Barkow bei Grimmen entwenden sie Silbersachen aus dem Gutshaus. Und auf dem Rittergut Krummin (Usedom) klauen die Silberblickigen bei Gutsbesitzer Corswandt, Pastor Fischer und Lehrer Gallaus silberne Suppen-, Tee-, Ess-, Kinder- und Ragoutlöffel. Eingesetzte Polizeihunde schnüffeln den Strolchen vergeblich nach.
Aber dann geht der Polizei in Stettin – in einem Lokal in der Frauenstraße – am 12. Dezember 1912 ein galant auftretender Herr ins Netz, meldet die *Greifswalder Zeitung*: *»Die hiesige Kriminalpolizei nahm heute einen Mann fest, der seit Herbst dieses Jahres in den Damenkneipen der Unterstadt unter dem Namen ›Sektalbert‹ bekannt war. Als er dem Polizeipräsidium zugeführt wurde, riß er sich kurz vor dem Gebäude los und ergriff die Flucht. Einen sich ihm entgegenstellenden Polizeibeamten drohte er niederzuschießen, er wurde jedoch rasch entwaffnet und verhaftet. Es handelt sich um den 31 Jahre alten Arbeiter Albert Hohmann. Er gibt zu, zahlreiche Ein-*

Auch in Dobbertin schlug Sektalbert zu.

brüche in Pfarrhäusern und auf Gütern in Vorpommern und in Mecklenburg verübt zu haben [...] Als moderner Einbrecher war er mit allen modernen Hilfsmitteln, sogar mit Wegekarten, ausgerüstet.« Hohmann hat in den Wirtshäusern mit Geld um sich geworfen, jungen Mädchen silberne und goldene Armbänder, Ohrringe, Halsketten, Uhren, Busennadeln und Broschen geschenkt, nobel und ausgiebig gezecht und darum den Spitznamen »Sektalbert« erhalten. Der Kavalier ist unter den Namen Schulz, Dinse, Siewert und Hohmann aufgetreten. In seiner Wohnung werden ein Fahrrad sowie weitere Gold- und Silbersachen gefunden.
Seine Autokumpane, von der Festnahme unbeeindruckt, unternehmen weitere Raubzüge – auf dem Rittergut Rollwitz bei Prenzlau und wiederum in Dobbertin. Hier wünschen sie dem Bestohlenen auf einem hinterlassenen Zettel frech *»ein fröhliches Weihnachtsfest«*.
Sektalbert widerruft sein Geständnis, kommt nach einem Monat aus der U-Haft frei und wird am 9. April 1913 von der Strafkammer Stettin nur wegen Widerstandes gegen die Polizei zu sechs Monaten Gefängnis verurteilt, da ihm der Diebstahl einer Uhrkette nicht nachgewiesen werden kann, weil die anwesende Zeugin die Kette nicht mit Gewissheit wiedererkennt. Die zahlreichen Diebstähle, die ihm noch zur Last gelegt werden, sollen in Mecklenburg abgeurteilt werden.

Darum wird er dorthin überführt, am 12. April im Amtsgericht Goldberg Zeugen gegenübergestellt und als Mann wiedererkannt, der sich im vergangenen Sommer verdächtig in Dobbertin umhertrieb. Doch der Spitzbube entzieht sich seiner Verantwortung und geht – nicht mehr nobel – zugrunde: Im August 1913 erhängt er sich im Güstrower Untersuchungsgefängnis.

Dorf Mecklenburg

Feme

Der Mord an Fritz Beyer 1923

Am 12. Dezember 1923 erscheint ein etwa 25-jähriger Mann in der Schweriner Geschäftsstelle der Schwarzen Reichswehr, einer rechtsradikalen Vereinigung, die – geheim und militärisch organisiert – die Weimarer Republik bekämpft. Der Mann heißt Fritz Beyer, will in die Schwarze Reichswehr eintreten und zeigt Papiere, die ihn als Sergeanten der Kaiserlichen Marine ausweisen. Das macht ihn jedoch verdächtig: Unmöglich kann er bereits nach zweieinhalb Jahren Dienst den Rang eines Sergeanten erreicht haben!

Man konfrontiert ihn mit dieser Unstimmigkeit – da gibt Beyer zu, dass die Papiere gefälscht seien. Auch weitere seiner Angaben klingen merkwürdig und zweifelhaft. Ist der Mann lediglich ein Maulheld, ein Aufschneider? Oder ist er möglicherweise ein französischer Spion? Dann muss er verschwinden, für immer. Man vertröstet Beyer, seine Angaben zu überprüfen und ihn dann zu benachrichtigen. In den nächsten zwei Tagen beraten die Leute der Schwarzen Reichswehr, wie weiter zu verfahren sei. Soll man den Kerl im Offizierskasino des Reichswehrartillerie-Regiments bei einer Sauferei durch vergifteten Wein umbringen, die Leiche zerstückeln und die Teile in den nahen Ostorfer See werfen?

Schließlich erhält der Feldwebel Karl Boldt den Befehl, Beyer zu erschießen. Am 14. Dezember sucht er Beyer auf und erzählt ihm, dass er auf dem Gut seiner Mutter Arbeit als Kutscher für ihn habe. Am Abend des 15. Dezember fahren die beiden los. Kurz vor Dorf Mecklenburg, in dessen Umgebung das Gut der Mutter angeblich liegt, zieht Boldt eine Pistole und tötet Beyer mit zwei Schüssen in den Hinterkopf. Am

nächsten Morgen verscharrt der Mörder zusammen mit zwei Kumpanen die Leiche auf einem Feld bei Dorf Mecklenburg. Einer von ihnen bekommt irgendwann Gewissensbisse und zeigt den Mord im Januar 1925 an. Daraufhin wird Boldt im März 1925 verhaftet. Ein halbes Jahr später, am 23. November 1925, beginnt vor dem Schwurgericht Schwerin der Prozess. Die Presse aus dem In- und Ausland ist angereist, auch der Justizminister Mecklenburg-Schwerins, Martin Otto Stammer, und mehrere hohe Ministerialbeamte nehmen als Zuschauer teil. Einer der mutmaßlichen Anstifter, Oberleutnant a. D. Richard Eckermann, ist geflohen. Neben Karl Boldt stehen fünf weitere Männer vor Gericht, die den Mord unterstützt haben sollen. Alle belasten sich gegenseitig. Boldt, der zwischen 1922 und 1924 bereits mehrfach wegen Betruges und Urkundenfälschung verurteilt worden ist, wird als krankhafter Lügner dargestellt. Tatsächlich hat er sich unter der Angabe, er sei ein Graf Monteglas und früherer Kapitänleutnant bei der Schwarzen Reichswehr eingeschlichen. Auch soll er damit geprahlt haben, 45 Morde in Schlesien begangen zu haben.
Das Schwurgericht verurteilt Karl Boldt schließlich am 1. Dezember 1925 wegen Mordes zum Tod, vier Mitangeklagte erhalten Zuchthaus- und Gefängnisstrafen, einer wird freigesprochen. Am 8. März 1926 wird das Urteil jedoch in eine lebenslange Freiheitsstrafe umgewandelt und nach einer Amnestie – festgelegt im *Gesetz über die Straffreiheit vom 14. Juli 1928* – auf siebeneinhalb Jahre Haft herabgesetzt. Aber Boldt kommt durch einen Beschluss der Regierung Mecklenburg-Schwerins sofort frei, denn die NSDAP hat Druck gemacht und ihre Unterstützung für die Landesregierung nur zugesagt, wenn alle Fememörder umgehend amnestiert werden.
Richard Eckermann, der den Befehl zum Mord gegeben hat, wird im Juli 1929 aus Guatemala, wohin er geflohen ist, ausgeliefert und in Schwerin vor Gericht gestellt. Er bestreitet die

Tat nicht, beruft sich aber auf Notwehr: Er habe den Angriff eines Spitzels auf den Staat abwehren wollen. Das Schwurgericht Schwerin kommt in seiner Verhandlung am 27. September 1929 zu dem Schluss, Eckermann sei zwar der fahrlässigen Tötung schuldig, es stellt das Verfahren aber aufgrund des § 2 des *Gesetzes über die Straffreiheit vom 14. Juli 1928* ein. Der Haftbefehl gegen Eckermann wird sofort aufgehoben. Die sozialdemokratische *Mecklenburgische Volks-Zeitung* kommentiert dies am 2. Oktober 1929: *»In der ganzen Justizdebatte des letzten Jahrzehnts gibt es keinen Fall, in dem die Politisierung der Justiz so deutlich zu Tage tritt wie hier.«*

Eckermann tritt 1930 in die NSDAP ein und arbeitet in Berlin als Südamerikareferent der Auslandsorganisation der Partei. 1937 wird er aufgrund seiner Homosexualität von der Gestapo verhaftet. Er erhält einen Tag Hafturlaub zur Ordnung seiner persönlichen Verhältnisse. Tags darauf – am 2. Oktober 1937 – findet man ihn erschossen in seinem Auto.

In diesem Gerichtsgebäude in Schwerin fanden die Prozesse gegen die Täter statt.

Ludwigslust

Am Tannenstreifen

Ein Mordversuch 1889

Am 17. April 1889 verlässt der Stationsjäger Albrecht um 19.15 Uhr die Wohnung des Lehrers Guthke in Alt-Karstädt, drei Kilometer südlich von Ludwigslust. Er will zu einem Tannenstreifen, etwa eine viertel Meile von Alt-Karstädt entfernt, der seinem Schutz unterstellt ist. Der Jäger trägt seine Dienstkleidung und einen Wanderstock in der Hand, sein mit Schrot geladenes doppelläufiges Gewehr hängt über dem Rücken.
Als Albrecht etwa 300 Schritte vom Tannenstreifen entfernt ist, sieht er einen Mann, der schräg über das freie Feld in Richtung Neu-Karstädt geht und ihm verdächtig vorkommt. Er folgt dem Mann. Kennt er ihn? Die Kleidung, Haltung und auch der Bart kommen ihm bekannt vor. Das ist doch ... Ja! Aber warum trägt der Kerl jetzt eine Flinte? Hat er etwa wieder heimlich Wild geschossen?
Als sich Albrecht dem Anderen auf etwa 17 Schritt genähert hat, ruft er: »Halt, Gewehr ab!« Da dreht sich der Verfolgte um und feuert ohne Vorwarnung einen Schuss auf den Jäger ab. Albrecht fühlt, wie ihn das Geschoss unterhalb des Herzens trifft und dann in den Unterleib dringt. Er schießt zurück. Fast gleichzeitig kracht der zweite Schuss des Anderen los und trifft fast auf derselben Stelle Albrechts Brust. Der Täter flieht.
Der Jäger schleppt sich 2000 Schritte zurück zu der ausgebauten Tiedemann'schen Büdnerei nach Alt-Karstädt. Forstmeister von Stenglin in Ludwigslust wird benachrichtigt, er eilt herbei und sorgt dafür, dass der Verwundete von Arbeitern am nächsten Tag in einem Tragekorb ins Stift Bethlehem nach Ludwigslust gebracht wird. Dort im Krankenhaus findet Dr. Willemer bei der Untersuchung der Wunden heraus, dass es

sich bei den Geschossen um Schrotkugeln – Rehposten – handelt. Der erste Rehposten ist Albrecht in die Bauchhöhle gedrungen, der zweite ist dicht am Herzen vorbeigegangen und hat die Lunge verletzt. Mehrere Tage schwebt der Verwundete in Lebensgefahr. Doch er überlebt. Nach 83 Tagen kann er das Stift Bethlehem gesund verlassen.
Der Täter wird noch in der Nacht vom 17. zum 18. April, morgens um drei Uhr, in seiner Wohnung in Neu-Karstädt verhaftet. Es handelt sich um den Arbeiter Heinrich Kruse, einen mehrfach wegen Wilddieberei vorbestraften Mann, der erst vor einem Jahr aus dem Zuchthaus Dreibergen entlassen worden ist. Bei seiner Verhaftung stellt man fest, dass er am rechten Unterarm zwei frische Wunden hat – verursacht durch Schrot aus Albrechts Gewehr. Auch entsprechende Löcher in Rock und Jacke, die Kruse am Abend getragen hat, werden gefunden. Die weitere Untersuchung ergibt, dass Fußspuren vom Tatort im Bogen zur Kruse'schen Wohnung führen, die

Im Stift Bethlehem in Ludwigslust wurde Albrecht das Leben gerettet.

dem Arbeiter zugeordnet werden können. Sein achtjähriger Stiefsohn berichtet, der Vater habe am Abend heimlich zur Mutter gesagt, er sei mit dem Jäger Albrecht zusammengetroffen, sie hätten aufeinander geschossen, er selbst sei nur leicht verwundet, aber der Jäger habe seinen Teil weg.

Dennoch leugnet Heinrich Kruse die Tat. Er sei am Abend des 17. April gegen 18 Uhr von Neu-Karstädt zum Bahnhof nach Grabow gegangen, um mit dem Zug nach Hamburg zu seinem Bruder zu fahren. Die Fußspuren stammten nicht von ihm, und die Wunden am Arm habe ihm seine Frau versehentlich mit einer Forke beigebracht.

Doch Albrecht erkennt den Mann wieder, der ihn verwundet hat. Andere Zeugen haben die Schüsse gehört und Kruse davoneilen gesehen. In Grabow ist er erst gegen 21.30 Uhr, über eine Stunde nach der Tat, erschienen, allerdings nicht wie behauptet am Bahnhof, sondern im Laden des Kaufmannes Maaß.

So wird dem Arbeiter vor dem Schwurgericht Güstrow der Prozess gemacht. Die Staatsanwaltschaft führt aus, Kruse sei, nachdem er am 17. April 1889 um 19.45 Uhr die Schüsse auf Albrecht abgegeben habe, in seine Wohnung geeilt, habe sich umgezogen, seine Wunden verbunden und sei dann nach Grabow gelaufen, um ein Alibi zu haben.

Das Gericht ist sich schnell einig. Es verurteilt den Angeklagten, auch weil er allen Forstbeamten in der Region Ludwigslust seit Jahrzehnten als Wilddieb bekannt ist, am 28. September 1889 wegen versuchten Mordes zur Höchststrafe: 15 Jahre Zuchthaus und zehn Jahre Ehrverlust.

Nach seiner Entlassung widmet sich Kruse der Korbflechterei, bis er 1910 plötzlich verschwindet. Erst nach Monaten finden Bauern seine halb verweste Leiche auf einem Feld – der Wilderer hat mit einer Pistole Suizid begangen.

LÜBLOW

Wilderer

Das Schicksal des Jägers Paul Hückstädt

Am 8. Juni 1919 wird Paul Karl Johannes Hückstädt morgens gegen vier Uhr in seiner Wohnung in Neu Lüblow nördlich von Ludwigslust durch Schüsse, die im nahen Wald fallen, geweckt. Er springt aus dem Bett, fährt in seine Kleider, greift sich seine Jagdwaffe, einen Drilling, und eilt in den Forst. »Spätestens zum Mittag bin ich wieder zurück«, ruft er seiner Frau noch zu.

Hückstädt ist seit dem 1. April Stationsjäger in Neu Lüblow und muss seitdem immer wieder gegen Wilderer vorgehen. Zwei von ihnen hat er in den vergangenen Wochen bereits dingfest gemacht, sein resolutes Auftreten – die Waffe stets schussbereit – verschaffte ihm Respekt. Nun scheint es wieder Probleme zu geben.

Es ist der Morgen des Pfingstsonntages. Der Wald am Rande der Lewitz, wie diese Gegend heißt, erwacht. Seggenrohrsänger und Wachtelkönige rufen, Rehe und Wildschweine kehren von ihren nächtlichen Beutezügen auf den Feldern ins Dickicht zurück. Hückstädt ist ein pflichtbewusster Mann, am 30.11.1884 geboren, hat er von 1909 bis 1910 in Deutsch-Kamerun gedient, ist im Ersten Weltkrieg verwundet worden und versieht nun – als Kriegsversehrter – seine Arbeit. Er ist zuverlässig. Doch seine Frau im Forsthaus wartet vergeblich auf seine Rückkehr. Sie benachrichtigt schließlich Vorgesetzte und Kollegen, die am späten Nachmittag beginnen, den Jäger zu suchen. Erst am nächsten Tag finden sie ihn weit entfernt in den Rastower Tannen nördlich von Lüblow. Dieser Wald gehört nicht mehr zu seinem Revier, sondern befindet sich bereits im Gebiet des Nachbarjägers.

Hückstädt ist ermordet worden: Sein Hals ist fast völlig durchtrennt, außerdem hat der 34-Jährige Messerstiche in die Brust erhalten und schwere Verletzungen am Kopf, die wohl von Knüppelschlägen stammen. Hückstädts Jagdwaffe und sein Hut liegen neben ihm, im Notizbuch finden sich die Namen *Brandt* und *Kröger* aus Friedrichsmoor, dem übernächsten Dorf.

Die Polizei ermittelt: Personen mit diesen Namen gibt es dort nicht. Dieser Umstand und der Tatort im Nachbarrevier legen eine Vermutung nahe: Hückstädt hat Wilderer festgenommen, diese machten ihm falsche Angaben, er wollte sie zum Dorfschulzen nach Friedrichsmoor bringen und wurde auf dem Weg dorthin von ihnen getötet.

Die Fahnder durchsuchen die Häuser aller als Wilddiebe bekannten Personen der umliegenden Orte, sie stellen in mehreren Fällen Waffen sicher und verhören Männer, die infrage kommen. Als Hauptverdächtige werden schließlich zwei Brüder, der Eisenbahner Heinrich R. und der Arbeiter Rudolf R., in Lüblow festgenommen. In ihrem Haus finden sich Waffen sowie Kleidungsstücke, an denen Wildhaare und Wildblut – Schweißspuren – haften. Zeugen berichten, sie hätten die beiden zur Tatzeit in den Rastower Tannen gesehen. Doch die Brüder leugnen die Tat.

Dennoch werden sie wegen Totschlags zu je zwölf Jahren Zuchthaus verurteilt. In der Haft schließlich gesteht Rudolf R.: Er und sein Bruder hätten am Pfingstsonntag ihre in den Rastower Tannen versteckten Karabiner geholt und seien dann in das nahe gelegene umzäunte Wildgehege gegangen, um Rehe zu schießen. Sie hätten jedoch keinen Erfolg gehabt, wollten sodann an der Nordostseite den Zaun wieder übersteigen und wurden dort von Hückstädt gestellt und festgenommen. Er habe sich ihre falsch angegebenen Namen und den Wohnort Friedrichsmoor notiert und wollte sie dorthin zum Dorfschulzen bringen. Hückstädt habe beide in kurzen Abständen zehn Schritt vor sich hergeführt. Nach einer Viertelstunde – in den Rastower Tannen – sei er, Rudolf R., langsamer gegangen, habe so den Abstand verkürzt, sich blitzschnell umgedreht und den Jäger umklammert. Sein Bruder sei hinzugesprungen, beide hätten Hückstädt zu Boden geworfen und er, Rudolf R., habe mit dem Messer zugestoßen. Dann hätten beide noch mit ihren schweren Stiefeln gegen Hückstädts Kopf getreten und mit Knüppeln auf den Jäger eingeschlagen. Danach seien sie geflüchtet ...

Zur Erinnerung an den Mord wird später am Tatort ein Gedenkstein aufgestellt, der sich noch heute dort befindet. Und auf dem Friedhof im benachbarten Uelitz ist das Grab von Paul Hückstädt erhalten.

Das Grab von Paul Hückstädt auf dem Uelitzer Friedhof

Propaganda und Persönlichkeit

Was geschah hier 1945?

Anfang Mai 1945 naht des Ende des Zweiten Weltkrieges in Europa, das Deutsche Reich ist von den Alliierten besetzt worden, die Rote Armee überrennt die Wehrmacht auch in Vorpommern und Mecklenburg. In Demmin töten sich, weil sie Vergeltungsaktionen der Sowjets befürchten, etwa 1 000 Menschen selbst. Ebenso kommt es in Holzendorf und Müsselmow, zehn Kilometer östlich des Schweriner Sees, zu Tragödien.

Am 4. Mai 1945 hat die Rote Armee diese Dörfer besetzt. Einige Frauen werden vergewaltigt. Der NSDAP-Ortsgruppenleiter von Holzendorf, der Pächter Isigkeit, der auf dem Pfarrhof wohnt, erschießt zwei Tage später seine Frau, seine Schwiegertochter, seine zweijährige Enkelin und dann sich selbst. Auch bei ihm haben die nationalsozialistische Propaganda, dass »die Russen« alle Deutschen töten werden, außerdem tatsächliche Gewalttaten der Sowjets und Kriegsgräuel – aber auch persönliche Schuld und Fatalismus – eine Grundhaltung erzeugt, die ihn zu den Taten motiviert.

Im Nachbardorf Müsselmow leben Verwandte des Täters, die ebenfalls in Panik geraten: der Schäfermeister Martin Bründel, seit 1937 Mitglied der NSDAP, sowie sein Schwiegervater, der Landarbeiter Christian Kunst, seit 1938 NSDAP-Mitglied. Am 6. Mai 1945 befürchten sie, bei den sowjetischen Truppen in Müsselmow angezeigt zu werden. Daraufhin wollen die beiden ihren bereits in den Vormonaten gefassten Entschluss, sich und ihre Angehörigen zu töten, umsetzen. Auch hier führen Propaganda, Persönlichkeit und eine fatalistische Einstellung der Männer zur Katastrophe.

Gegen 15 Uhr verlassen Bründel, seine Ehefrau und ihre vier

Kinder zusammen mit Kunst und dessen Ehefrau das Dorf und gehen zum Heidensee, der einen Kilometer westlich von Müsselmow liegt. Dort halten sie sich zunächst untätig am Ufer auf, bis schließlich die Ehefrau Bründels mit der ältesten Tochter, der zwölfjährigen Hanna-Lore, durch den Schilfgürtel ins Wasser geht. Dort versucht sie, das Kind unter die Wasseroberfläche zu drücken. Das Mädchen, das bis dahin freiwillig mitgegangen ist, wehrt sich mit aller Kraft. Deshalb ruft die Bründel ihren Mann. Der Schäfermeister geht ins Wasser, zieht das durch den Kampf mit ihrer Mutter erschöpfte Kind am Arm nach unten und schneidet ihm mit einem Rasiermesser die Kehle durch. Seine Ehefrau setzt sich daraufhin freiwillig ins Wasser, biegt ihren Kopf nach hinten, so dass Bründel auch ihr den Hals durchschneiden kann. Wieder am Ufer erschlägt er seinen zwölfjährigen Sohn Herbert und seine sechsjährige Tochter Helga mit einem Weidenknüppel und ertränkt danach den zweijährigen Sohn Hans-Martin im See.

Am Heidensee bei Müsselmow geschahen 1945 die Verbrechen.

In der Zwischenzeit ist Christian Kunst etwa 15 bis 20 Meter weiter an eine andere Stelle des Sees gegangen und hat dort seine Ehefrau ermordet, indem er ihr mit einem Knüppel auf den Kopf geschlagen und sie dann unter Wasser gedrückt hat. Sich selbst töten die Männer jetzt nicht mehr, dazu fehlt ihnen inzwischen der Mut. Sie vertuschen ihre Taten, indem sie im Dorf behaupten, ihre Angehörigen seien von Soldaten der Roten Armee ermordet worden. Um diesen Eindruck zu verstärken, hat Bründel die Leichen seiner Kinder verstümmelt, indem er allen die Hälse durchschnitt.

16 Jahre lang bleiben die Taten ungesühnt. Martin Bründel tritt 1945 der KPD bei, wird in die SED übernommen, agiert später als Mitglied der Gemeindevertretung, ist Vorsitzender der Kommission für Sicherheit und Ordnung in Müsselmow, tritt 1960 in die Landwirtschaftliche Produktionsgenossenschaft (LPG) des Ortes ein und wird dort Vorstandsmitglied. Auch Christian Kunst wird nach 1945 Mitglied der SED, ist aber nicht aktiv tätig, sondern läuft lediglich mit – wie zuvor in der NSDAP.
1961 wird auf Anlass von Gerhard Grüneberg, des Sekretärs für Landwirtschaft im Zentralkomitee der SED, der mit den Ergebnissen der landwirtschaftlichen Produktion im Kreis Sternberg unzufrieden ist, u. a. in Holzendorf und Müsselmow von der Staatssicherheit nach den Gründen der schlechten Produktion gesucht.
Bei diesen Ermittlungen geraten Bründel und Kunst ins Visier, die Geschehnisse von 1945 werden aufgerollt, neu bewertet, schließlich gestehen die Mörder ihre Taten.
Am 17. Januar 1962 verurteilt das Bezirksgericht Schwerin Martin Bründel und Christian Kunst zum Tod. Die Urteile werden in Leipzig vollstreckt: Kunst wird am 2. März 1962 mit dem Fallbeil enthauptet, Bründel am 21. Juni 1962.

PALINGEN

Jakubowski

Eine unendliche Geschichte

Am Sonntag, den 9. November 1924, verschwindet zwischen 17.30 Uhr und 18 Uhr im kleinen mecklenburgischen Dorf Palingen östlich von Lübeck der dreijährige Ewald Nogens. Er wird, obwohl ihn seine Familie bis spät in die Nacht sucht, nicht gefunden. Ein Knecht aus dem Dorf hat Ewald noch um 17.30 Uhr gesehen. Da hat der Junge auf dem großen Stein, der am Schulhaus liegt, gesessen, gerade einmal 50 Meter von seinem Zuhause entfernt. Wohin ist das Kind verschwunden? Ist es Opfer eines Verbrechens geworden?
Dreizehn Tage später kommt die Gewissheit: Am 22. November 1924 wird Ewald einen Kilometer nördlich des Dorfes, in der Palinger Heide, gefunden. Der Junge liegt verscharrt in einem Kaninchenloch, er ist erwürgt worden. Der Verdacht fällt schnell auf seinen Stiefvater: den polnischen Landarbeiter Josef Jakubowski. Die Familie des getöteten Kindes – drei Onkel und die Großmutter – beschuldigen Jakubowski des Mordes. Er wird verhaftet und im März 1925 in Neustrelitz vor Gericht gestellt. Es gibt keine Beweise, nur Indizien. Als Hauptbelastungszeuge wird der geistig behinderte Johannes Nogens, ein Onkel des toten Kindes, vernommen. Das Gericht verzichtet einerseits wegen seines Geisteszustandes auf eine Vereidigung, misst andererseits seiner Aussage aber soviel Bedeutung bei, um Jakubowski entscheidend zu belasten. Eine andere Zeugin gibt an, am Tattag um 17.45 Uhr Schreie eines Kindes aus Richtung des möglichen Tatortes gehört zu haben. Das Gericht meint, dies seien die Todesschreie des Jungen gewesen. Jakubowski selbst beteuert seine Unschuld. Seine Glaubwürdigkeit wird jedoch durch Unwahrheiten, die er im

Laufe der Ermittlungen gemacht hat, erschüttert. 1924 ist er zum Beispiel wegen eines Diebstahls zu einem Monat Gefängnis verurteilt worden. Auch damals hat er trotz erdrückender Beweislage jede Schuld geleugnet.

Aufgrund der Indizien verurteilt ihn das Schwurgericht Neustrelitz, das in Schönberg tagt, am 26. März 1925 wegen Mordes zum Tod. Die eingelegte Revision wird verworfen, auch eine Begnadigung abgelehnt. So stirbt Josef Jakubowski am 15. Februar 1926 auf dem umschlossenen Hof der Strafanstalt Strelitz, der Scharfrichter Gröpler enthauptet ihn mit einem Beil. Der Mord an Ewald Nogens scheint damit gesühnt und der Kriminalfall abgeschlossen zu sein. Doch das ist ein Irrtum. Zwei Jahre später, am 5. Januar 1928, berichtet die *Berliner Morgenpost* über neue Tatsachen. Ein Reporter hat vor Ort in Palingen recherchiert und mit Einwohnern gesprochen. Das Ergebnis: Es gibt starke Zweifel an der Richtigkeit des Todesurteils. Zeugen haben sich geirrt, das Gericht hat falsche Schlüsse gezogen und entlastende Indizien nicht gewertet.

Der Fall wird neu aufgerollt. Staatsanwaltschaft und Landeskriminalamt in Neustrelitz ermitteln. Sie befragen noch einmal viele Zeugen und holen Gutachten ein. Ist Jakubowski tatsächlich unschuldig? Aber wer ist dann der Täter? Inzwischen berichten Zeitungen deutschlandweit über den »Justizmord«. Einige Journalisten sehen in der ausländerfeindlichen Voreingenommenheit der Justizbehörden und des Gerichtes den Hauptgrund für einen unfairen Prozess. Heinrich Mann schreibt: *»Der eigentliche, innere Beweis für die Schuld Jakubowskis […] war seine Eigenschaft als Fremder.«* Und Kurt Tucholsky veröffentlicht am 16. Oktober 1928 in der *Weltbühne* sein Gedicht *Jakubowski*, in dem er die deutsche Justiz und das vollstreckte Todesurteil kritisiert: *»Hier geschieht ein Mord!«*

Derweil laufen die Ermittlungen weiter. Ins Visier geraten nun Fritz und August Nogens, die Onkel des ermordeten Kindes,

sowie die Großmutter Elisabeth Kähler – alle drei hatten Jakubowski schwer belastet. Nach langen Verhören gestehen sie schließlich, ein Mordkomplott gegen den kleinen Ewald geschmiedet und die Tat Jakubowski in die Schuhe geschoben zu haben. Sie wollten das Kind, aufgrund großer wirtschaftlicher Not, loswerden. Die Geständigen werden – in zwei Gerichtsprozessen 1929 und 1930 – verurteilt: August Nogens wegen Mordes zunächst zum Tod, später wird seine Strafe in lebenslanges Zuchthaus umgewandelt. Fritz Nogens erhält wegen Meineides und Beihilfe zum Mord vier Jahre Gefängnis, Elisabeth Kähler muss für sechs Jahre ins Zuchthaus. Alle drei hatten ihre Geständnisse zuvor widerrufen. Jakubowskis Mitschuld am Mord wird in den Urteilen weiterhin bejaht.
Der Fall verunsichert die Justiz in Deutschland so stark, dass bis zu Hitlers Machtantritt 1933 nur noch wenige Todesurteile vollstreckt werden. Die *Liga für Menschenrechte* protestiert gegen die Hinrichtung und kritisiert die »Klassenjustiz« der Weimarer Republik. 1958 erscheint ein Roman über den Fall, später wird er zweimal fürs Fernsehen verfilmt. Letztlich sind die genauen Umstände des Verbrechens bis heute ungeklärt. Das wird wohl für immer so bleiben. Der Mord in der Palinger Heide ist eine unendliche Geschichte.

Gedenkstein für Josef Jakubowski in Palingen

PARCHIM

Tod dem Verräter

Ein Fememord

Die Nacht vom 31. Mai zum 1. Juni 1923 ist eine helle Nacht in Mecklenburg. Der Mond steht hoch am Himmel. Er gießt sein kaltes Licht über Städte und Dörfer, färbt Wiesen und Wälder weiß und spiegelt sich in Flüssen und Seen. Der Weizen auf den Feldern nördlich von Parchim wiegt sich gespenstisch im Wind. Im Wald schreien die Käuzchen. Ihre Rufe bringen, so sagt es der Volksglaube, Unheil und Schrecken, sie bringen den Tod.

Sieben Männer fahren durch diesen Wald. Sie kommen aus Parchim und lenken ihren Pferdewagen Richtung Norden nach Neuhof. Alle gehören zum rechtsradikalen Milieu, einige haben in Freikorps gekämpft. In ihrer Mitte haben sie einen vermeintlichen Verräter: Walter Kadow. Der 23-jährige gebürtige Hagenower wird verdächtigt, ein kommunistischer Spitzel zu sein. Jetzt soll mit ihm abgerechnet werden. Unter den Männern befindet sich auch der Landarbeiter Rudolf Höß. Er wird später als Lagerkommandant des Vernichtungslagers Auschwitz Hunderttausende Menschen in den Tod schicken. Jetzt schlägt er zusammen mit seinen Kumpanen brutal auf Walter Kadow ein. Im späteren Gerichtsurteil heißt es über den Tathergang: *»Kadow hielt während dieser Zeit die beiden Hände über den Kopf, um die Schläge abzuwehren und wehklagte, aber vergeblich. Schließlich brach Höß ein Ahornbäumchen [...] ab, ergriff es mit beiden Händen und schlug mit aller Wucht auf den Schädel Kadows ein. Da brach Kadow blutüberströmt zusammen und blieb bewußtlos auf dem Platz liegen.«*

Das Opfer wird wieder auf den Wagen gelegt, und die Fahrt geht weiter. Schließlich – im Wald bei Neuhof – legen die

Männer Kadow auf den Boden und schneiden ihm die Kehle durch. Doch er lebt noch. Kurzerhand wird er erschossen. Wer die tödlichen Schüsse abfeuert, wird später nie geklärt. Die Mörder vergraben ihr Opfer knapp zwei Meter tief im Waldboden, verwischen alle Spuren und verlassenen in den nächsten Tagen die Parchimer Gegend.

Doch einer von ihnen, Bernhard Jurisch, bekommt es mit der Angst zu tun. Er fürchtet, selbst ermordet zu werden. Am 22. Juni, drei Wochen nach der Tat, vertraut er sich in Berlin Journalisten an. Der Mord wird publik und sorgt sofort rebublikweit für Schlagzeilen. Nach und nach werden die Täter gefasst, Rudolf Höß wird in Schlesien verhaftet.

Auch der Landtag von Mecklenburg-Schwerin beschäftigt sich mit dem Mord. Der SPD-Abgeordnete Carl Moltmann macht in einer Rede am 26. Juni 1923 einige deutschvölkische Großgrundbesitzer mit verantwortlich. Er nennt Namen: *»Die Schuldigen an diesem Morde sind ganz andere Personen […] Herr*

In den Bergrader Tannen bei Neuhof geschah am 1. Juni 1923 der Mord.

von der Lühe-Hornstorf ist derjenige, der [...] ihnen das Geld gibt, um diese Taten zu vollbringen. Dazu gehört ferner Herr von Treuenfels, ein alter mecklenburgischer Adel, auf Herzberg. Dazu gehört der Amtshauptmann Bötefür in Parchim. Dazu gehört der Kaufmann Masulla in Parchim. Diese Leute sind die Hintermänner für diesen Mord.«

Auch Martin Bormann, der spätere persönliche Sekretär Hitlers und zweitmächtigste Mann im NS-Staat, gehört zu den Hintermännern. Bormann arbeitet 1923 als Geschäftsführer auf dem Gut Herzberg nördlich von Parchim. Weil er die Mörder gedeckt hat, wird er am 15. März 1924 vom Staatsgerichtshof Leipzig zu einem Jahr Gefängnis verurteilt.

Die sechs Haupttäter erhalten Zuchthausstrafen zwischen sechs und zwölf Jahren. Rudolf Höß bekommt zehn Jahre. Die Männer werden aber nur wegen schwerer Körperverletzung und Totschlags verurteilt, nicht wegen Mordes. Das Gericht erkennt an, dass die Täter *»zumeist noch in jugendlichem Alter stehen, entweder gar nicht oder nicht erheblich vorbestraft sind, den Krieg mitgemacht haben und augenscheinlich hierdurch nicht bloß verroht, sondern auch aus ihrem früheren Beruf herausgeschleudert sind, ferner daß sie sich zur Zeit der Begehung der Tat nicht in vollkommen nüchternem Zustand befunden haben und endlich, daß sie nicht ohne Grund von Haß und Verachtung gegen Kadow erfüllt waren, in dem sie – aller Wahrscheinlichkeit mit Recht – einen kommunistischen Spitzel und Verräter erblickt haben«*.

Es wird nie geklärt, ob Walter Kadow wirklich spioniert hat. Allein der Verdacht führt zu seiner Ermordung und wird schließlich sogar vom Gericht als strafmildernd gewertet. Somit entlastet das Mordmotiv die Mörder – ein juristischer Skandal.

Und die Haftzeit? Fast alle Täter werden vorzeitig entlassen und machen in der NSDAP Karriere.

REHNA

Frosch im Hals

Wie sich Einwohner gegen Gesangdienste wehrten

Im Oktober 1909 verhandelt das Schöffengericht Rehna einen Fall, der in die Rechtsgeschichte Mecklenburgs eingeht. Es wird um Strafverfügungen des Rehnaer Magistrats, der Spitze der Stadtverwaltung, gestritten. Die Rathaus-Bürokraten haben Bescheide versandt und mit diesen erfolgreich Disharmonie verbreitet, weil sie Einwohner kriminalisieren und zur Kasse bitten.

Zwei Väter sollen Geldstrafen bezahlen, weil sie sich weigern, ihre Söhne zum Singen in den kirchlichen Sängerchor zu schicken. Dieses Verhalten verstoße, so die Stadt, gegen die Schulordnung. Doch die Männer stellen sich stur: *»Kirchenleeder piepen? Dat piept woll bi'n Amt«*, schimpft der eine Kerl, *»mien Bengel mütt na dei Schaul tau Hus arbeiden. Den Häuhnerstall utmisten un uns Schwien faudern!«* Der andere Psalmenfeind bläst ins gleiche Horn: *»Singen, dat is blot wat för Dierns. Mien Jung kricht keenen passigen Ton rut, hei hett ümmer 'n pummeligen Pogg in'n Hals.«*

Nun erwartet niemand, dass die mecklenburgischen Landknaben vollständig Bachs *Weihnachtsoratorium* vortragen oder dem Opernstar Enrico Caruso Konkurrenz machen. Sie sollen auch nicht im Großherzoglichen Hoftheater in Schwerin – das übrigens nach Plänen des in Rehna geborenen Architekten Georg Daniel von 1883 bis 1886 erbaut wurde – auftreten. Nein, die Jungs sollen Triangel schwingen und norddeutsche Kirchenlieder singen, in denen es um Engel und den Heiland geht. Verse wie diese:

Ji Engels, singt dat schönste Leed
von em, de Jesus is un heit!

Un wat up disse Ierd sik röögt,
freug sik mit uns un wäs vergnöögt!

Freude und Vergnügen kommen in der Gesangfehde zu Rehna nicht auf, weder bei den Paragrafenreitern des Magistrats noch bei den störrischen Vätern. Der Streit dreht sich um eine Grundsatzfrage: Gelten die Vorschriften der weltlichen Schulordnung auch für Angelegenheiten, die ausschließlich der Kirche dienen? Lange Zeit dachten die Rehnaer darüber nicht nach, sondern schickten ihre Kinder immer brav zum Kirchenchor. Doch seit Karl Marx schwebt das Gespenst des Kommunismus auch durch Mecklenburg, es trägt Gottlosigkeit und Aufruhr unter seinem Laken.

In Rehna huscht zu dieser Zeit leibhaftig eine Spukgestalt umher, meldet die *Mecklenburgische Zeitung* am 21. Oktober 1909: *»Seit einigen Tagen macht sich des Abends im Dunkeln ein Witzbold, mit weißem Behang bekleidet, das Vergnügen, in fremde Grundstücke zu schleichen, um jeden gerade Antreffenden zu erschrecken, so daß jetzt schon in unserer Stadt eine gewisse Beunruhigung herrscht. Das Rätselhafte bei der ganzen Sache ist aber, daß der Betreffende, der vielleicht die Absicht zum Stehlen hat, wenn er aufgespürt wird, durch Gänge, Straßen und Grundstücke entwischt und auf bis jetzt unaufgeklärte Weise spurlos verschwindet.«*

Spielt einer der widerspenstigen Väter das Gespenst? Ist er wegen des Strafbescheides außer Kontrolle und hernach in überirdische Sphären geraten? Die Erschreckten jedenfalls haben Frösche im Hals und können nur ängstlich quaken.

Am 28. Oktober 1909 wird die Gesangfehde zu Rehna vor dem städtischen Schöffengericht in öffentlicher Sitzung verhandelt. Die sozialdemokratische *Mecklenburgische Volks-Zeitung* kommentiert spöttisch: *»›Die Kirche hat einen guten Magen‹, sagt schon Mephisto. Und nicht nur an Geld und Gut ihrer Schäflein beanspruchte sie Anteil, auch auf deren Dienstleistungen erhebt sie Ansprüche, die vor dem modernen Rechte selten standhal-*

ten.« Tatsächlich entscheidet das Gericht zugunsten der Väter und begründet sein Urteil so: In der Schulordnung von 1858 stehe nirgends, dass die Schüler der Stadtschule an dem Kirchenchor teilnehmen müssten. Paragraf 36 der Schulordnung verpflichte nur den betreffenden Lehrer, *»einen Sängerchor aus den Schülern außerhalb der Schulstunden zu bilden und einzuüben«*. Der Paragraf betreffe jedoch nur die Schule und deren Chor, nicht außerhalb der Schulzeit für die Kirche vorzunehmende Chordienste. Hier seien Schule und Kirche zu trennen. Aufgrund des Urteils haben nun die Vertreter von Kirche und Magistrat Frösche in ihren Hälsen. Ob, wann und wo diese wieder herausgehüpft sind, ist unbekannt. Die Entscheidung jedenfalls ist wegweisend – auch für andere Städte Mecklenburgs.

Die Gesang-Fehde drehte sich um Chordienste in der Klosterkirche Rehna.

Schönberg

Das Fuhrwerk

Ein Gärtner erzählt was vom Pferd

Am 21. Juli 1908 erscheint ein Fremder im Lokal des Gastwirts Oldörp in Schönberg – nicht nur einmal, sondern mehrfach. Er macht sich mit dem Wirt und dessen Familie bekannt und stellt sich als Maschinist Gustav Meyer aus Hamburg vor. Der Fremde ist sehr redegewandt und erzählt, er wolle zu einem Verwandten in Karow bei Wismar reisen: »Er hat mir geschrieben, dass er pleite ist, bei ihm soll gepfändet werden. Schlimme Sache. Vor einiger Zeit hab ich ihm Geld geliehen. Er meint nun, dass ich, wenn ich meine Märker retten will, sofort hinkommen und mir ein Fuhrwerk dafür holen soll.« Der Wirt Oldörp nickt verständnisvoll.
Der Fremde fährt fort: »Wissen Sie, die Sache ist mir sehr unangenehm. Ich weiß nämlich nicht, wohin mit dem teuren Fuhrwerk. Ich arbeite auf einem Dampfschiff und bin fast immer unterwegs. Am liebsten würde ich es sofort verkaufen, für jeden Preis!« Und weil der Gastwirt noch immer aufmerksam zuhört, fragt der Fremde: »Sagen Sie, guter Herr, würden Sie mir das Fuhrwerk vielleicht abkaufen?«
Oldörp überlegt: »Ich könnt schon eins brauchen.«
»Tatsächlich? Dann kommen Sie doch einfach mit nach Karow und sehen es sich an. Über den Preis werden wir uns schon einig.«
Weil Oldörp glaubt, ein gutes Geschäft zu machen, willigt er ein und fährt am nächsten Morgen mit nach Wismar. Hier führt Meyer ihn zunächst in ein Lokal und weiß in geschickter Weise dem dortigen Wirt und den anwesenden Gästen vom Zweck der Reise zu erzählen: »Kinnings, wir machen heute ein großes Geschäft! Wir wollen nämlich ein Fuhrwerk aus Karow

holen!« Die Leute reißen ihre Mäuler auf und glotzen. Dann marschieren beide los. Meyer führt Oldörp aus der Stadt heraus, zeigt ihm den Weg und sagt: »Gehen Sie vorläufig alleine weiter, lieber Herr Oldörp. In Karow können Sie sich das Fuhrwerk schon mal angucken. Ich selbst muss erst noch ein paar Dinge, ein paar notwendige Gänge in Wismar erledigen und komme dann so schnell wie möglich nach.«

So macht sich Oldörp allein auf den Weg. Er findet aber – obwohl er mehrere Stunden umherläuft und sucht – weder den Verwandten noch das Fuhrwerk und begreift endlich: »Verdammt, der Kerl hat mich reingelegt!«

Inzwischen begibt sich Meyer auf das Wismarer Telegraphenamt und sendet in Oldörps Namen eine Depesche an dessen Sohn: »Habe den ganzen Kram gekauft, schicke mir sofort per Telegraph 150 Mark«. Der Sohn schickt das Geld umgehend, und es wird Meyer auf der Post auch ohne Weiteres ausgehändigt, als er sich durch einen der Gäste aus dem Wismarer Lokal, der die Erzählungen über das Fuhrwerks-Geschäft mitangehört hat, legitimiert. Dann verschwindet der Mann spurlos.

Knapp zwei Monate später, am 16. September 1908, taucht er im 80 Kilometer entfernten Malchow auf und betrügt auf ähnliche Weise den Fischereipächter Suderow. Diesem stellt er sich als Inspektor aus Lalendorf vor, verspricht ihm ein lukratives Geschäft mit Fischen in Berlin, bewegt ihn, mit in die Hauptstadt zu fahren und weiß sich dann wieder durch eine Depesche an einen Verwandten des Fischereipächters 200 Mark zu erschwindeln.

Doch der falsche Maschinist und Inspektor kann seine Beute nicht mehr lange in Freiheit genießen. Er wird gefasst und vor das Großherzogliche Landgericht in Schwerin gestellt, berichten die *Mecklenburger Nachrichten* am 2. November 1909: *»Wegen Betrugs im Rückfalle hatte sich zu verantworten der Gärt-*

ner Barthold Krüger, geboren […] am 22. November 1869. Er ist vielfach vorbestraft und wird aus dem Zuchthaus in Richtenberg, in welchem er z. Zt. eine Strafe von 4 Jahren und 10 Monaten verbüßt, vorgeführt. Einfache und gewöhnliche Betrügereien sind nicht sein Fach, er hatte sich in der letzten Zeit einen besonderen Trick ausgedacht, der ihm übrigens im April d. J. in Dresden eine Zusatzstrafe von 10 Monaten Zuchthaus eingebracht und ihn auch heute wieder auf die Anklagebank geführt hat.«

Die umfangreiche Verhandlung nimmt drei Sitzungstage in Anspruch. Der Angeklagte leugnet und versucht durch eine Reihe von Zeugen zu beweisen, dass er die Taten nicht begangen hat. Dies gelingt ihm jedoch nicht. Im Gegenteil – er wird von fast allen Zeugen mit Bestimmtheit wiedererkannt und so überführt. Das Landgericht verurteilt Barthold Krüger darum wegen Betruges und schwerer Urkundenfälschung zu drei Jahren Zuchthaus und 300 Mark Geldstrafe.

Auch in Schönberg betrieb Barthold Krüger seine Betrügereien.

SCHWERIN

Onkel Ticktack

Der Kindermörder Adolf Seefeld

Hat der Tod einen Beruf? Ja, er ist Uhrmacher. Zu Beginn des 20. Jahrhunderts durchstreift er Norddeutschland, wandert durch Dörfer, Städte, Kiefernwälder, an Seen vorbei, über Sandwege. Der Tod sieht nicht aus wie der Tod, er ist kein Gerippe, das seine Opfer mit der Sense niedermäht. Er trägt einen schwarzen Mantel, einen breitkrempigen Hut und einen Rucksack. Und er hat eine Tasche bei sich – mit Uhren.

Der Tod ist ein netter, älterer, freundlicher Herr. Er heißt Adolf Seefeld und ist 1870 in Potsdam geboren. Ende der 1920er Jahre klopft er in Ludwigslust, Schwerin, Wismar und Rostock an die Türen der Häuser, bietet an, Uhren zu reparieren, zu kaufen und zu verkaufen. Seefeld ist geschickt, sein Lohn gering, ein paar Groschen oder eine warme Mahlzeit, mehr nicht. Der freundliche Herr verschwindet wieder, kehrt aber immer an dieselben Orte zurück. Ein Zuhause hat er nicht. Selten mietet er sich ein billiges Quartier, manchmal übernachtet er bei einem Kunden. Meist schläft er in den Wäldern. In Kiefernschonungen scharrt er sich eine Mulde aus, legt sich auf Zeitungspapier und schläft ein.

Tagsüber unterhält sich der Uhrmacher gern, vor allem mit kleinen Jungen. Sie nennen ihn Onkel Ticktack. Manchmal schenkt er ihnen Bonbons oder eine alte Uhr. Jungen, die Matrosenanzüge tragen, mag er besonders. Er liebt diese Kinder. Überall ist Seefeld bekannt und gern gesehen. Was die Leute nicht ahnen: Der Mann hat sein Leben lang Straftaten begangen, hat in Zuchthäusern und Irrenanstalten gesessen. Insgesamt ist er zwischen 1893 und 1935 vierzehnmal verurteilt worden, vor allem wegen seiner Sexualdelikte. Er ist homosexuell. Nach eigenen Angaben ist er als Elf- oder Zwölfjähriger von zwei Männern missbraucht worden und findet seitdem nur Befriedigung, wenn er mit kleinen Jungen schläft. Sie sollten zwischen vier und 14 Jahre alt sein. Seefeld spricht die Jungen auf Jahrmärkten, Rummelplätzen oder einfach auf der Straße an, fragt sie, ob sie ihm helfen könnten, einen Koffer zu holen, verspricht zur Belohnung eine alte Uhr, etwas Geld oder ein Kaninchen, mit dem die Kinder spielen könnten, und lockt sie so aus den Städten und Dörfern heraus in Kiefernschonungen, wo er sie betäubt, missbraucht und umbringt. Zwischen April 1933 und März 1935 tötet Seefeld in Brandenburg und Mecklenburg zwölf Jungen. Zu ihnen gehören der zehnjährige Ernst Tesdorf aus Ludwigslust, der zehnjährige Alfred Praetorius aus Rostock, der elfjährige Heinz Joachim Neumann aus Wismar, der am 16. Februar 1935 verschwindet, und der neunjährige Heinz Zimmermann aus Schwerin, der am 23. Februar 1935 entführt wird. Ihr Mörder wird Sandmann genannt, denn alle Opfer werden in schlafender Stellung in den Wäldern gefunden: mit friedlich geschlosse-

Auch am Schweriner Schloss hielt Seefeld nach Opfern Ausschau.

nen Augen, die Arme verschränkt oder unter dem Kopf gefaltet, so als wären sie sanft eingeschlafen.
Im Frühjahr 1935 läuft die Fahndung nach Seefeld auf Hochtouren. In dem Dorf Wutzetz südwestlich von Neuruppin wird er schließlich am 3. April 1935 festgenommen. Anfang 1936 steht er in Schwerin vor Gericht – und leugnet. Es gelingt den Richtern nicht, herauszufinden, wie die Jungen getötet worden sind. Man vermutet, er habe die Kinder erwürgt oder mit Blausäure oder mit einem giftigen, selbst hergestellten Chlorkohlenwasserstoff umgebracht. Schlüssig ist alles nicht – nachweisbar schon gar nicht. Dennoch wird Seefeld am 22. Februar 1936 vom Schwurgericht Schwerin wegen Mordes in zwölf Fällen zwölfmal zum Tod verurteilt. Das Gericht geht davon aus, der Uhrmacher habe die Jungen erwürgt. Für jeden Mord werden ihm die bürgerlichen Ehrenrechte auf Lebenszeit aberkannt. Seine Entmannung wird angeordnet. Die gleichgeschaltete Presse der Nationalsozialisten nutzt den Prozess, um das Strafrechtssystem der Weimarer Republik und des Kaiserreiches zu diskreditieren. In der *Berliner Morgenpost* vom 23. Februar 1936 heißt es: *»Wieviel Unheil, Leid und Tränen wären erspart geblieben, wenn die neue Gesetzgebung des nationalsozialistischen Staates früher schon vorhanden gewesen wäre!«*
Wenige Tage vor seiner Hinrichtung gesteht Seefeld die zwölf Morde und gibt noch weitere zu – nachdem ihn die Gestapo verhört und gefoltert hat. Sie hat sich den Mann wegen kommunistischer Agententätigkeit ausliefern lassen. Doch Seefeld ist weder Kommunist noch Agent. Er ist der Mörder vieler Kinder. Dafür wird er am 23. Mai 1936 enthauptet. Neueste Theorien gehen davon aus, dass er die Jungen wahrscheinlich hypnotisiert und sie nach dem Missbrauch allein im Wald liegengelassen hat. Sie erwachten aus der Hypnose nicht mehr und erfroren. Wie viele Kinder Adolf Seefeld tatsächlich umgebracht hat, ist bis heute ungeklärt.

Schwerin

Staatliche Gewalt

Die Enteignung der jüdischen Familie Kychenthal

Ab 1933 verdrängen die Nationalsozialisten die Juden in Deutschland aus deren beruflichen Positionen, sie diskriminieren, entrechten, enteignen sie und deportieren ab Herbst 1938 Zehntausende in Konzentrations- und später in Vernichtungslager. Zu den Opfern gehört auch die Familie Kychenthal aus Schwerin.

Hier betreibt der jüdische Kaufmann Louis Kychenthal seit 1894 am Markt Nr. 5 ein Geschäft. Im Laufe der Zeit kauft er zwei benachbarte Häuser dazu, lässt umbauen und das Kaufhaus vergrößern. Er macht seine Söhne zu Mitinhabern. Das Haus – nun am Markt 4/5 – ist ein angesehener, florierender Ort in der Stadt.

Als die Nationalsozialisten an die Macht kommen, machen sie der Familie das Leben schwer, doch die Kychenthals bleiben zunächst im Geschäft. 1936 und 1937 steigen die Umsatzzahlen sogar wieder an, es besteht eine starke Kundenbindung. Manche Leute kommen bewusst in das Kaufhaus, um damit ihre Abneigung gegen die Nazis zu zeigen.

So wird der staatliche Druck erhöht, die städtische Verwaltung arbeitet zielstrebig, die Justiz ebenfalls. Im Januar 1938 wird Louis Kychenthal zunächst wegen einer *»Zuwiderhandlung gegen die Verordnung des Zugabewesens«* zu 200 Reichsmark Geldstrafe und zur Übernahme der Verfahrenskosten verurteilt, weil er Kindern von Kunden Bleistifte als Werbegeschenke mitgegeben hat. Eine Farce. Dann wird die *»Arisierung«* des Kychenthal'schen Kaufhauses vorangetrieben. Beteiligt sind u. a. der Schweriner NSDAP-Kreiswirtschaftsberater P. Müller, Gauwirtschaftsberater Hennecke von Plessen und der Kreisobmann der Deutschen Arbeitsfront Dr. Borgwardt. Auch ein deutscher Käufer wird gefunden: der Kaufmann Bernhard Knop aus Neukloster. Am 21. Oktober 1938 liegt ein erster Kaufvertrag vor, unterschrieben wird er noch nicht.

Es folgt die Reichspogromnacht: Am 9. November 1938 dringen morgens SS-Männer in das Kaufhaus und die Privatwohnungen der Kychenthals ein. Sie zerschlagen die Fenster, zerstören Möbel und Kunstgegenstände. Der 75-jährige Louis Kychenthal und seine Söhne werden verhaftet und kommen ins Zuchthaus, in die Landesanstalt Neustrelitz-Strelitz. Dort unterschreibt Louis Kychenthal – unter Druck gesetzt – schließlich den »Verkaufsvertrag« seines Hauses, um aus der Haft entlassen zu werden. Doch die Schikanen der Stadtverwaltung gehen weiter. Die Schäden, die den Kychenthals am 9. November entstanden sind, haben sie selbst zu tragen, Versicherungen zahlen nicht. Es werden baupolizeiliche Auflagen

Das frühere Kaufhaus der Kychenthals am Schweriner Markt 4/5

erteilt: Die Schaufensterflucht darf nicht, heißt es, *»in der bisherigen verunstaltenden liberalistischen Form«* wiederhergestellt werden. Sonst drohen 2000 Reichsmark Strafe. Ein neuer Kaufvertrag wird aufgesetzt, der Preis für das Haus auf 140000 Reichsmark verringert, weil dies Oberbürgermeister Wilhelm Timmermann gefordert hat. Auch das Warenlager und Inventar müssen weit unter Wert an den Käufer Bernhard Knop abgegeben werden. Zudem wird den Kychenthals die alleinige Verfügungsgewalt über ihre Konten entzogen. Die Familie darf nur mit Zustimmung der Devisenstelle Lübeck Abhebungen vornehmen, muss eine Vermögensabgabe zahlen, eine Reichsfluchtsteuer und eine Auswandererabgabe. Ihr Anwalt kündigt an, sie künftig als Juden nicht mehr vertreten zu können. Dies sei ihm nahegelegt worden.

Es bleibt nur die Emigration. Der Sohn Ludwig Kychenthal und seine Familie reisen im Oktober 1939 von Genua per Schiff nach Chile aus. Ihr Haushaltsgut bleibt im Hafen von Bremen zurück und wird nicht weitertransportiert. Die Gestapo beschlagnahmt es im April 1941 und lässt es in Bremen versteigern.

Der alte Louis Kychenthal bleibt in Schwerin, er will seinen Kindern in Chile nicht zur Last fallen. Am 11. November 1942 wird er ins Lager Theresienstadt deportiert und sein gesamtes Vermögen eingezogen. Wenige Monate später, am 6. Juni 1943, stirbt er in Theresienstadt. Seine Kinder erfahren erst nach dem Krieg davon, sie bleiben in Chile.

1992 reisen die Nachkommen der Kychenthals erstmals nach Theresienstadt und Schwerin. 1996 wird die Schweriner Immobilie an die Erbengemeinschaft Kychenthal zurückübertragen, die Erben verkaufen das Objekt dann an eine Schweriner Immobilienfirma. Heute sind in dem Haus wieder Geschäfte, eine Kaffee-Rösterei und Wohnungen untergebracht.

SCHWERIN

Schloßstraße 36

Ein Raubmord 1948

Am Nachmittag des 2. März 1948, einem Dienstag, geht eine Frau durch die Schweriner Innenstadt. Sie kommt aus der Schmiedestraße, dort betreibt ihr Mann Fritz Purwin im Haus Nr. 22 ein Fotofachgeschäft und ein Atelier, in dem sie auch arbeitet. Frau Purwin ist auf dem Heimweg, eine Freundin begleitet sie. Die beiden wollen in der Wohnung der Purwins noch zusammen Kaffee trinken. Sie erreichen gegen 16.30 Uhr das Mietshaus in der Schloßstraße 36 und steigen in den vierten Stock hinauf, hier befindet sich die Wohnung. Frau Purwin ruft nach ihrem Hausmädchen, es meldet sich nicht. In der Küche steht noch das schmutzige Mittagsgeschirr. Das Hausmädchen ist vorhin auch nicht ans Telefon gegangen. Irgendetwas stimmt hier nicht.

Die Frauen gehen in das Wohnzimmer und finden das Hausmädchen im Wohnzimmer auf der Couch: Die 24-jährige Margarete Kohl ist mit einem Hanfstrick, der noch um ihren Hals geschlungen ist, erdrosselt worden. Außerdem sind etliche Kleidungsstücke geraubt worden: sechs Damenmäntel, drei Kostüme, zehn Kleider, drei Herrenmäntel, drei Anzüge, fünf Hosen, dazu Bettwäsche, Unterwäsche, Schuhe und ein Radioapparat. Das Ganze wurde in zwei Koffern und einer großen Aktentasche, die ebenfalls nicht auffindbar sind, fortgeschafft.

Die Polizei beginnt zu ermitteln, sie befragt die Purwins, deren Angestellte aus dem Fotogeschäft, Nachbarn, Bekannte und Familienangehörige des Opfers. Die Spurensicherung findet im Wohnzimmer sieben Fingerabdrücke, die jedoch nicht verwendbar, weil zu undeutlich sind. Im Haus ist zur Tatzeit am

Nachmittag des 2. März zwischen 14 und 16 Uhr ein fremder Mann gesehen worden, der sich als Angestellter des Wohnungsamtes ausgegeben hat. Hat er Margarete Kohl getötet? Gehören ihm die fremden Wildlederhandschuhe, die am Tatort gefunden wurden?

Die Polizei verhört einen Tatverdächtigen, muss ihn jedoch wieder laufen lassen, weil er ein Alibi hat. Kinder haben zur Tatzeit einen alten Mercedes vor dem Eingang des Hauses gesehen, bei dem der rechte Scheinwerfer und das Rücklicht beschädigt waren. Hat der Täter darin sein Raubgut abtransportiert? Nach dem Auto wird gesucht, auch nach den verschwundenen Kleidungstücken.

Gut vier Monate nach dem Mord, im Juli 1948, ruft Frau Purwin die Polizei an. Eine Freundin habe in der Stadt in einem Tanzlokal eine Frau gesehen, die eines der gestohlenen Klei-

In der Schweriner Schloßstraße 36 geschah das Verbrechen.

der, ein blaues Abendkleid, getragen habe. Ein Irrtum sei ausgeschlossen: Die Freundin sei Schneiderin und habe das Kleid vor einem Jahr für Frau Purwin genäht.
Die Ermittlungen führen zu einer Wohnung am Platz der Freiheit 11. Im zweiten Stock wohnt die Witwe Mrozinski. Man findet dort tatsächlich einen Teil der geraubten Wäsche, zwei Mäntel, ein Kleid und zwei Kostüme. Mrozinski wird festgenommen, wenig später auch ihr Geliebter: der 29-jährige Hans Block, der sich seit einiger Zeit Hans Wunderlich nennt. Block, der in Wiesbaden eine Ehefrau hat und in der amerikanischen Besatzungszone wegen Autodiebstählen gesucht wird, betreibt seinen Lebensunterhalt auch in Mecklenburg mit Betrug, Diebstahl und Raub. In den Vernehmungen ändert er ständig seine Aussagen, schließlich gesteht er aber den Mord: Ein paar Tage vor der Tat, als er vor dem Kino *Schauburg* in der Schweriner Innenstadt stand, habe er ein auffallend und gut gekleidetes Ehepaar – die Purwins – bemerkt und sei diesem bis in die Schloßstraße 36 gefolgt. Am nächsten Tag habe er das Haus erkundet, bei den Purwins geklingelt und sich als Mann vom Wohnungsamt ausgegeben. Das Hausmädchen habe geöffnet und ihn eingelassen. Er inspizierte die Räume und erfuhr, dass das Ehepaar tagsüber im Geschäft sei, das Mädchen bringe den Purwins um 13 Uhr das Essen und komme erst um 15 Uhr zurück. So entschloss sich Hans Block zum Raub, den er am 2. März ausführte, dabei tötete er das Hausmädchen. Die geraubten Sachen transportierte er in einem Handwagen davon.
Block wird am 31. März 1949 vom Schwurgericht Schwerin zum Tod verurteilt. Er legt dagegen Beschwerde ein. Das Schwurgericht bestätigt in einer erneuten Verhandlung am 17. Dezember 1949 das Urteil, Blocks Revision danach wird verworfen. Ob sein Gnadengesuch im August 1950 Erfolg hat, ist ungewiss.

WISMAR

Handwerker gegen Ratsherren

1427 stirbt Bürgermeister Bantzkow durch das Schwert

Zu Beginn des 15. Jahrhunderts brechen in fast allen deutschen Hansestädten an der Ostsee Unruhen aus: Die aufstrebenden Handwerker fordern mehr Mitspracherechte und setzen die reichen Kaufleute, die in den städtischen Räten regieren, unter Druck. Ob in Lübeck, Stralsund oder Rostock, überall haben die Gerber, Schuhmacher und Schmiede genug von der Bevormundung durch die Adligen, Fernhändler und begüterten Familien – sie wollen nun selbst Ratsherren entsenden.
In Wismar setzen die Handwerker unter Führung des Wollwebers Claus Jesup im Jahr 1409 den alten Stadtrat ab. Jesup regiert von 1411 bis 1416 als Bürgermeister, dann übernimmt jedoch der alte Rat wieder die Geschäfte. Aber die Kämpfe sind noch nicht zu Ende, sie werden durch militärische Auseinandersetzungen zwischen den deutschen Ostsee-Hansestädten und Dänemark erneut entfacht.
Der dänische König Erik VII., seit 1412 im Amt, strebt nach der Vorherrschaft im Ostseeraum. Die reichen Hansestädte sind ihm zu stark und selbstbewusst, darum schränkt er ihre Handelsprivilegien ein und sorgt für eine Geldentwertung. Im Oktober 1426 kommt es zum offenen Krieg. Die Hanse bildet eine Flotte, zu der auch Schiffe aus Wismar gehören, die von zwei Wismarer Ratsherren befehligt werden: dem Bürgermeister Johann Bantzkow und dem Patrizier Hinrik van Haren.
Im Sommer 1427 liefern sich die hansischen Schiffe zwei Seeschlachten mit Dänemark: Die hansische Flotte erleidet am 11. Juli im Strelasund und am 25. Juli im Öresund zwei Niederlagen. Die Dänen erobern 36 Schiffe der Hanse, darunter zwölf aus Wismar.

Nun sieht Claus Jesup, der Wismarer Wollweber, seine Stunde erneut gekommen. Er schürt den Unmut gegen die »Versager« – und hat damit Erfolg. Kaum zurückgekehrt, werden Hinrik van Haren und Johann Bantzkow zu Opfern der aufgebrachten Wismarer Bevölkerung. Van Haren wird – ohne Gerichtsurteil – hingerichtet, Bantzkow zum Tode verurteilt. Die Begründung: Sie hätten im Krieg mit Dänemark ausschließlich im Sinne der reichen Kaufleute gehandelt und so die Interessen der Stadt und ihrer anderen Bürger verraten.

Am 18. November 1427 schreitet Johann Bantzkow zur Hinrichtung auf den Wismarer Marktplatz. Seine Familie hat mit Hilfe von einflussreichen Freunden aus dem Lübecker Stadtrat erreicht, dass er nicht am Galgen stirbt, um anschließend auf ein großes Wagenrad geflochten zu werden, nein, er wird mit einem Richtschwert enthauptet. Dies gilt als ehrenvoller.
Eine große Menschenmenge verfolgt die Hinrichtung des Bürgermeisters. Es ist ein unerhörter Vorgang, zählt Bantzkow

Auf dem Wismarer Marktplatz wurde Johann Bantzkow enthauptet.

doch zu den angesehensten Männern der Stadt und hat deren Interessen als Ratsherr viele Jahre lang vertreten. Zwar ist das Gerichtsverfahren formal richtig geführt, letztlich aber von Jesup initiiert und beeinflusst worden: ein Fall von krimineller Stadtjustiz. Bantzkow wird enthauptet und anschließend in der Familiengruft in der Kapelle St. Marien beigesetzt, viele seiner Familienmitglieder fliehen nach Lübeck.

Der Wollweber Claus Jesup triumphiert – der alte patrizische Stadtrat wird wieder abgesetzt und Jesup erneut Bürgermeister. Doch die Wismarer Vorgänge sorgen reichsweit für Empörung. Der älteste Sohn des hingerichteten Bantzkow erreicht, dass König Sigismund die Reichsacht über Wismar verhängt, das heißt, die Stadt und ihre Einwohner gelten fortan als vogelfrei. Jeder kann nun die Stadt überfallen, deren Einwohner töten und ausrauben, ohne dafür rechtlich zur Verantwortung gezogen zu werden. 1430 schließlich setzen königliche Truppen die Rückkehr das alten Stadtrates wieder durch. Die Bantzkow'sche Familie erfährt Genugtuung und erhält Schadensersatz: Wismar muss als Sühneleistung die – heute nicht erhaltene – Bantzkow'sche Sühnekapelle errichten.

Von Claus Jesup verliert sich jede Spur. Möglicherweise bleibt er, da keiner der aufständischen Handwerker aus Wismar vertrieben wird, in der Stadt und stirbt zwischen 1448 und 1453.

Die Hansestädte setzen ihren Kampf gegen Dänemark mit Hilfe von Seeräubern – den Vitalienbrüdern – als Kaperkrieg fort. Erst 1435 endet der Konflikt im Frieden von Vordingborg – mit für die Hanse günstigen Bedingungen.

WISMAR

Der Schiffsklarierer

Johann Gottfried Martens und seine Klabautereien

Im 19. Jahrhundert lebt in Wismar ein Mann, der zu den streitsüchtigsten und durchtriebensten Kaufmännern seiner Zeit gehört. Der impulsive Kerl heißt Johann Gottfried Martens, entspringt am 25. November 1786 dem Leib seiner Mutter, ist von klein auf ein Großmaul und sorgt später jahrzehntelang als Schiffsklarierer – als Schiffsmakler – dafür, dass den Richtern der Hansestadt der Schweiß unter ihren Perücken hervorquillt.

Martens klariert Handelsschiffe: Barken, Schoner, Briggs, Jachten und Schaluppen. »Klarieren« ist ein seemännischer Ausdruck und bedeutet so viel wie »klarmachen«. Er meldet die Segler bei den Hafenbehörden an und ab, erledigt die Formalitäten, erstellt Frachtpapiere und koordiniert die Liefernden und Abnehmenden der Ladungen. Für seine Arbeit erhebt er ein Entgelt, die Klarierungsgebühr.

Schon sein Vater Caspar David Martens (1747 – 1812) ist ein Streithahn. Auch er arbeitet als Kaufmann und Schiffsklarierer in Wismar und legt sich wiederholt mit Auktionatoren an, die in der Stadt Versteigerungen von Handelswaren oder aus Hinterlassenschaften durchführen – er pfuscht ihnen gern in die Geschäfte. Mehrfach wird er verklagt, zum Beispiel wegen Schulden, eigenmächtig in Besitz genommenen Holzes und der Auslieferung von Korn. Nachdem der Vater 1812 gestorben und – seine Feinde hoffen es – mit steifer Brise zur Krämerhölle gesegelt ist, gibt es Streit um den öffentlichen Verkauf seines Wohnhauses und von zwei Speichern in der Scheuerstraße. Seine Gläubiger ziehen vor das Wismarer Magistratsgericht und fordern ihr Geld zurück, der Zank dauert bis 1816.

Sein Sohn Johann Gottfried Martens ist noch störrischer, er hat viel vom Papa gelernt. Auch der jähzornige Junior ist in etliche Gerichtsprozesse und juristische Auseinandersetzungen verstrickt. Im Stadtarchiv Wismar sind dazu etwa 100 Aktenvorgänge aus den Jahren 1810 bis 1864 überliefert. Der Schiffsklarierer beleidigt fleißig, wird dafür verklagt und prozessiert gegen andere, die ihn beleidigt haben. Er wird wegen Schulden belangt und fordert von anderen deren Schulden ein. Immer wieder streiten sich die Auktionatoren Wismars, Bauern aus der Umgebung, Offiziere, Töpfer, Kleinschmiede, Tischler, Maler, Schiffer, Arbeitsmänner, Bäcker, Strohhutmacher und Kaufleute mit Martens vor Gericht. Dem Makler werden unter anderem überhöhte Schiffsgebühren, lebensgefährliche Misshandlungen, unerlaubte Geschäfte, die Räumung eines Gartens, Unregelmäßigkeiten in seiner Dienstverwaltung, die Zurückhaltung von 1000 Reichstalern und die Verbreitung von Schmähschriften vorgeworfen.
Ungeachtet dessen kommt Martens zu großem Reichtum und Einfluss. Er besitzt mehrere Wohnhäuser und Speicher in der Krämer-, Bademutter- und Böttgerstraße und ist Miteigentümer einiger Schiffe. Jahrzehnte nach seinem Tod – 1932 – schreibt der Heimatforscher Gustav Willgeroth in seinem Buch *Beiträge zur Wismarschen Familienkunde* über Martens: *»Sein Andenken ist heute noch lebendig durch seine mancherlei Streiche, so wenn er einen harmlos in Schlafrock und Pantoffeln mit der langen Pfeife vor seiner Tür auf und niedergehenden Nachbarn aufforderte, ein kurzes Stück mit ihm zu fahren und ihn dann auf dem Sachsenberg ablieferte, wo man ihn verständnisinnig empfing, oder wenn er ein andermal einen Nachbarn bei Frühlings-Tauwetter zu einer Spazierfahrt einlud, unterwegs in den Rohlsdorfer Tannen plötzlich einen Tobsuchtsanfall markierte: ›Blut muß ich sehen!‹ und dann seinem Begleiter, der entsetzt aus dem Wagen gesprungen und dabei bis über die Enkel im Schlamm versunken war, schmun-*

zelnd zurief: ›Nu is't vörbi; nu kannst du wedder instiegen‹, oder wenn er bei einem Hausverkauf sich verpflichtete, ein Schaufenster einzubauen und dieses dann an der Hinterwand nach dem Hofe zu anbringen ließ«.

Martens ist ein Unikum. 1831 setzt er sich für den Bau des Friedhofs in Wismar ein und lässt dort ein Jahr später für sich und seine Familie eine neoklassizistische Grabkapelle errichten. 1834 verklagen ihn die Schneider der Stadt, weil er – als Mitglied der Friedhofskommission und »Gottesackerprovisor« – ihnen die *»Gestattung des Leichentragens«* verweigert.

Als der Schiffsklarierer schließlich am 21. Februar 1864 stirbt, atmen viele Leute auf. Doch der Streit geht weiter – die Akten verzeichnen eine *»Auseinandersetzung um den Nachlaß von Johann Gottfried Martens«*. Der Kaufmann bleibt sich damit über den eigenen Tod hinaus treu: Er stiftet Stunk.

Die 1832 errichtete Martens-Kapelle auf dem Wismarer Friedhof

Woosmer

Steile Hechte

Fischjagd in der Rögnitz

1866 entwickelt der schwedische Chemiker Alfred Nobel in seiner Fabrik in Krümmel östlich von Geesthacht an der Elbe einen neuen Sprengstoff: das Dynamit. Er verwendet die Stoffe Nitroglycerin, Kieselgur (ein Abbauprodukt abgestorbener Algen) und Natriumcarbonat (Soda). Der Sprengstoff ist deutlich stärker und effektiver als das bis dahin verwendete Schwarzpulver. Er verbilligt und beschleunigt den Bau von Eisenbahnstrecken und Straßen und forciert – ein Symbol der Macht des Menschen über die Natur – die Industrialisierung. Auch 75 Kilometer elbaufwärts wird Dynamit zu Beginn des 20. Jahrhunderts eingesetzt. Hier im Kali- und Steinsalzbergwerk Conow nördlich von Dömitz entsteht seit 1910 ein Förderschacht, der bis 1917 auf 720 Meter Tiefe vorangetrieben wird, um unter anderem Carnallit, Kainit und Steinsalz aus der Erde zu holen. Bei den Grabungsarbeiten leistet das Dynamit gute Dienste. Gleichwohl gebären gewissenlose Gaunergehirne ganz gemeine Gedanken. Geheim greifen gierige Gangster gefährliches Glycerin, grinsen glücklich »Grandioses Geschossmaterial, gönnen gut gebrauchen!« und gleiten geschwind hinweg.

Die Diebe halten sich für steile Hechte. Sie planen einen Coup in der Rögnitz, einem 52 Kilometer langen Fluss, der in der Nähe entlangfließt. In der Nacht vom 12. zum 13. Juli 1913 fliegen hier Rotaugen, Brachsen, Aale und Hechte steil aus dem Wasser. Das *Ludwigsluster Tageblatt* meldet, es habe unweit Woosmer bei dem Fischereipächter und Schulzen Fr. Gehrke eine Explosion gegeben: *»Die Schüsse waren so heftig, daß Leute, welche schon schliefen, eiligst aufstanden, da sie an eine*

Bergwerkskatastrophe zu Lübtheen oder Dynamitexplosion in Dömitz dachten. Einige junge Leute folgten sofort der Richtung der Schüsse und wurden so die Fischräuber bei ihrem Handwerk gestört. Sie ließen ihre zum Teil neuen Räder im Stich und flüchteten. Die Sache ist bereits der Gendarmerie zur weiteren Verfolgung übergeben.«

Tausende Fische treiben tot auf der Rögnitz, auch die ganze Brut ist durch das Dynamit mit vernichtet worden. Vier Halunken, deren Fahrräder im Korn gefunden werden, sind über die Felder entsprungen und senden ein Stoßgebet in den Himmel:

Wi danken di von Hartensgrunn,
Herr Gott, in disse Morgenstunn,
dat du up uns hest gäben acht,
un uns bewohrt in disse Nacht.

Aber der Herrgott hat sie – wie sich noch zeigen wird – nicht wirklich erhört. Vielleicht ist er durch den Knall ebenfalls im Schlafe gestört worden, unsanft aus dem Himmelbettchen gefallen und darum übelgelaunt. Oder hat ihm die Explosion ein Knalltrauma verpasst? Womöglich hat der oberste Paradiesverwalter aktuell auch kein Ohr für Gaunergebete, weil er mit der Aufnahme der Fische in den Himmel, Abteilung XIII, Referat 101 – Süßwasserbewohner, alle Hände voll zu tun hat.

Dafür hält Staatsanwalt Paul Siegfried aus Schwerin seine irdischen Ohren und Augen offen. Der Ermittler, 1872 in Rostock geboren, Sohn eines Rechtsanwalts, ist selbst ein steiler Hecht. Von 1907 bis 1910 hat er als Amtsrichter in Ludwigslust und danach als Landrichter in Schwerin vielen Schurken die Hosen stramm- und die Ohren langgezogen. Seit Anfang 1913 ist er Erster Staatsanwalt am Landgericht Schwerin, und in dieser Eigenschaft fährt er am 25. Juli 1913 nach Woosmer, um Zeugen zu befragen und zu ermitteln. Der Erfolg lässt nicht lange auf sich warten. Die *Mecklenburgische Zeitung* be-

richtet, *»die angestellte Untersuchung führte zu der Verhaftung der drei Bergwerksarbeiter Köpke (Vielank), Brockmüller (Stuck) und Hamann (Malliß). Die beiden Erstgenannten wurden in Dömitz in Untersuchungshaft genommen, Hamann wurde nach Ludwigslust ins Amtsgerichtsgefängnis übergeführt. Alle drei Verhafteten geben die Tat wohl zu, aber das Dynamit entwendet zu haben, beschuldigt einer den andern. Die Uebeltäter waren auf dem Kalischachte Conow beschäftigt und ist das zur Sprengung gebrauchte Dynamit wahrscheinlich aus diesem Werke gestohlen worden.«*
Ob die Sprengstoff-Freunde verurteilt werden, bleibt unklar. In der Rögnitz jedenfalls schwimmen heute wieder reichlich Fische. Ob unser Herrgott mit Staatsanwalt Siegfried auf einer Wolke sitzt und – Petri Heil! – nach Hechten Ausschau hält? Das ist nicht auszuschließen.

In der Rögnitz bei Woosmer geschah der Fischfrevel.

Rostock und Umgebung

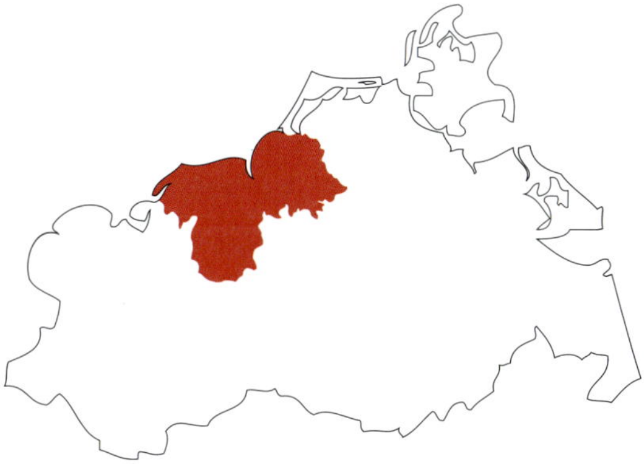

Bad Doberan

Der Revisor

Der Mord am Mühlenkontrolleur

Am Sonnabend, den 4. Oktober 1919, finden Passanten gegen 18 Uhr einen Mann auf der Chaussee, die von Doberan südlich nach Retschow führt. Er liegt in der Nähe einer Tannenschonung und ist schwer verletzt. Rücken und Nacken weisen Schusswunden auf, nur wenig später stirbt der Mann. Seine Leiche wird im Doberaner Krankenhaus aufgebahrt.

Die Rostocker Staatsanwaltschaft nimmt sofort die Ermittlungen auf. Es stellt sich heraus, dass es sich bei dem Toten um Fritz Teßmar, den Kontrolleur für Mühlen- und Bäckereibetriebe der Doberaner Kreisbehörde (Reichsgetreidestelle), handelt. Der Ermordete soll wegen seiner scharfen Revisionen bei der Landbevölkerung sehr verhasst gewesen sein, weil er vielfach kleinlich und nicht immer unparteiisch agierte. Vor einiger Zeit war er darum schon einmal überfallen und verprügelt worden, erst vor Kurzem hatte er wieder Drohbriefe erhalten. Dennoch fuhr Teßmar am 4. Oktober morgens mit dem Postwagen nach Retschow, um in der dortigen Mühle eine Revision vorzunehmen. Dabei stellte er offenbar erhebliche Unregelmäßigkeiten und Verstöße gegen gesetzliche Anordnungen fest.

Abends weigerte sich der Kutscher, ihn mit zurück nach Doberan zu nehmen. Darum machte sich Teßmar zusammen mit zwei nachbestellten Beamten zu Fuß auf den Heimweg. Unterwegs erklärte er seinen Kollegen, sie sollten schon vorausgehen, er komme gleich nach. Wenig später geschah der Mord. Teßmar erhielt zuerst zwei Schrotschüsse in den Rücken, schleppte sich noch etwa 100 Schritte weiter, dann folgte der tödliche Schuss in das Genick und den Hinterkopf.

Wer ist für den Mord verantwortlich? Der Kontrolleur ist nicht beraubt worden, darum liegt die Vermutung nahe, dass sein Tod mit der Revision in der Retschower Mühle im Zusammenhang steht. Die Ermittlungen ergeben, dass der Müller Wegner und seine Hausgenossen für die Tat nicht in Betracht kommen. Weil die tödlichen Verletzungen durch Schrotschüsse erfolgt sind, gerät der Hofbesitzersohn Albrecht Peters aus Retschow in Verdacht, weil er ein Wilderer sein soll und sein Vater schon einmal eine Differenz mit Teßmar hatte. Bei einer Durchsuchung – einen Tag nach Tat – werden tatsächlich Schrotmunition und ein verstecktes Jagdgewehr bei Albrecht Peters gefunden. Sofort wird der 19-Jährige verhaftet und am Abend des 5. Oktober in das Landgerichtsgefängnis Rostock gebracht. Er leugnet jede Schuld.

Nach zehn Tagen und langen Verhören gesteht Peters jedoch, den Mühlenkontrolleur aus Rache erschossen zu haben. Mehrere Monate sitzt er in Untersuchungshaft. Dann gelingt es

Im Wald nördlich von Retschow geschah 1919 das Verbrechen.

ihm in der Nacht vom 4. zum 5. April 1920, während des Osterfestes, aus dem Rostocker Justizgefängnis auszubrechen. Der Erste Staatsanwalt setzt auf seine Ergreifung eine Belohnung von 1000 Mark aus. Knapp einen Monat später, Anfang Mai, wird Peters von der Hamburger Kriminalpolizei bei Atzbüll in der Nähe von Flensburg wieder gefasst und zurück nach Rostock gebracht.

Am 23. Juni 1920 steht er vor dem Schwurgericht Güstrow. Ein Zeuge, der am Mittag des Mordtages mit dem Angeklagten gesprochen hat, schildert, dass Peters damals zu ihm sagte, er habe Teßmar morgens in Retschow gesehen und sei darüber so in Wut geraten, dass er ihn am liebsten gleich totgeschossen hätte. Weitere Zeugen geben über die Zurechnungsfähigkeit des Angeklagten Auskunft, berichtet die *Mecklenburgische Zeitung* am 25. Juni 1920 in ihrer Abendausgabe: *»Der Angeklagte wird von seinen Angehörigen und von einem früheren Knecht seines Vaters als ein leicht reizbarer, jähzorniger Mensch geschildert. Er hat von seiner Jugend an, ebenso wie sein Vater, häufig an Kopfschmerzen gelitten [...] Auch ist der Angeklagte, wie weiter bezeugt wird, jahrelang noch bis nach seiner Konfirmation öfter nachts im Schlaf aus seinem Bett aufgestanden, hat sein Schlafzimmer verlassen und ist im Hause herumgegangen, dabei haben seine Hände heftig gezittert.«*
Professor Kleist, der den Angeklagten in der Nervenheilanstalt Gehlsheim bei Rostock beobachtet hat, um seinen Geisteszustand zu begutachten, gibt an, dass Peters geistig nicht als ganz vollwertig anzusehen sei, er die Tat aber nicht in einem Zustand der Bewusstlosigkeit oder krankhafter Störung der Geistestätigkeit begangen habe.
Das Schwurgericht verurteilt Peters daraufhin wegen Mordes zu acht Jahren Zuchthaus und zum Verlust der bürgerlichen Ehrenrechte für zehn Jahre.

Bützow

Guten Appetit

Wo Gänsebraten Harmonie stiften

Lukullisches gewinnt oft an jenen Orten große Bedeutung, an denen Schmalhans Küchenmeister ist und er seinen Kochlöffel nicht lustvoll schwingt, sondern matschigen Brei auf die Holz- und Blechteller klatscht, dass es gehörig plitscht und platscht. Wer einmal solch magere Kost aus dem Blechnapf gefressen hat, der sehnt sich innig nach saftigen Schweinebraten und goldgelben Kartoffeln, nach Speck, Rühreiern und Spargeln, nach Soße, dicken Bohnen und kräftigen Gänsekeulen oder nach geräucherten Aalen und gebratenen Hechten, die – auf großen Porzellanplatten serviert – einen teuflisch guten Duft verbreiten. Wenn der Blechnapf-Fresser nur daran denkt, strömt ihm das Wasser im Maule zusammen, so stark, dass er damit seinen eigenen Durst löschen könnte.

Im Zentralgefängnis zu Bützow werden im Jahr 1914 keine Fünf-Gänge-Menüs aufgetragen, im Gegenteil, hier regiert die Knauserigkeit. Großherzogliche Fress- und Sauforgien gibt es nur in der Vorstellungswelt der einsitzenden Spitzbuben. Aus der Gefängnisküche, einem nach Kohl riechenden Stall, quillt kein süßer Brei, durch den die Knastbrüder sich hindurchessen müssten, um in ihre Zellen zu gelangen. Nein, die Gauner schlürfen hier allwöchentlich Wrukensuppe und kauen missgelaunt auf Brotkanten – das Knurren ihrer Mägen tönt wie ein wunderliches Konzert durch die Gefängnisgänge. Manche Insassen sinnen darum nach Möglichkeiten und Tricks, um etwas Fleisch zwischen ihre Zahnstummel zu bekommen.

Zu ihnen gehört auch der Restaurateur Wilhelm Rohlfs, der seit einiger Zeit in Bützow die Staatspension genießt. Der Gastwirt hatte in Schwerin ein Hotel geführt, zuvor war er Betreiber von *Pohleys Hotel* in Rostock. Rohlfs pirschte gern auf Pfaden, die neben dem Gesetze lagen, insbesondere bei der Fleischbeschaffung. In Schwerin war er in eine große Wilddieberei-Affäre verwickelt und wurde wegen Hehlerei – weil er seinen Gästen illegal erlegte Hasen und Rehe auftischte – zu einer längeren Gefängnisstrafe verurteilt.

Nun lauscht er dem Konzert seines Magens und mustert die Gefängniswärter, die – gebeugt, schlecht bezahlt und von geringer Bildung – über die Flure schlurfen. Könnte man sich nicht einen von denen ein klein wenig zurechtbiegen? ›Die Gitterstäbe meines Zellenfensters krieg ich nicht auseinander‹, denkt Rohlfs, ›aber so 'nen Aufseher, vielleicht den Karl Fründt, den kann ich mir gewogen machen. Sein Rückgrat ist weich, ihn form ich mir zurecht.‹

Gedacht, getan. Der Weg zu besserem Essen, zu vollem Bauch und Glücksgefühl führt nur über die Aufseher. Und so beginnt Rohlfs, seinen Wärter Fründt zu bearbeiten. Er lächelt freundlich, wenn er ihn sieht, hält einen Schwatz mit ihm, heuchelt

Ein Gänseschmaus sorgte 1914 im Bützower Gefängnis für gute Laune.

Verständnis für dessen Aufgaben, lobt ihn und schafft so Vertrauen. Irgendwann hat er den Wächter soweit, dass der Essen besorgt und ihm in der Zelle zusteckt.
Was dabei kredenzt wird, ist eher bescheiden: kein Königsmahl mit gebratenem Hirsch, Rotwein und süßen Trauben, sondern meist schlichte Hausmannskost. Und doch geschieht dadurch etwas, das im Bützower Knast selten vorkommt: Das Hungerkonzert in den Gedärmen des Gefangenen endet, die beiden Männer gehen freundschaftlicher miteinander um, und Rohlfs wird leistungsfähiger bei der Gefängnisarbeit. Der Deal erzeugt Harmonie und Zufriedenheit.

Allerdings ist das Ganze strafbar – man nennt es Bestechung – und führt die beiden Männer letztlich vor die Strafkammer Güstrow, schreibt das *Malchower Tageblatt* am 24. Februar 1914: *»Restaurateur Rohlfs […] hat den Gefangenenaufseher Karl Fründt, wie durch die Beweisaufnahme festgestellt wurde, dazu veranlaßt, ihm statt der Gefängniskost Butterbrote, Wurst und einmal ein Stück Gänsebraten zuzustecken und hat die Speisen mit den Worten ›Danke schön‹ und ›Ich machs wieder gut‹ angenommen. Unter Zubilligung mildernder Umstände wurde Fründt zu 2 Monaten Gefängnis und Rohlfs, der schon von der Gefängnisdirektion wegen Disziplinarbruchs 10 Tage strengen Arrest erhalten hat, zu 100 Mark Geldstrafe aushilflich 10 Tage Gefängnis verurteilt.«*

So endet die Gefängnisharmonie. Nach seiner Haft führt Wilhelm Rohlfs das Hotel in Schwerin nicht weiter. Es wird für kurze Zeit von August Ferdinand Rohlfs betrieben, dann verkauft und im *Schweriner Wohnungsanzeiger für 1916* als *Hoots Hotel* geführt.
Ob Karl Fründt nach seiner Haft wieder im Bützower Knast arbeitet und noch einmal mit Gänsebraten für Einklang sorgt, ist nicht überliefert.

HASTORF

Trine Schlorff

Die Verfolgung von »Hexen« in Mecklenburg

In der Zeit zwischen 1336 und 1777 sind etwa 4000 Hexenprozesse in Mecklenburg nachweisbar. Sie richten sich gegen 3750 Personen, vor allem Frauen wird vorgeworfen, mit dem Teufel zu buhlen und »schwarze Magie« zu betreiben. Oft beruhen die Anschuldigungen auf Unwissenheit und Aberglauben, daneben führen Neid, Verleumdung und Frauenhass vielfach zu Folterungen und Hinrichtungen. Etwa 2000 Todesurteile werden in Mecklenburg vollstreckt. Noch heute weisen Ortsbezeichnungen wie »Hexenberg« und »Blocksberg« auf diese Zeit hin.

Im Jahr 1697 gerät auch Trine Schlorff aus Hastorf südlich von Bad Doberan in Verdacht, eine Zauberin zu sein. Angeblich setzt sie die ganze Gegend in Schrecken. Die Vorwürfe: Sie könne dünnes Bier leberdick machen, so dass man es auf einem Stock forttragen könne. Zudem besitze sie den »bösen Blick«, töte durch bloßes Ansehen junge Gänse und stehe mit dem Teufel im Bunde, ja, sie habe den Schwarzen wirklich zum Freund!

Bereits elf Jahre zuvor – 1688 – hat Herzog Christian Ludwig I. das Verbrennen von Hexen in Mecklenburg-Schwerin per Edikt verboten: *»Wir sind, was die Hexensachen betrifft, jederzeit der Meinung gewesen, das Brennen einstellen zu lassen und die Delinquenten […] in andere Wege abzustrafen […] zu malen das Land durch das viele Hexen-Brennen mehr denn zu viel beschrien ist.«* Der Herzog sorgt sich um den Ruf seines Landes. Scheiterhaufen, auf denen Menschen sterben, passen für ihn nicht mehr in die Zeit. Weil er selbst aber nicht in Mecklenburg weilt – er ist bereits 1662 nach Paris an den Hof Ludwig des

XIV. gegangen, zum Katholizismus konvertiert und lebt fast dauernd in Frankreich – bleibt sein Edikt ohne Einfluss. Der Zauberei Beschuldigte werden weiter gefoltert und hingerichtet.

Trine Schlorff wird im Frühjahr 1697 in Hastorf verhaftet und ins zwei Kilometer nördlich gelegene Neuhof gebracht. Der Volkskundler und Pastor Johann Jacob Mussäus hat dazu 1837 eine Sage überliefert: *»Endlich läßt der Grundherr zu Neuhof sie holen. Die Häscher und mit ihnen der Inspector (Wirthschafter) versprechen unterweges ihr die Freiheit, wenn sie sich zu einem Kunststücke verstände, zum Beispiel zwei Pflüger mit den Ochsen festbannete. Sie macht ihre Sache, und ein Pflüger sitzt fest. Auf die Frage, warum der andere nicht auch festgemacht sei, erwidert sie, derselbe habe am Pfluge einen Pflock von Kreuzdorn. Der Beweis ist gegeben; sie wird eingesetzt und gepeinigt, worauf sie denn ihren Umgang mit dem Satan bekennt.«*

Neben der Sage existieren reale Gerichtsakten über den Fall. Der Grundherr Josua von Barner, bei dem Trine Schlorff in Neuhof inhaftiert ist, fragt die Juristenfakultät Rostock um Rat, wie er mit der Frau verfahren soll. Die Juristen teilen am 13. April 1697 mit, dass sie *»mittelst mäßßiger tortur zubefragen«* sei – also gefoltert werden könne – und ihre Aussagen zu protokollieren seien. Daraufhin wird Trine Schlorff am 19. April gemartert – und gesteht die ihr zur Last gelegten Taten. Josua von Barner sendet das Folterprotokoll nach Rostock und fragt an, was nun geschehen soll. Die Juristenfakultät antwortet, dass die Frau, wenn sie bei ihrem Geständnis bleibe, *»von wegen der bekanten Zauberey undt mit dem Teuffel gehapten Gemeinschafft mit dem fewer vom Leben zum Tode zu bestraffen sey«*. Offenbar bleibt Trine Schlorff bei ihrem Geständnis, denn sie wird am 28. April 1697 öffentlich hingerichtet. Die Sage überliefert dies so: Am Weg von Hastorf nach Neuhof wird ein

Pfahl eingerammt, der noch lange danach dort unter dem Namen *Smokpahl* (Rauchpfahl) stand. Um den Pfahl wird Holz geschichtet und die Verurteilte mit einer Kette an den Pfahl gebunden.

Die Hinrichtung lockt viele Neugierige an, das ganze Feld und alle Bäume sind voller Menschen, die aus Rostock, Bützow, Wismar und anderen Orten gekommen sind, um dem fürchterlichen Schauspiel beizuwohnen. Vor dem Anketten zieht die Verurteilte ihren roten Rock aus und bittet, diesen ihrer Enkelin aufzubewahren, man verspricht es ihr. Beim Anzünden des Holzes singt sie das von Martin Luther verfasste Bußlied *Ach Gott und Herr, wie groß und schwer sind mein begangne Sünden.* Dann schlagen die Flammen hoch, und sie fängt an zu schreien, zerrt an der Kette, *»bis der Rauch ihr aus dem Halse gekommen ist. Den Rock hat man nachher auch weislich verbrannt.«* Trine Schlorff ist die letzte Frau, die in Mecklenburg als »Hexe« verbrannt wird.

Nördlich von Hastorf wurde Trine Schlorff 1697 verbrannt.

LAAGE

Der Räuberhauptmann

Wilhelm Volkmann und seine Bande

In der Nacht vom 18. zum 19. Mai 1908 dringen zwei Unbekannte in das Gutshaus Zapkendorf, acht Kilometer südlich von Laage, ein. Sie agieren nicht wie Dick und Doof, sondern handeln fachmännisch. Sie überwältigen den im Bett liegenden Rittergutsbesitzer Alexander von Buch, binden und knebeln ihn, plündern unter anderem den Geldschrank, erbeuten eine goldene Uhr, 3 000 Mark Bargeld, drei Sparkassenbücher, ein Scheckbuch mit 17 000 Mark sowie wertvollen Schmuck. Nach der Tat radeln die Räuber feixend auf Drahteseln davon. Der eine ist ein untersetzter, kräftiger Mann mit langem Schnurrbart, der andere ein langer Lulatsch mit einem Flaumbart unter seinem Gaunerzinken.

Aber das Lachen soll ihnen schnell vergehen. Kommissar Zufall zieht sie zwei Tage später an ihren Halunkenohren aus ihrem Rostocker Versteck. Die Spitzbuben logieren hier seit kurzem in der Stampfmüllerstraße 6 bei einer Witwe, sie bleiben stets bis 16 Uhr in ihrem Zimmer, sind dann aber die ganze Nacht unterwegs. Das fällt auf!

Im Haus wohnt auch ein Stuckateur, der im Auftrag der Staatsanwaltschaft in Zapkendorf die Fußspuren der Einbrecher abformt. Dabei entdeckt er in einem Gehölz auf dem Weg nach Knegendorf Spuren, die von kleinen und großen Füßen stammen. Als er nach Haus zurückkehrt, macht ihn seine Mutter auf die merkwürdige Lebensweise der neuen Hausbewohner aufmerksam: »Sie sind auch heute früh erst um sechs Uhr heimgekommen!« Der junge Mann schöpft Verdacht und informiert die Großherzogliche Staatsanwaltschaft. Daraufhin suchen zwei Kriminalbeamte die Verdächtigen auf.

Als sie das Zimmer betreten, liegt der eine noch im Bett, während der andere Kaffee trinkt. Nichts Gutes ahnend, greift der im Bett Liegende unter die Decke, zieht einen geladenen Revolver hervor und legt ihn auf die Beamten an. Diese sind jedoch schneller, überwältigen die Gauner, fesseln sie und bringen sie zur Staatsanwaltschaft. Hier legen die Ganoven umfassende Geständnisse ab. Es handelt sich um zwei schwere Jungs aus Berlin, Emil Buchholz und Adolf Kuck, die viele Einbrüche begangen und dabei sogar Sprengpulver und Zündschnüre verwendet haben. Aufgrund vorgefundener Briefe wird nach und nach eine ganze Räuberbande hinter Schloss und Riegel gebracht. Ihr Anführer, ein Seiler, heißt Wilhelm Volkmann und wohnt in Laage. Auch er schafft es nicht, sich rechtzeitig abzuseilen.
Volkmann ist der Rinaldo Rinaldini von der Waterkant, freilich nicht so volksverbunden, dass er seine Beute unter den Armen verteilt. Nein, der Schurke steckt sein Raubgut ganz unromantisch in den eigenen Beutel, zum Beispiel aus Einbrü-

Auch in den Straßen von Laage trieb die Räuberbande ihr Unwesen.

chen bei den Kaufleuten Collatz und Dehn in Laage, beim Erbpächter Steinfeld in Kobrow, aus Raubzügen in Lewkendorf, Kronskamp und im Bahnhof Scharstorf – hier schneidet er fachkundig die im Bahnhof einmündenden Telefon- und Telegrafendrähte durch, um eine schnelle Meldung seiner Missetat zu verhindern.

Vom 17. bis 19. Dezember 1908 stehen Volkmann und neun Komplizen wegen Raubes, schweren Diebstahls, Urkundenfälschung, Hehlerei und Jagdvergehen vor dem Schwurgericht Güstrow. Die Karten für den Zuschauerraum sind seit Wochen vergriffen, über 40 Zeugen werden gehört. Die Bande hat – meist auf Fahrrädern – Mecklenburg, Pommern und Brandenburg bereist und nachts zahlreiche Raubüberfälle auf Rittergütern und Pfarrhöfen begangen, berichtet das *Malchower Tageblatt* am 18. Dezember 1908: *»Sie stahlen alles, was ihnen in den Weg kam: Enten, Gänse, Hühner, Fleischwaren, Kleiderstoffe, Anzüge, Roggen, Weizen, Bienenkörbe und Honig. Aber auch das Wildern betrieb die Bande in großem Umfang. Sie begnügte sich nicht mit dem Abschießen von Hirschen, Rehen und Hasen, sie legte auch Fangeisen. Außerdem betrieb die Bande, wo sich die Gelegenheit bot, fleißig Fischfang.«* Die Halunken räuberten wie die Hechte. Alle Angeklagten sind vorbestraft. Sie nutzten das Haus der Witwe Krull in Laage als Hehlernest. Wilhelm Volkmann, im Volksmund der »Räuberhauptmann von Laage« genannt, gesteht in der Verhandlung seine Taten, während die anderen meist leugnen. Das Gericht verurteilt ihn zu 13 Jahren Zuchthaus, Emil Buchholz muss elf Jahre und Adolf Kuck acht Jahre ins Zuchthaus. Die weiteren Angeklagten – der Ackerbürgersohn Wilhelm Demmin, der Arbeiter Carl Kollmorgen, Martha Buchholz, die Seilerwitwe Krull, die Ehefrau des Arbeiters Kollmorgen, die Geliebte Volksmanns Olga Kupcke und der Briefträger Franz Paetow – erhalten geringere Strafen.

Neubukow

Durcheinander im Geldschrank

Der kreative Karl

Früher war alles anders. Nicht unbedingt besser, aber oft unkomplizierter. Auch für Spitzbuben. Beispielsweise war es leicht, eine Postkutsche zu überfallen. Dazu brauchte man kein abgeschlossenes Hochschulstudium oder ein Empfehlungsschreiben seines Chefs, keine Autos und Maschinenpistolen, sondern nur einen Gaul, der halbwegs traben konnte, einen Schießprügel, der zwei Kugeln Blei verspritzte und ein schwarzes Tuch, das man sich zur Tarnung über Mund und Zinken zog. Der Rest lief von alleine. Wurde man später gefasst, war der Ausbruch aus manchem Gefängnis ein Kinderspiel, weil die Zellen nicht abschließbar oder die Wächter betrunken waren. Auch andere Schelmenstücke waren früher leichter, wie der folgende Fall zeigt.

Im Frühjahr 1913 sorgen die Jahresrechnungen des Amtsgerichtes Neubukow für Stirnrunzeln im Großherzoglichen Justizministerium in Schwerin. Sie weisen für die Jahre 1911/12 Unstimmigkeiten auf: Akten zu durchgeführten Zwangsversteigerungen fehlen, andererseits sollen aber Gebühren, die für diese Versteigerungen eingenommen wurden, im Geldschrank des Amtsgerichtes liegen. Wie passt das zusammen?

Das Justizministerium ordnet eine Prüfung der Gerichtskasse durch den Geheimen Revisionsrat Meinck aus Schwerin an. Als dieser am 22. Mai 1913 unerwartet in Neubukow eintrifft und zunächst einen Kassensturz vornimmt, stellt er einen Fehlbetrag in Höhe von 1,65 Mark fest. Am nächsten Tag will Meinck mit der Revision aller Gebührenrechnungen beginnen und fordert den Amtsgerichtsaktuar Karl Kummerow auf, ihm zuerst die seit 1909 geführten Zwangsversteigerungsakten vor-

zulegen. Der Gerichtsschreiber nickt eifrig, folgt der Anweisung aber nicht, sondern verschwindet auf leisen Sohlen aus Neubukow. Als er auch im Laufe des 24. Mai nicht zurückkehrt, wird er per Steckbrief gesucht. Zwei Tage später stellt sich Kummerow – er hat seine Beamtenhosen inzwischen gestrichen voll – freiwillig bei der Staatsanwaltschaft Rostock. Er gesteht, amtliche Gelder aus der Kasse genommen und verbraucht zu haben, er sei in finanziellen Schwierigkeiten gewesen und habe völlig den Kopf verloren.
Um die Höhe der Unterschlagungen festzustellen, beantragt der Untersuchungsrichter die Hinzuziehung eines Sachverständigen. So reist Obersekretär Meyer aus Schwerin nach Neubukow und nimmt eine gründliche Prüfung der Kassenführung des Verhafteten vor. Untersucht werden alle Vorgänge ab dem 1. Januar 1910. Bei dieser Revision wird festgestellt, dass Kummerow von 1910 bis 1913 insgesamt 3 250 Mark, die er in amtlicher Eigenschaft empfangen und in Gewahrsam hatte, unterschlagen hat. Er buchte einen großen Teil der Ein-

Das frühere Amtsgebäude in Neubukow:
Hier beging Kummerow seine Unterschlagungen.

nahmen nicht und machte falsche Eintragungen in den Büchern. Zudem eignete er sich als Nachlass-Pfleger der für tot erklärten Brüder Prüter aus Alt Bukow von den für die Nachlass-Pflegschaft eingenommenen Geldern 550 Mark an.
Am 19. Dezember 1913 muss sich der Gerichtsschreiber vor dem Großherzoglichen Schwurgericht Güstrow wegen Unterschlagung im Amt und Untreue verantworten. Rund 40 Zeugen und zwei Sachverständige sind geladen. In der Verhandlung wird Folgendes festgestellt: Der Angeklagte, geboren am 6. November 1875 in Sülze, verheiratet, nicht vorbestraft, war seit 1893 bei verschiedenen Gerichten tätig, wurde am 1. Januar 1906 als Amtsgerichtsaktuar nach Neubukow versetzt, hatte hier die Gerichtskasse und die Gebührenkasse zu verwalten und bezog zuletzt ein Jahresgehalt von 2700 Mark.
Kummerow gesteht, er habe sein privates Geld im Geldschrank des Amtsgerichtes direkt neben den amtlichen Geldern verwahrt: »Die Moneten sind häufig durcheinander jekommen. Ick hab nach Bedarf rausjenommen, wie viele Piepen, weiß ick nich. Kann sein, dat ick, wenn meine Kröten alle waren, ick wat von de amtlichen Jelder jenommen hab.« Als Begründung gibt Kummerow an, er sei viel kränklich gewesen, habe viel zu tun gehabt, zudem hänge seine Unordnung auch mit seiner Nervosität zusammen.
Sein Verteidiger bläst ins gleiche Horn: Der Angeklagte sei zwar ein Bummler und eigne sich nicht zum Kassenbeamten, er habe aber nur fahrlässig, nicht vorsätzlich gehandelt. Darum sei er nur disziplinarisch und nicht gerichtlich zu bestrafen, zumal er ein innerlich zerrissener Mann sei, der in Unfrieden mit seiner Frau gelebt habe.
Die Geschworenen bejahen dennoch die gestellten Schuldfragen, sehen jedoch mildernde Umstände, worauf der kreative Karl zu einem Jahr und vier Monaten Gefängnis verurteilt wird.

Oettelin

In dieser Tollheit liegt Methode

Die Gesundbeter

Ende des 19. Jahrhunderts gründet die US-Amerikanerin Mary Baker Eddy (1821–1910) die Sekte »Christian Science«, die »Christliche Wissenschaft«. Eddy, die in einer stark religiösen Familie aufgewachsen ist, leidet seit ihrer Kindheit an Krankheiten. 1866, nach einem Sturzunfall, erlebt sie beim Lesen der biblischen Geschichte vom Gelähmten (Matthäus 9,1–8) eine wundersame Heilung und predigt fortan, dass Krankheiten allein durch den Glauben und fleißiges Beten heilbar seien. Sie sammelt Gleichgesinnte und gründet 1892 in Boston »Die erste Kirche Christi, Wissenschaftler«, die schnell weltweit Anhänger findet. In Deutschland sind erste Fans 1894 im Raum Stuttgart nachweisbar, 1897/98 entsteht eine Gemeinde in Hannover, es folgen Gruppen in Dresden, Berlin, Frankfurt am Main und München. Die Gesundbeter behaupten ernsthaft, dass der Mensch – als Ebenbild Gottes – ausschließlich geistig und nicht physisch existiere. Somit würden auch Krankheiten nicht existieren, sondern reine Einbildung sein. Heilung geschehe in der geistigen Entlarvung der Krankheit als »Unwirklichkeit«. Zur Genesung bieten die Gesundbeter – selbstverständlich gegen Bezahlung – ihre Hilfe an. Ihren Lohn bezeichnen sie bescheiden als »freiwilliges Geschenk«.

In Mecklenburg versucht ein Korbflechter aus der Leichtgläubigkeit seiner Mitmenschen klingende Münze zu schlagen. Fritz Kleemann, Jahrgang 1879, wohnt im Bauhof Lübz, ist wegen Betruges vorbestraft und pilgert jetzt als Gesundbeter durch die Gegend. Im Mai 1913 kommt er nach Oettelin bei Bützow und spricht bei Frau Rathloff, deren Mann krank ist, salbungsvoll vor: »Ich war früher Pastor und habe beim bekannten Schäfer Ast die Kunst des Gesundbetens erlernt. Auch Ihrem Manne kann ich helfen!« Als der Schwindler sodann mit treuer Miene ein paar »Gebete« murmelt, schwinden bei der Frau alle Zweifel, sie ist fest davon überzeugt, dass der »frühere Pastor« ihren Mann heilen kann. Natürlich gibt die Gute dem Gesundbeter auf sein Verlangen »Silber«, denn ohne Silber funktioniert das Gesundbeten bekanntlich nie – es fördert die Kraft des Gebetes. Doch während Kleemann danach entschwindet, verschwinden die Beschwerden des Kranken nicht.

Auch Frau Harms in Tempzin, deren Sohn erkrankt ist, fällt auf den Schwindel des Gesundbeters herein, nur dass der Erfolg des Betrügers hier noch größer ist, er erbeutet nämlich 30 Mark. So groß schätzt Kleemann die Leichtgläubigkeit der Frau ein, dass er am nächsten Tag schon wieder bei ihr vorspricht, um die »Behandlung« ihres Sohnes fortzusetzen. Dieses Mal geht er jedoch leer aus, denn die Frau gibt dem Schar-

Auch in Oettelin war ein Gesundbeter unterwegs.

latan kein Silber mehr – wohl weil sie keines mehr hat. Schließlich werden die Behörden auf die Umtriebe des Gebetsmedizinmannes aufmerksam. Ihr Glaube ist weniger stark, und sie zeigen Kleemann an. Am 5. Februar 1914 muss er sich vor der Strafkammer Güstrow verantworten. Diese verurteilt ihn – sein Stoßgebet wird offenbar vom Meister oben nicht erhört – zu 15 Monaten Zuchthaus, 300 Mark Strafe und drei Jahren Ehrverlust.

Wenige Tage später, am 14. Februar 1914, stirbt die bekannte Schauspielerin Alice von Arnauld, Mitglied des Königlichen Schauspielhauses in Berlin. Ihr Tod wird – wie zuvor schon der Tod der Berliner Hofschauspielerin Nuscha Butze am 10. Dezember 1913 – den Gesundbetern zur Last gelegt. Die diabeteskranke Butze war dem Rat der freischaffenden »Heilkundigen« Elise Ahrens gefolgt, die ihr nahezu alle ärztlichen Diätvorschriften ausredete und stattdessen mit ihr und für sie betete. Auch Alice von Arnauld hatte sich – wegen einer chronischen Hautkrankheit – zunächst an Ahrens gewandt, diese verwies sie jedoch an die Gesundbeterin Elise Hüsgen. Deren Methoden halfen auch nicht: Arnauld starb an den Folgen ihrer schweren, unbehandelten Wunden.

Die beiden Kurpfuscherinnen werden wegen fahrlässiger Tötung angeklagt und am 13. November 1915 vom Landgericht Berlin zu je sechs Monaten Gefängnis verurteilt. Das *Tageblatt für Vorpommern* kommentiert am 16. November 1915 den Prozess und die Gesundbeterei: *»In dieser Tollheit liegt wahrlich Methode! Es kann ja nichts zu absurd sein, um nicht doch Gläubige zu finden. Das Treiben der Scientisten ist also im höchsten Grade gefährlich; einmal, weil es in schwache Köpfe die unheilvollsten Verwirrungen bringt und dann, weil es wirklich Erkrankte dem Verderben zuführt.«* Die »Christian Science« existiert noch heute – weltweit und in Deutschland. Die Zahl ihrer Mitglieder sinkt jedoch seit den 1950er Jahren kontinuierlich.

RIBNITZ

Frugensminsch

Eine Schleckerbäckermeckerei

In der Langen Straße, der Einkaufs- und Flaniermeile der Boddenstadt Ribnitz, die sich noch heute als Lebensader von Ost nach West durch die Stadt zieht, wohnen zu Beginn des 20. Jahrhunderts die Eheleute Hoffmann mit dem Konditor Robert Delwall zusammen auf einem Grundstück. Herr Hoffmann hat dem Zuckerbäcker Räume verpachtet, in denen der seine Konditorei betreibt und seit 1907 prächtige Torten, Kuchen und Knabbereien aller Art an die Ribnitzer Schleckermäuler verkauft. Der Konditor bäckt und klotzt und kleckert, kein Kunde knurrt und motzt und meckert. Im kleinen Café, einer liebevoll eingerichteten Naschstube, wird herzlich geschlemmt.

Bald fällt es Delwall ein, auf dem Hof des Grundstückes ein Herzhäuschen errichten zu lassen, damit sich seine Kundschaft – angefüllt mit Apfelkuchen und Kaffee – auch mal erleichtern kann. Er hat darum einen Auftrag an Zimmermeister Lindemann erteilt, dessen Firma den Thron aufstellen soll. Leider hat der Konditor das Ganze nicht mit seinen Verpächtern, den Hoffmanns, abgesprochen. Und so kommt es beim Bau des Entlastungsortes, für den zu dieser Zeit noch das französische Wort »Retirade« gebräuchlich ist, zu einer Schimpftirade.
Am 11. Juni 1908 rückt der Zimmermann Kolberg mit Säge, Hammer, Nägeln und Brettern an und macht sich auf dem Hof zu schaffen. Es ist ein freundlicher, sonniger Tag, doch als die Hausherrin Henny Hoffmann am Fenster in der ersten Etage des Hauses erscheint, verdunkelt sich der Innenhof:
»Was machst du da?« ruft sie hinunter.

»Guten Morgen, liebe Frau, ich soll hier ein Klosett bauen«, antwortet der Zimmermann.
»Wie? Einen Lokus?«
»Ja.«
»Wer hat das veranlasst?«
»Mein Meister.«
»Dein Meister? Wie kommt er dazu? Wer hat ihn beauftragt?«
»Ich denke, der Herr Delwall war's. Für ihn soll das Häuschen ja aufgestellt werden.«
Henny Hoffmann läuft rot an. Mit Delwall liegen sie, die Hoffmanns, schon einige Zeit im Streit, weil ihnen der Konditor mit seinen zahlreichen, gutgelaunten Gebäckfressern auf den Keks geht. Erbost ruft sie zum Zimmermann hinunter: »Mach, dass du vom Hof kommst!«
Inzwischen schaut auch Delwall aus seiner Backstube heraus, hört die Worte und zischt: *»Is dat verfluchte Frugensminsch ok all wedder dor, so een Frugensminsch giwt man een in Ribnitz.«*

In Ribnitz kam es 1908 zu einer Hasstirade um eine Retirade.

Das bringt die Hoffmann weiter in Rage. Sie meckert, dass sich das Wasser in der Regentonne kräuselt, bis der Zimmermann die Faxen dicke hat, seine Sachen zusammenpackt und sich vom Hofe trollt.

Der Klo-Disput wird in den darauffolgenden Tagen ambitioniert weitergeführt, bis Herr Hoffmann eine private Beleidigungsklage gegen den Konditor anstrengt, die vor dem Schöffengericht Ribnitz landet. Zu deren Ausgang ist nur soviel überliefert, als dass sich eine zweite Klage anschließt, die am 21. Oktober 1909 vor dem Schwurgericht Güstrow verhandelt wird.

Nunmehr ist die 52-jährige Henny Hoffmann, geborene Hahn, die Frau mit dem flinken Schnabel, wegen Meineides angeklagt. Sie hat vor dem Ribnitzer Gericht mit großer Bestimmtheit behauptet, dass Delwall sie *»dat verfluchte Frugensminsch«* genannt hat, obwohl andere Zeugen es nicht gehört hatten: *»Diese ihre eidliche Aussage soll falsch sein«,* berichten die *Mecklenburger Nachrichten, »die Angeklagte soll sie wissentlich gemacht und damit einen Meineid geleistet haben. Die Angeklagte bestreitet ihre Schuld und behauptet auch heute, daß sie nur die Wahrheit gesagt habe. Sie will die fragliche Aeußerung gehört haben, nachdem sie ihrem Ehemanne am offenen Fenster gesagt hatte, er solle doch sein Hausrecht gebrauchen.«* Zimmermann Kolberg, der die Retirade bauen sollte und als Zeuge geladen ist, räumt ein: »Ich kann Herrn Delwalls Worte auch überhört haben, als ich meine Sachen zusammenpackte.« Nach kurzer Beratung spricht das Gericht Henny Hoffmann frei. Etwaige Entschädigungs-Ansprüche werden abgelehnt.

Ob sich die Streitparteien danach weitere Rededuelle liefern, ist unbekannt. Der Konditor und seine Nachfolger beweisen allerdings Kondition: Das Café Delwall existiert insgesamt über 100 Jahre in Ribnitz. Erst im Jahr 2015 schließt es.

ROSTOCK

Schundfilme

Kinematographen gefährden Ordnung und Sittlichkeit

Zu Beginn des 20. Jahrhunderts erobert ein neues Medium die Gunst des Publikums: der Film. Zuerst werden die flackernden Schwarzweißstreifen auf Jahrmärkten, in Varieté-Theatern oder in Gaststätten gezeigt, später laden regelrechte Kino-Paläste, die sich an Theaterbauten orientieren, zu den Vorstellungen ein. 1907 erleben die Rostocker erstmals auf dem Pfingstmarkt ein Kinematographen-Theater, im selben Jahr wird im Apollosaal des Hotels *Sonne* die erste feste Spielstätte der Stadt eröffnet. Auch in Schwerin, Wismar, Stralsund, Greifswald und Neubrandenburg entstehen Lichtspielhäuser, die meist kurze Unterhaltungsfilme aufführen, in denen Torten fliegen, Bösewichte Treppen herunterfallen oder verliebte Damen mit den Wimpern klappern. Aber auch Ehebrüche, nachgestellte Hinrichtungen, Suizide und Verbrechen werden gezeigt. Gegen diese Art der Unterhaltung regt sich bei Moral- und Sittenwächtern des Kaiserreiches Widerstand.

Einer der eifrigsten Kritiker ist der Jurist Albert Hellwig (1880–1950), der in Rostock promoviert und sich Zeit seines Lebens mit Fragen zum Jugendschutz, Kino und Strafrecht beschäftigt. Er schreibt in der Fachzeitschrift *Der Kinematograph* im Juni 1910: *»Dass durch die Kinematographentheater die öffentliche Sittlichkeit und Ordnung ebenso leicht gefährdet wird wie bei dem Theater, ja noch leichter, kann kaum in Abrede gestellt werden, da die meisten üblichen Kinematographenvorstellungen jedes höheren Interesses der Kunst und Wissenschaft entbehren, wegen ihres geringen Eintrittspreises den breitesten Bevölkerungsschichten zugänglich sind und insbesondere auch von der sittlich am meisten gefährdeten Jugend mit Vorliebe besucht zu werden pflegen.«* Hellwig

führt 1911 den Begriff »Schmutz- und Schundfilm« ein und versucht in zahllosen Artikeln und Aufsätzen die Gefährlichkeit von Filmen dieser Kategorie nachzuweisen.
Ähnliches verfolgt der Historiker und Germanist Karl Brunner (1872–1944), der seit 1911 Zensor beim Berliner Polizeipräsidium ist und im Dezember 1912 in Rostock auf Einladung des dortigen *Verbandes zur Bekämpfung der öffentlichen Unsittlichkeit* einen Vortrag über »Die Gefahren der Kinematographen« hält. Der *Rostocker Anzeiger* berichtet, Brunner habe erklärt: *»Das Kino lebe von dem Bösen, dem Gemeinen, dem Tierischen im Menschen: das Unsittliche, vor allem das dreieckige Verhältnis sei hier Gewohnheit. Jeden Abend werde es angeschaut, und das müsse die Hemmungen dagegen im Menschen allmählich zerstören.«*

Seit 1911 müssen Kinobesitzer auch in Mecklenburg und Pommern alle Filme, die sie aufführen wollen, vorher den ört-

Ein Strandkorb war 1912 Drehort, um die Doppelmoral eines Moralwächters darzustellen.

lichen Polizeibehörden vorlegen, die dann eine Filmzensur ausüben. Dennoch finden »unzüchtige« Streifen immer wieder ihr Publikum. In Dresden dreht der Kinobesitzer, Filmproduzent und -verleiher Otto Dederscheck zwischen 1908 und 1910 etliche Erotikfilme, u. a. im Wald bei den Moritzburger Teichen. Bei einer Sonderaufführung in Pirna werden einige dieser Pornos von der Polizei beschlagnahmt.
Dederscheck muss sich für 18 Streifen wegen Verbreitung unzüchtiger Inhalte vor dem Landgericht Dresden verantworten. Die *Greifswalder Zeitung* schreibt am 6. August 1910 über den Prozess: *»Dederscheck hatte einige 20, männliche und weibliche, Modelle engagiert, mit denen die betreffenden Sujets ›gemimt‹ wurden, und zwar teils innerhalb der Fabrikräume, teils aber auch unter freiem Himmel. Darauf wurde gegen Dederscheck und seine Modelle die Anklage erhoben. Nach Inaugenscheinnahme der Films, die bezeichnenderweise Titel wie ›Im Harem‹, ›Haremsfreuden‹ u. a. trugen, kam der Gerichtshof zu einer Verurteilung des Hauptangeklagten Dederscheck. Er erhielt 5 Monate Gefängnis. Dieselbe Strafe traf seinen Kompagnon Kretschmar. Von den Modellen wurden zwei freigesprochen, die übrigen erhielten Geldstrafen von 20 bis 200 Mark.«*

Bereits 1912 wehrt sich die Kino- und Filmbranche auch mit künstlerischen Mitteln gegen ihre Kritiker. In der 18-minütigen Komödie *Wie sich das Kino rächt* – in Berlin und an der Ostsee gedreht – wird der sittenstrenge Kinozensor Professor Moralski der Doppelmoral überführt. Eine instruierte Schauspielerin nähert sich ihm auf einem »Kongress zur Bekämpfung der Kinematographie«, der in einem Seebad stattfindet, und verführt den verheirateten Professor in einem Strandkorb. Sein Seitensprung wird heimlich gefilmt und anschließend als abschreckendes Beispiel für sittenverderbende Schundfilme auf dem Kongress der Kinogegner vorgeführt. Chapeau!

Rostock

Heiliger Bimbam

Hochwürden auf Abwegen

Ist im *Kloster zum Heiligen Kreuz* in Rostock zu Beginn des 20. Jahrhunderts die Kirchenwelt noch in Ordnung? Oder schleicht der Teufel heimlich im Gemäuer umher und verführt schwache Geschöpfe zu Laster und Verbrechen? Lacht der Böse bereits zu nächtlicher Stunde von der Kanzel herab und verhöhnt die Christen der Stadt und ihre Tugenden? Allmächtiger, das kann nicht sein, das darf nicht sein! Nicht in diesen heiligen Hallen!

Aber Reichtum lockt nun mal die Gauner an wie das Licht die Motten. Genug zu holen gibt es im Kloster, weil es noch immer über einen großen Grundbesitz in Mecklenburg verfügt und gute Einnahmen aus Verpachtungen, Verkäufen, Mieten und kirchlichen Zeremonien wie Taufen oder Hochzeiten erzielt. Da klingelt es im Klostersäckel, und die Glocken verkünden frohe Botschaft. So läuft es seit Jahrhunderten.

Doch jetzt erschüttert ein Skandal das fromme Haus. Im Mittelpunkt steht ein Mann, der eine zentrale Funktion im Kloster innehat: Karl Müller ist Propst und damit – als leitender Beamter – für die Abwicklung der Rechtsgeschäfte, finanziellen Angelegenheiten und für die Verwaltung zuständig. Ein ehrenwerter Mann, der seit Jahren sein Dienst versieht und auch auf dem Gelände – *Auf dem Klosterhof 1* – wohnt. Aber offenbar entspricht sein heiliger Schein nicht seinem schnöden Sein. Denn Müller wird verhaftet.

Die Nachricht verbreitet sich wie ein Glockenschlag in der Stadt. Heiliger Bimbam! Der Propst, wer hätte gedacht, dass ausgerechnet er Dreck am Stecken und Gebetsbuch hat? So etwas hat es hier im Kloster noch nie gegeben! Das Haus, um

1270 als Zisterzienser-Nonnenkloster gegründet, hat den Stürmen der Zeit getrotzt, hat die Reformation, 1584 die Umwandlung in ein evangelisches Damenstift, den Dreißigjährigen Krieg und die Säkularisierung überstanden. Ein Holzsplitter, der angeblich vom Kreuz stammt, an dem Jesus Christus hingerichtet wurde, gab dem Kloster einst seinen Namen und wird seither als Hauptreliquie verehrt. Und nun das!
Auch die Vorsteherin des Damenstifts, die Domina Justine Zeller, ist entsetzt. Sie schwingt zwar keine Peitsche, ruft aber entrüstet: *»So een Schandkierl, dei Düwel sall em halen! Vör'n Deif kann ik mien Hus tausluten, vör'n Leigner nich.«* Der Klostersegen hängt gewaltig schief.

Die Ermittlungen ergeben: Müller ist ein Mann mit solidem Geschäftssinn. Der Propst hat das Klosterbudget so erfolgreich gemanagt, dass er es schaffte, sich selbst ein nettes Taschengeld zu verdienen. Er zweigte eifrig Geld ab und manipulierte die Bücher geschickt, dass niemand misstrauisch wurde. Die Fälschungen beging er nicht zu nächtlicher Stunde bei Kerzenschein und hinter verriegelter Tür, sondern unbekümmert während seiner Arbeitszeit am helllichten Tag im Büro. Wer sollte ihm schon etwas anhaben? Die Stiftsdamen waren alle – sagen wir es freundlich – betriebswirtschaftlich und juristisch unbedarft. Selbst die Vorsteherin des Klosters, Justine Zeller, konnte er um seinen Langfinger wickeln.

Es wird festgestellt, dass Müller viele Gelder, die er in amtlicher Eigenschaft empfangen und in Gewahrsam hatte, unterschlagen hat, Rechnungen und Bücher unrichtig führte und falsche Abschlüsse vorlegte. Nach und nach zweigte er so 9034,57 Mark für sich ab und verbrauchte außerdem von dem Vermögen des Klosters 9500 Mark. Er buchte eingenommene Gebühren, Kaufgelder, Mietzinsen und Geldstrafen nicht als Einnahmen und nahm wiederholt Beträge von 300 bis 500 Mark, im ganzen etwa 3 500 Mark, aus der Klosterkasse. Diese 3 500 Mark legte er später wieder in die Klosterkasse, und zwar verwendete er dafür – der Gipfel, der Frechheit – Geld, das er zuvor der Domina veruntreut hatte. So konnte er die Unterschlagungen lange verbergen.

Für seine Sünden wird Müller am 24. Juni 1914 vom Schwurgericht Güstrow zu zwei Jahren Gefängnis verurteilt, auch darf er öffentliche Ämter drei Jahre lang nicht bekleiden. Er soll durch diese Prüfung innerlich gestärkt werden. Im Knast hat Hochwürden genug Zeit, Gebete zu sprechen und um Vergebung zu bitten. Vielleicht beginnt er sogar eine neue Karriere in der Gefängniskapelle, wer weiß. Oder er findet, wenn er aus der Staatspension entlassen wird, einen Job als geläuterter Buchhalter. Die Domina Zeller jedenfalls ist mit dem Urteil zufrieden. Sie hat sich beruhigt und meint: *»Möst di nich argern, hett keinen Wiert, möst di blot wunnern, wat all passiert!«*

Im Rostocker Kloster zum Heiligen Kreuz langte Karl Müller kräftig zu.

Rostock
Tatort Leonhardstraße 22

1918 wird der Pensionär Wunderlich erschossen

Am Donnerstag, den 26. September 1918, fällt kurz nach 16 Uhr in der Wohnung des Lehrers a. D. Helmut Wunderlich in der Leonhardstraße 22 in Rostock ein Schuss. Als kurz darauf seine Angehörigen hereinstürzen, finden sie den Pensionär tot in seinem Wohnzimmer. Der Geldschrank steht weit offen, auf dem Sofatisch liegen 500 Mark Papiergeld.
Der *Lübecker Volksbote* berichtet zwei Tage später: *»Durch die sofort eingeleitete Untersuchung ist einwandfrei festgestellt, daß Wunderlich durch einen Revolverschuß in den Kopf getötet worden ist. Selbstmord liegt bestimmt nicht vor. Der Tat dringend verdächtig ist ein scheinbar von auswärts zugereister, den bessersituierten Kreisen angehörender Mann, welcher Wunderlich zwecks Erledigung geschäftlicher Angelegenheiten gegen 4 Uhr in seiner Wohnung aufgesucht hatte [...] Der Täter ist entkommen, die Verfolgung ist aufgenommen.«*
Helmut Wunderlich hat sich, seit er vor zehn Jahren wegen seiner Schwerhörigkeit pensioniert worden ist, auf den Verkauf von Lebensversicherungen spezialisiert, außerdem hat er Leuten, denen er eine Versicherung vermittelte, Geld geliehen. Ist ihm dies zum Verhängnis geworden?
Im Tatortzimmer wird eine Spur entdeckt: Auf dem Fensterbrett liegt ein Kuvert mit der Aufschrift: *Georg Schwarz, Lehrer, Pütte b. Stralsund.* Hat dieser Mann etwas mit der Tat zu tun?

Der Mord erregt großes Aufsehen in Rostock, die Zeitungen berichten ausführlich. Die Polizei sucht nach Georg Schwarz – und kann ihn schon bald in Ludwigslust verhaften. Bei seiner Festnahme trägt er eine Browning-Pistole bei sich, die mit sechs Patronen geladen ist. Im Verhör gibt er an, dass er Helmut Wunderlich am Tattag in geschäftlichen Angelegenheiten aufsuchen wollte. Auf dem Fußweg in Rostock habe er jedoch plötzlich eine Lebensversicherungspolice in seiner Tasche gefunden, die bis dahin im Besitz von Wunderlich gewesen sei. Hieraus habe er geschlossen, dass er bereits in der Wohnung des Pensionärs gewesen sein müsse, ohne davon zu wisscn. Offenbar habe er wieder einen seiner »Zustände« gehabt, in denen er nicht wisse, was er tue und an die er sich auch nicht mehr erinnern könne.

Neun Monate später, am 7. Juli 1919, steht Georg Schwarz vor dem Schwurgericht Güstrow. Seine Erinnerungen sind wiedergekommen, so dass in der Verhandlung die Hintergründe der Tat deutlich werden. Schwarz, geboren am 13. Juni 1895 in Stralsund, gibt die Tötung zu und berichtet über sein Leben: Im Ersten Weltkrieg verwundet, 1914 bis 1917 in englischer

In der Rostocker Leonhardstraße 22 wurde im September 1918 der Versicherungsvertreter Helmut Wunderlich ermordet.

Gefangenschaft, erkrankt an schwerer Neurasthenie, aus dem Heeresdienst entlassen, übernahm er am 14. März 1918 die Stelle als Lehrer und Organist in Pütte bei Stralsund. Er hatte Geldsorgen und erhielt – nachdem er infolge eines Inserates von Helmut Wunderlich in der *Stralsunder Zeitung* Kontakt zu diesem aufgenommen und ihn in Rostock besucht hatte – ein Darlehen von 400 Mark. Zugleich musste er bei Wunderlich eine Lebensversicherung abschließen, außerdem als Bürge für andere, ihm unbekannte Geldnehmer Wunderlichs auftreten und versprechen, dem Pensionär weitere Lebensversicherungsinteressenten zuzuführen. In den folgenden Wochen übte Wunderlich zunehmend Druck aus, verlangte hohe Zinsen und hielt sich nicht an Zusagen.

So fuhr Schwarz am 26. September 1918 nach Rostock, suchte Wunderlich in dessen Wohnung auf, geriet mit ihm in Streit – und erschoss ihn. Er stellte mehrere Stühle vor die Leiche, bedeckte den Toten mit Blumen, die er im Zimmer fand, raffte die auf dem Tische liegenden Papiere zusammen, verließ das Haus und fuhr per Bahn nach Ludwigslust, wo er schließlich verhaftet wurde.

In der Gerichtsverhandlung gibt der Arzt, der den Angeklagten in den vergangenen Monaten längere Zeit in der Nervenheilanstalt Gehlsheim bei Rostock beobachtet hat, eine Einschätzung des Geisteszustandes des Täters zum Tatzeitpunkt. Der Arzt bezeichnet Georg Schwarz als *»gemindert zurechnungsfähig im strafrechtlichen Sinne«*.
Auf Grund des Wahrspruchs der Geschworenen wird der Angeklagte somit wegen Totschlags unter Annahme mildernder Umstände zu einer Gefängnisstrafe von drei Jahren und sechs Monaten verurteilt.

Rostock

Höppner

Schüsse auf dem Exerzierplatz

Der Schütze Bruno Höppner bewacht am 10. Mai 1925, einem Sonntag, den Rostocker Exerzierplatz. Der Standort, auf dem Soldaten an Waffen und in Taktik ausgebildet werden, befindet sich in Friedrichshöhe nahe den Barnstorfer Tannen südwestlich vor den Toren der Stadt. Dort wird gerade ein neuer Handgranaten-Wurfstand gebaut, für den Höppner auch als Posten eingeteilt ist.

Gegen 18.45 Uhr bemerkt er ein junges Paar, das von der Luftwarte, der seit 1912 bestehenden Wetterstation auf der Friedrichshöhe, herkommt. Die Frau und der Mann gehen direkt auf den Handgranaten-Wurfstand zu. Plötzlich ist Höppner hellwach.

Er folgt den beiden und ruft dreimal »Halt!«, doch die jungen Leute reagieren nicht. Was haben sie vor? Höppner tritt der Schweiß auf die Stirn. Er gibt einen Alarmschuss in die Luft ab, aber das Paar setzt seinen Weg unbeirrt fort. Sind es Pazifisten oder Bolschewiken, die einen Anschlag verüben wollen? Die Gedanken des Soldaten wirbeln – mit jedem Schritt, den er läuft – weiter durcheinander. Was soll er tun? Es ist niemand da, den er fragen kann. Er herrscht Befehlsnotstand in einem militarisierten Land – die Offiziere haben sonntags frei. Schließlich bleibt er stehen und zielt auf das rechte Bein des Mannes, um ihn zu stoppen. Doch Höppner ist durch das Laufen außer Atem geraten, seine ist Hand unruhig. Er schießt, verfehlt den Mann – und trifft das Mädchen ...

Am 24. Juli 1925 beginnt vor dem Rostocker Schöffengericht unter dem Vorsitz des Amtsgerichtsrats Dr. Helms der Prozess gegen Bruno Höppner. Er wird angeklagt, das Fräulein Anna Lübcke, die als Haushaltsstütze in Rostock gearbeitet hat, fahrlässig getötet zu haben. Sie ist durch einen Beinschuss so schwer verwundet worden, dass sie an der Verletzung starb. Ihr Verlobter, mit dem sie damals auf dem Exerzierplatz gewesen ist, erscheint nicht zur Verhandlung.

So wird als erster Zeuge Oberleutnant Lange, der Vorgesetzte Höppners, vernommen. Er weist auf eine dienstliche Vorschrift hin, die allen Wachposten – nach vergeblichen Warnrufen – den Einsatz der Waffe erlaube. Nach dem bedauernswerten Vorkommnis sei diese Vorschrift aber geändert worden. Jetzt dürfe nur noch geschossen werden, wenn eine wirklich feindliche Handlung gegen den Wurfstand vorliege.
Als nächster Zeuge sagt der Professor der Rostocker Luftwarte, Dr. Günther Falckenberg, aus. Er berichtet, durch das Rufen Höppners aufmerksam geworden und aus seinem Arbeitszim-

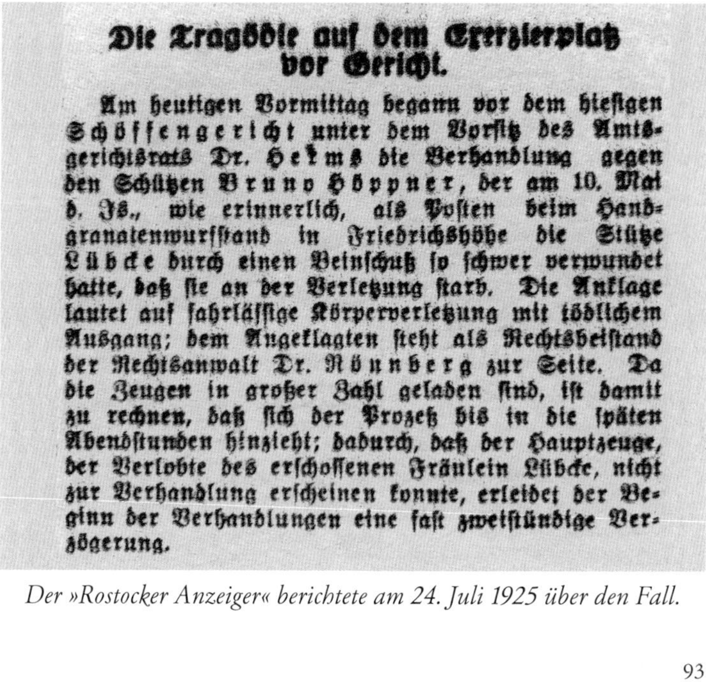

Die Tragödie auf dem Exerzierplatz vor Gericht.

Am heutigen Vormittag begann vor dem hiesigen Schöffengericht unter dem Vorsitz des Amtsgerichtsrats Dr. Helms die Verhandlung gegen den Schützen Bruno Höppner, der am 10. Mai d. Js., wie erinnerlich, als Posten beim Handgranatenwurfstand in Friedrichshöhe die Stütze Lübcke durch einen Beinschuß so schwer verwundet hatte, daß sie an der Verletzung starb. Die Anklage lautet auf fahrlässige Körperverletzung mit tödlichem Ausgang; dem Angeklagten steht als Rechtsbeistand der Rechtsanwalt Dr. Rönnberg zur Seite. Da die Zeugen in großer Zahl geladen sind, ist damit zu rechnen, daß sich der Prozeß bis in die späten Abendstunden hinzieht; dadurch, daß der Hauptzeuge, der Verlobte des erschossenen Fräulein Lübcke, nicht zur Verhandlung erscheinen konnte, erleidet der Beginn der Verhandlungen eine fast zweistündige Verzögerung.

Der »Rostocker Anzeiger« berichtete am 24. Juli 1925 über den Fall.

mer zum Exerzierplatz geeilt zu sein. Dort sei dem Angeklagten bereits von einer aufgeregten Menschenmenge hart zugesetzt worden. Höppner habe sich jedoch völlig ruhig und korrekt verhalten – wohl in der Meinung, dass er zum Schießen berechtigt gewesen sei. Auch bei seiner kurz darauf erfolgten Ablösung habe der Schütze sich militärisch benommen und sofort Meldung über das Vorgefallene erstattet.

Die Arbeiterfrau Hohmann aus Wilhelmshöhe, die auf dem angrenzenden Feld gearbeitet hat, bezeugt, das Paar ebenfalls gesehen und zwei Schüsse gehört zu haben, die Kugeln seien über die Köpfe der jungen Leute hinweg gepfiffen. Beim dritten Schuss sei das Mädchen aber zusammengebrochen. Die Arbeiterfrau versichert, sie habe zuerst nicht geglaubt, dass das Rufen und Schießen sich auf das Paar beziehe.

Ein weiterer Zeuge, der Klempnermeister Kahl, ist auf dem Weg an den Barnstorfer Tannen unterwegs gewesen, er hat die Rufe des Postens ebenfalls gehört. Eine Warntafel habe er, Kahl, auf dem Exerzierplatz allerdings nicht bemerkt und dass dort ein Handgranaten-Stand gebaut werde, auch nicht gewusst. Schließlich berichtet der Polizeibeamte Uhl aus Stralsund, er habe über den Angeklagten in dessen Heimatstadt Stralsund Erkundungen eingeholt. Höppner sei dort überall ein gutes Zeugnis ausgestellt worden.

Nach zwei Verhandlungstagen beschließt das Gericht, von weiteren Beweiserhebungen abzusehen und verkündet am 25. Juli 1925 sein Urteil: Bruno Höppner wird freigesprochen.

Rätselhaft bleibt, warum sich das junge Paar überhaupt auf den Exerzierplatz begeben hat. Der Verlobte der Getöteten wird dazu vom Gericht nicht befragt.

Wustrow

Tilsche Schellwegen

Die »Hexe« vom Fischland

Am 30. Mai 1663 verfasst Johan Herman Holste, der als Küster in Kirchdorf – dem heutigen Wustrow – auf dem Fischland arbeitet, ein Schreiben an seinen Landesherrn. Er teilt mit, es gebe über eine Frau aus dem Dorf das böse Gerücht, dass sie zaubern könne. Sie heiße Tilsche Schellwegen. Obwohl etliche Leute ihr dies schon ins Gesicht gesagt hätten, habe sie sich nicht verteidigt. 1662 sei sie schon einmal aufgrund solcher Vorwürfe nach Pommern geflohen. Sollte man jetzt nicht eine genaue Untersuchung einleiten?

Der Landesherr, Herzog Gustav Adolf von Mecklenburg-Güstrow, befiehlt daraufhin, die Frau ins Gefängnis zu bringen, sie mit Zeugen zu konfrontieren und die Protokolle danach an die Juristenfakultät Greifswald zu senden. So gerät Tilsche Schellwegen in die Mühlen der Justiz. Sie ist eine einfache Frau, die mit Hans Dahme, einem Kleinbauern, verheiratet ist. Die beiden wohnen zusammen mit ihren Kindern in einer Kate, besitzen etwas Ackerland und ein paar Tiere, ihr Mann ist zu Diensten als Tagelöhner verpflichtet. Die Familie lebt sehr bescheiden und ernährt sich von der Fischerei. Tilsche bringt Fisch bis nach Ribnitz und erledigt für das dortige Kloster Botengänge.

Jetzt wird sie aufgrund der Anschuldigungen am 2. Juni 1663 im Kirchdorfer Krug verhaftet, nach Ribnitz ins Gefängnis gebracht und am 12. Juni im Fürstlichen Amtshaus Ribnitz verhört. Man stellt ihr 57 Fragen. Auch 16 Zeugen aus Kirchdorf, Althagen, Neuenhagen und Dändorf werden vernommen. Heraus kommen nichts als bloße Behauptungen und Unsinn: Tilsche soll Leute und Tiere krank gemacht haben, Dachlatten herbeizaubern können, zudem habe sie versucht, den Pastor, als er von der Kanzel gegen die Hexerei predigte, im Nachhinein mit einem guten Essen – frischen Barschen, die sie ihm brachte – für sich einzunehmen, also zu bestechen. Außerdem soll sie mit mehreren Frauen, die Hexen seien, verkehrt haben. Acht der Zeugen halten eine Bestrafung für gerecht, unter ihnen der 48-jährige Peter Ahrens aus Althagen, denn *»er hette sein lehbetage, von diesem weibe vnd dehren Mutter nichteß guhteß gehohret«.*

Die Amtsmänner senden die Protokolle an die Juristenfakultät Greifswald und bitten um ein Gutachten. Am 22. Juli 1663 antworten die Juristen, dass der Ehemann der Beschuldigten, Hans Dahme, noch zu befragen sei und einigen Zeugen Nachfragen zu stellen seien. Dies geschieht am 14. August. In der folgenden Nacht flieht Tilsche aus dem Gefängnis, sie reißt ihre Fesseln aus den losen Mauersteinen, klettert über Mauern und Zäune, bleibt aber hinter dem Ribnitzer Kloster am Mühlenteich bis über die Achseln im Morast stecken. Dort findet

In Wustrow sollte Tilsche Schellwegen angeblich ihre Zaubereien begangen haben.

man sie nach zwei Tagen, zieht sie heraus und sperrt sie wieder ein. Die missglückte Flucht verschlimmert ihre Lage, weil man den Ausbruch als Schuldeingeständnis ansieht. Es wird ein zweites Gutachten angefordert. Die Greifswalder Juristen empfehlen am 22. September eine nochmalige Befragung. Sollte die Frau jedoch weiter leugnen, werde die Befugnis zur *»Peinlichen Scharfen Frage«* – zur Folter – erteilt.
Da Tilsche immer noch beteuert, nicht zaubern zu können, wird sie am 10. Oktober gefoltert. Unter der Tortur bekennt sie, Magie zu beherrschen, sie gesteht zudem weitere Taten und bezichtigt fünf Frauen der Hexerei. Weitere Zeugen werden befragt, die meisten von ihnen beschuldigen die Angeklagte aber nicht der Hexerei. Ihr Ehemann sagt aus, nicht gewusst zu haben, dass seine Frau mit dem Teufel buhle. Die Frauen, welche von Tilsche der Zauberei bezichtigt wurden, bestreiten alles. In ihrem dritten Gutachten empfehlen die Greifswalder Juristen am 13. Januar 1664, wenn die Angeklagte bei ihrem Geständnis bleibe und nicht widerrufe, könne sie mit dem Tod bestraft werden. Sie widerruft nicht. Das ist ihr Todesurteil. Tilsche Schellwegen wird nach Güstrow gebracht und am 17. Mai 1664 vor dem Schnoientor, nordwestlich der Stadt, hingerichtet.
Scharfrichter Hans Schmied soll sie zunächst erwürgen und dann verbrennen. Doch während das Feuer lodert, sind noch Schreie von ihr zu hören. Darum fordert die herzogliche Verwaltung danach eine Erklärung. Der Henker entschuldigt sich: Er habe die am Pfahl Angebundene nicht so fest würgen können, dass sie anschließend gar keinen Laut mehr von sich gebe. Er habe aber schnell *»ein bund strohe anzunden und ihr vorhalten laßen, da dan das feur ihr in den hals geschlagen vnd die gestickt [...] im übrige sei seiner natur nicht, mit armen sundern grausam umbzugehen, den ihm die threnne zum ofteren in die augen kommen, wan die execution angehen solle«.*

Mecklenburgische Seenplatte

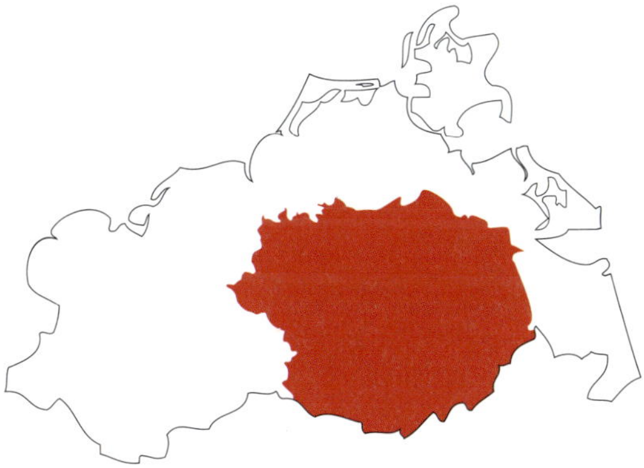

Carwitz

Fallada

Hans im Unglück

Das Leben des Schriftstellers Hans Fallada ist ein Weg der Selbstzerstörung, seine Biografie liest sich wie ein Kriminalfall. Am 21. Juli 1893 in Greifswald geboren – unter dem Namen Rudolf Ditzen – zieht er bereits als Kind Missgeschicke und Katastrophen magisch an. Er stürzt von der Treppe und ist mehrere Stunden besinnungslos, eine Blinddarmentzündung bringt ihn an den Rand des Todes, 1909 überrollt ihn ein Pferdefuhrwerk auf der Straße, und während einer Wandervogelfahrt 1910 nach Holland ertränken ihn seine Kameraden fast im Meer. Ditzen wird zum Außenseiter. Lehrer und Schüler schikanieren den Sonderling, so oft sie es können.

Der nächste Schock kommt im Oktober 1911. Den Achtzehnjährigen, der mittlerweile im thüringischen Rudolstadt aufs Gymnasium geht, plagen Suizidgedanken. Er überredet seinen Mitschüler Hanns Dietrich von Necker zum gemeinsamen Suizid. Die beiden tarnen ihr Vorhaben als Duell. Doch während Ditzen seinen Freund erschießt, überlebt er selbst schwer verletzt. Necker schreibt in seinem Abschiedsbrief, dass er Ditzen sehr geliebt habe: *»Er übte über mich eine seltsame Gewalt aus, er konnte mich völlig seinem Willen unterwerfen. Der Fehler, den ich begangen habe und der all dies Schreckliche, was gekommen ist, verursacht hat, ist der, daß ich, als ich es noch konnte, zu schwach war, mit ihm zu brechen.«*

Ditzen wird nicht wegen Mordes verurteilt, sondern als psychisch Kranker in eine Irrenanstalt eingewiesen. Dort bleibt er eineinhalb Jahre – bis Juli 1913. Dann bringen ihn seine Eltern aufs Land. Hier, fernab der Stadt, soll er ins Leben zurückfinden. Er macht eine Landwirtschaftslehre und arbeitet

danach auf verschiedenen Gütern in Pommern, Schlesien und Mecklenburg.
Aber das Unglück hält ihn mit eisernen Fingern fest, und er selbst hält es fest. In diesen Jahren, in den Wirren des Ersten Weltkrieges, wird Ditzen drogensüchtig: Morphium, Kokain, Alkohol und Nikotin – er nimmt, was er bekommt. 1920 erscheint sein erster Roman *Der junge Goedeschal*. Da seine Eltern nicht erfahren sollen, dass ihr missratener Sohn nun auch noch schriftstellert, legt er sich ein Pseudonym zu. Aus Rudolf Ditzen wird *Hans Fallada*. Den Vornamen nimmt er aus dem Märchen *Hans im Glück*, den Nachnamen aus dem Märchen *Die Gänsemagd*. Dort gibt es das Pferd Falada, das auch nach seinem Tod noch die Wahrheit sagt. Ditzen will in seinen Büchern auch immer die Wahrheit sagen. Er fügt dem Pferdenamen ein weiteres »l« hinzu und nennt sich fortan *Hans Fallada*.
Von seinen Drogen kommt er dadurch nicht los. Sie sind teuer und ihre Finanzierung letztlich nur durch Straftaten möglich. Fallada unterschlägt Getreide und Geld und sitzt dafür zweimal im Gefängnis: 1924 in Greifswald und von 1926 bis 1928 in Neumünster. Danach ordnet er seine Verhältnisse neu, heiratet, und tatsächlich kommt 1932 mit dem Roman *Kleiner Mann – was nun?* der wirtschaftliche Erfolg und sogar der Weltruhm. Fallada wird zum Bestsellerautor.

Die Kraft zum Schreiben gibt ihm lange Zeit auch seine Frau Anna Ditzen, genannt Suse. Sie ist sein Rückhalt, seine Muse, diejenige, die den himmelstürmenden Fantasie-Ritter immer wieder auf den Boden der Tatsachen zurückholt. Suse hat es nicht leicht mit ihrem Mann. Seit 1933 wohnen sie im mecklenburgischen Carwitz, knapp dreißig Kilometer östlich von Neustrelitz. Fallada trinkt wieder und muss nach jedem fertig geschriebenen Roman ins Sanatorium. Sein Glück, das Schreiben, ist wie ein Rausch. Seine Bücher entstehen oft in wenigen Wochen. Danach kommt das Unglück, der Zusammenbruch. Im Laufe der Jahre geht es immer weiter bergab mit ihm. Irgendwann kann auch Suse ihren Mann nicht mehr stützen. 1944 zerbricht die Ehe, Fallada kommt, nachdem er – in angetrunkenem Zustand – Suse aus Versehen fast erschossen hat, am 4. September in die Landesanstalt Neustrelitz-Strelitz zur Beobachtung. Dreieinhalb Monate sitzt er zwischen geisteskranken Kriminellen – eine unglaubliche Erniedrigung. Trost findet er wiederum nur im Schreiben.

Am 5. Februar 1947 stirbt der Autor, körperlich und seelisch zerrüttet, in einem Berliner Hilfskrankenhaus. In seiner Erzählung *Das Abenteuer des Werner Quabs* schreibt er: *»Wir wollen eine unvergängliche Spur hinterlassen auf diesem vergänglichen Stern«*. Fallada hat es getan.

Das ist sein Glück, unser Glück.

Das ehemalige Wohnhaus Falladas in Carwitz ist heute ein Museum.

GÜSTROW

Im Kanal

Was geschah mit Martha Hennings?

Am Pfingstmontag 1913 verschwindet das Dienstmädchen Martha Hennings, das bei einer wohlhabenden Familie in Güstrow arbeitet, spurlos. Die herrschaftlichen Leute, die in der Plauer Straße wohnen, sind beunruhigt. So etwas ist noch nie vorgekommen, das Mädchen ist eigentlich zuverlässig und hätte sich abgemeldet, wenn es verreist wäre.
Zwei Tage später, am Morgen des 14. Mai, kommt die traurige Gewissheit: Die junge Frau wird von zwei Maurern am Ufer des Kanals, der von Güstrow nach Bützow führt, im Wasser liegend gefunden. Sie ist tot. Was ist hier, 200 Meter vor der Stauschleuse und drei Kilometer von Güstrow entfernt, passiert? Hat Martha Hennings den Tod im Wasser freiwillig gesucht? Das ist denkbar. Die Ermittlungen ergeben nämlich, dass ihr Liebhaber vor drei Wochen eine andere Frau geheiratet hat, zudem wird in der Kammer des Dienstmädchens eine leere Flasche gefunden, die eine ätzende Flüssigkeit enthielt. Womöglich hat die junge Frau versucht, sich aus Enttäuschung zu vergiften und ist dann ins Wasser gegangen.
Weil die Kleidungsstücke der Toten völlig in Ordnung sind, an der Leiche auch keine Spuren von Gewaltanwendung bemerkt werden, insbesondere aber, weil Martha Hennings wiederholt Suizidabsichten geäußert hat, nimmt man an, dass hier eine Selbsttötung vorliegt. Ein gegen ihren Liebhaber – den Arbeiter Karl Busch aus dem Nachbarort Tarnow – aufkommender Verdacht wird fallengelassen, weil der Mann ein Alibi hat. Seine Ehefrau versichert, er sei am Abend des 13. Mai gegen 22 Uhr nach Hause gekommen. Der Tod der Hennings ist aber wahrscheinlich erst gegen 22.45 Uhr an diesem Tag

eingetreten. Somit wird die Leiche nicht obduziert, sondern im 40 Kilometer entfernten Malchow beigesetzt – Martha stammt aus dieser Kleinstadt, ihre Eltern leben noch hier.
Doch dem Gendarmerie-Wachtmeister Koß kommt alles sehr merkwürdig vor, er ist misstrauisch und ermittelt weiter. Zwei Männer, die in jener Nacht auf dem Kanal fischten, etwa einen Kilometer vom Fundort der Leiche entfernt, haben entsetzliche, laute Schreie gehört, die nach und nach leiser wurden. Ein Bahnwärter, der nachts vorbeikam, bestätigt das. Wie passen diese Schreie zu einem Suizid? Schließlich wird angeordnet, die Leiche zu exhumieren und doch zu obduzieren.
Bei der Sektion wird festgestellt, dass Martha Hennings ertrunken ist. In den Lungen und Atemwegen, auch im Kehlkopf und Magen werden große Mengen Sand gefunden. Am Hinterkopf unter dem Haar und im Nacken entdecken die Gerichtsmediziner jetzt eigentümlich schwarze Verfärbungen. Dies könnten Zeichen äußerer, während des Lebens erfolgter

Im Kanal, der von Güstrow nach Bützow führt, geschah die Tat.

Gewalteinwirkungen sein, wie sie durch das Umfassen mit der Hand und den Druck des Daumens und der Finger entstehen. Ist hier doch ein Mord geschehen?
Der Liebhaber des Dienstmädchens, der 23-jährige Karl Busch, wird erneut vernommen. Er leugnet zunächst jede Verantwortung, verwickelt sich während der Verhöre jedoch in Widersprüche und gibt schließlich zu, am fraglichen Abend mit Martha Hennings am Kanal gewesen zu sein. Angeblich wollten sie, weil sie beide unglücklich waren, gemeinsam in den Tod gehen. Sie seien darum zusammen ins Wasser gesprungen. Doch während er nicht unterging und sich anschließend retten konnte, sei Martha ertrunken.
Die Ermittlungen ergeben, dass Busch ein handfestes Mordmotiv hat: Martha Hennings hatte am 4. Februar 1913 ein Kind von ihm zur Welt gebracht, er leugnete die Vaterschaft und sollte deshalb zur Zahlung von Unterhalt verpflichtet werden. Ein entsprechender Gerichtstermin war für den 16. Mai 1913 im Amtsgericht Güstrow anberaumt. Drei Tage vorher starb Martha Hennings im Kanal.
So wird Karl Busch wegen Mordes angeklagt. Am 15. und 16. Dezember 1913 steht er vor dem Schwurgericht Güstrow. In der Beweisaufnahme wird festgestellt, dass er Martha Hennings unter der unwahren Versicherung, er wolle mit ihr gemeinsam in den Tod gehen, veranlasste, mit ihm in den Kanal zu springen, sich dann aber von ihr losmachte und sie ertränkte, indem er ihren Kopf gewaltsam so lange unter Wasser drückte, bis der Tod eintrat. Dabei schluckte sie viel Sand, der vom Boden des Kanals aufgewühlt wurde.
Karl Busch bestreitet auch während der gesamten Verhandlung seine Schuld. Doch das Gericht verurteilt ihn wegen Mordes zum Tod. Einen Tag später, am 17. Dezember, gesteht Karl Busch seinem Verteidiger und dem Staatsanwalt, dass er Martha Hennings ermordet hat.

Malchow

Abgezweigt

Stromdiebe sind erfinderisch

Als Ende des 19. Jahrhunderts die Nutzung elektrischen Stromes auch in Mecklenburg und Vorpommern an Relevanz gewinnt, werden überall städtische Elektrizitätswerke gebaut. Im Jahr 1900 nehmen die E-Werke in Rostock, Schönberg und Stralsund, 1903 in Greifswald und 1904 in Schwerin ihren Betrieb auf, weitere Städte folgen. Zur großräumigen Versorgung der ländlichen Gebiete werden in den darauffolgenden Jahren sogenannte Überlandzentralen geschaffen, die den Strom auch in die kleinen Städte und Dörfer bringen. Da elektrisches Licht teuer ist – eine Kilowattstunde kostet 1913 in Demmin 40 Pfennige – entwickeln kreative Köpfe rasch kriminelle Ideen.

Zum Beispiel in Malchow, hier geht dem Mechaniker Richard A., der über zwei geschickte Hände verfügt, ein Licht auf: »Ich kann das Ganze doch umsonst haben!« Gesagt, getan. Im Juni 1911 fummelt er an einer Leitung herum, die eigentlich Kraftstrom zum Ingenieur Lenschow bringt, zweigt fachmännisch Saft ab, um eigene Lichtquellen zu betreiben und spart so fleißig Geld. Einige Zeit geht alles gut, doch dann wird sein dunkles Tun entdeckt und er ins Licht der Öffentlichkeit vor das Schöffengericht Malchow gebracht. Dies spricht den Stromdieb zunächst frei, auf die Berufung der Staatsanwaltschaft hin verurteilt die Strafkammer Güstrow ihn jedoch wegen Vergehens gegen § 1 des *Gesetzes, betreffend die Bestrafung der Entziehung elektrischer Arbeit*, das seit dem Jahr 1900 im Deutschen Reich gilt, zu einer Geldstrafe von 200 Mark.

Auch in Greifswald nutzt ein Geschäftsmann städtischen Strom, ohne dafür zu bezahlen. Ihm kommt man ebenfalls auf die Schliche. Ende Dezember 1913 wird ein Strafverfahren gegen ihn eingeleitet, am 3. März 1914 steht der Mechaniker vor der Strafkammer Greifswald, berichtet das *Demminer Tageblatt*: *»Er hatte vor dem Stromzähler selbständig einen Leitungsdraht angelegt und mit dem entnommenen Strom einen Kronleuchter mit vier Flammen in seiner Privatwohnung gespeist. Der Angeklagte ist geständig, etwa eine Woche lang sich auf diese Weise widerrechtlich Strom verschafft zu haben. Das Gericht hielt mit Rücksicht auf das Geständnis des Angeklagten eine Geldstrafe von 150 M für eine ausreichende Sühne.«* Nach dem Urteil fällt die Spannung vom Mechaniker ab, und er ist froh, nicht ins dunkle Loch zu müssen.

Manchmal hat das kriminelle Geschäft weit unangenehmere Folgen für die Spitzbuben. So versucht der Monteur Krahn im März 1914 in Schwanenbeck bei Zachan, 60 Kilometer östlich von Stettin, elektrischen Draht zu entwenden. Der Kabelstrolch schneidet den Draht in kurze Enden, will das Bund mit einem Strick zusammenbinden, verliert dabei das Übergewicht und fällt mit dem Kopf gegen eine elektrische Leitung. Durch die Berührung mit dem Starkstrom erhält Kahn einen elektrischen Schlag und ist sofort tot.

Volt-Gefahren schrecken Stromschurken aber nicht dauerhaft ab. Als in Lassan am Peenestrom eine Elektrizitätsanlage errichtet wird, lässt sich ein dortiger Handwerksmeister auch eine elektrische Anlage in seinem Haus einbauen, berichtet die *Greifswalder Zeitung* am 20. Januar 1915: *»Bald erschien es ihm praktisch, daß noch eine Flamme in dem einen Bodenraum angebracht werde. Er will sich vergeblich bemüht haben, daß ihm die erforderliche Leitung noch nachträglich gelegt würde, schließlich half er sich selbst. Er bohrte die Leitung an, aber an einer Stelle, an der der Strom den Zähler noch nicht passiert hatte, so daß sich der Ver-*

brauch an Kraft der Kontrolle entzog. Dies ging solange gut, bis die ganze Anlage an die Ueberlandzentrale Stralsund überging. Als nun entdeckt wurde, daß der Meister den verbrauchten Strom der Kontrolle entzogen hatte, wollte er nicht wissen, daß er sich dadurch strafbar gemacht habe, das schützte ihn aber nicht vor der Anklage wegen Entziehung elektrischer Arbeit.« Das Landgericht Greifswald verurteilt den Mann, obgleich er den verbrauchten Strom nachträglich bezahlt hat, zu 100 Mark Geldstrafe.

Unter Spannung stehen zu dieser Zeit auch Hotelwirte in Pommern. Denn in ihren Häusern wird ebenfalls – zwar originell, aber nicht minder verwerflich – Strom geklaut. Oft verbinden »praktisch veranlagte« Gäste nämlich ihre elektrischen Bügeleisen mit der Hotelzimmer-Leitung und bügeln sich ihre Kleider auf. Oder sie erhitzen Brennscheren und nutzen elektrische Wasserkocher, die sie an die Leitungen anschließen. Stromdiebe sind eben erfinderisch – sie verwenden viel Energie darauf, Energie zu stehlen.

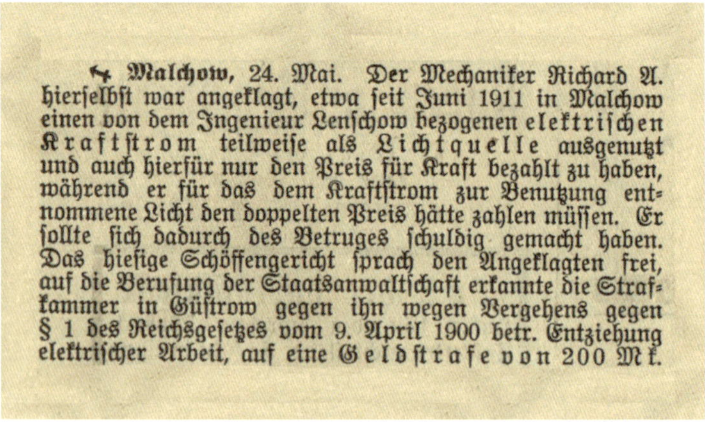

Malchow, 24. Mai. Der Mechaniker Richard A. hierselbst war angeklagt, etwa seit Juni 1911 in Malchow einen von dem Ingenieur Lenschow bezogenen elektrischen Kraftstrom teilweise als Lichtquelle ausgenutzt und auch hierfür nur den Preis für Kraft bezahlt zu haben, während er für das dem Kraftstrom zur Benutzung entnommene Licht den doppelten Preis hätte zahlen müssen. Er sollte sich dadurch des Betruges schuldig gemacht haben. Das hiesige Schöffengericht sprach den Angeklagten frei, auf die Berufung der Staatsanwaltschaft erkannte die Strafkammer in Güstrow gegen ihn wegen Vergehens gegen § 1 des Reichsgesetzes vom 9. April 1900 betr. Entziehung elektrischer Arbeit, auf eine Geldstrafe von 200 Mk.

Das »Malchower Tageblatt« berichtete am 24. Mai 1913 über Stromdiebstahl in der Stadt.

MÜRITZ

Geile Hechte

Von Fischen, Dieben und einem Meineid

In der Müritz – dem größten See, der vollständig in Deutschland liegt – tummeln sich seit Urgedenken die prächtigsten Barsche, Karpfen und Zander. Auch Schleie, Plötzen und Karauschen schlagen fröhlich mit den Flossen und propellern durch die Tiefen. Hinzu kommen Welse, denen aufgrund des üppigen Nahrungsangebotes immer der Zahn tropft und die auf der Pirsch meist erfolgreich nach frischen Happen schnappen. Schlammiger Grund in den Uferbereichen und Unterwasserpflanzenteppiche bieten sowohl den Jägern als auch den Gejagten Deckung. Weiter draußen rauschen hingegen alle Müritzbewohner ungehemmt durch die Fluten. Hechte springen steil und lustvoll in die Höh', Aale mäandern von einem Ufer zum andern, und manche Brachsen machen in den Wellen Faxen. Denn hier ist der Fisch noch Fisch, hier darf er's sein.

Vor Sietow an der westlichen Müritz werfen seit Jahrhunderten Fischer ihre Netze aus. Aus ihren Mündern, die sich hinter struppigen Bärten verbergen, sickern meist nur wenige Silben hervor. Die Petrijünger freuen sich aber über jeden schuppigen Freund, den sie aus den Wogen holen. Das müssen nicht immer Kaventsmänner sein, nein, auch kleine Kerle sind willkommen. Wenn allerdings Gauner heimlich die Netze plündern – zum Beispiel fette Aale und geile Hechte stehlen – wird es ungemütlich an der Müritz. Denn sobald hier kein Aal geräuchert oder keine Hechtsuppe gekocht werden kann, zieht Sturm auf.

Tatsächlich verschwinden im Jahr 1887 vor Sietow wiederholt Fische aus den Netzen. Die Reusen werden nachts von Unbe-

kannten geleert. Darum legt sich der Fischerknecht Behrendt in der Nacht vom 30. zum 31. Mai auf die Lauer, um den Übeltätern auf die Schliche zu kommen und ihnen Ohren und Flossen lang zu ziehen.
Gegen Mitternacht sieht er zwei Männer aus Richtung Norden kommen. Der eine begleitet den anderen bis zu dessen Haus, die beiden gehen hinein. Nach kurzem Aufenthalt kommt der Begleiter wieder heraus und stapft weiter, offenbar zu seiner Wohnung. Behrendt bleibt auf seinem Posten und beobachtet, dass sich wenig später die Haustür wieder öffnet und eine Gestalt zum Vorschein kommt, die eilig an den See hinunter geht, einen Kahn losmacht und auf die Müritz fährt. Zum Teufel, das muss der Dieb sein!
Schnell läuft Behrendt nach Hause und holt sich Verstärkung. Die Knechte Johann und Wilhelm Ihrcke und Schröder traben herbei, um den Räuber mit zu fangen und alles zu bezeugen. Die vier Männer legen sich in einem Graben unweit des Sees auf die Lauer und warten. Gegen drei Uhr kehrt die Gestalt vom See zurück. Die Wächter springen hervor und ihr entgegen und erkennen den Dieb. Der lässt erschrocken die Eimer

In der Müritz wurden 1887 nachts Fische aus den Reusen gestohlen.

fallen, dass die Fische heraushüpfen, hechtet davon und kann entkommen. Auf einem Umweg schleicht er sich durch den Garten in sein Haus. Als er es betritt, wird er von einem weiteren Mann, dem Wirtschafter Hamann, gesehen und erkannt: Es handelt sich um den Tagelöhner Schnell aus Sietow, der kein steiler Hecht, sondern ein armer Schlucker ist.

Der Fischdieb muss sich am 30. November 1887 vor dem Schöffengericht Malchow verantworten. Zu diesem Termin hat Schnell, um seinen Hals noch aus den Schlaufen zu ziehen, einen Zeugen benannt, der ihm ein Alibi geben soll: den Tagelöhner Carl Frenz aus Sietow. Dieser beschwört, er sei in der fraglichen Nacht mit Schnell im Nachbardorf Wendhof gewesen: »Dort sind wir erst um ein Uhr zusammen aufgebrochen und um zwei in Sietow angekommen. Ich war noch 'ne halbe Stunde bei Schnell in der Wohnung und bin dann nach Hause gegangen.« Frenz lügt, ohne rot zu werden. Hat man so etwas schon erlebt! Da wird ja die Flunder in der Pfanne verrückt! Weil seine Schilderung aber den Angaben aller anderen Zeugen komplett widerspricht, rettet sie den Tagelöhner Schnell nicht. Er wird wegen Fischdiebstahls zu sechs Tagen Gefängnis verurteilt.

Carl Frenz dagegen muss sich wegen seiner Falschaussage am 9. März 1888 vor dem Schwurgericht Güstrow verantworten. Aufgrund der Beweisaufnahme bejahen die zwölf Geschworenen die Schuldfrage: Ja, Frenz habe wissentlich einen Meineid begangen. Der 52-Jährige wird darum zu zwei Jahren und sechs Monaten Zuchthaus, zu dreijährigem Verlust der bürgerlichen Ehrenrechte sowie zum Tragen der Verfahrenskosten verurteilt. Zudem erklären die Richter ihn für dauernd unfähig, als Zeuge oder Sachverständiger eidlich vernommen zu werden. *Un dei Moraal von dei Geschicht: Een plietscher Hääkt is Frenzing nich. Hei lücht ganz platt för eenen Deif – em steiht dat Mul vom Flunkern scheif.*

NEUBRANDENBURG

Das falsche Opfer

Die Macht der Erniedrigung

Der Zimmermann Karl Jörend ist ein fleißiger, anständiger und ordentlicher Mann. Niemand kann etwas Nachteiliges über ihn sagen. Er sieht gut aus mit seinen schwarzen Haaren, dem schwarzen Bart und seinen großen grauen Augen. Seine hohe Stirn verrät Intelligenz, sein schmales Gesicht Sensibilität. Was etwas stört, sind seine Zähne, die sind nämlich lückenhaft. Aber ansonsten. Er kann sich sehen lassen. Allerdings hat Karl Jörend ein Problem: Er ist sehr leicht erregbar. Kleinigkeiten, tückische Blicke und spitze Worte treiben ihn zur Weißglut. Das war schon immer so.

Im Frühjahr 1922 lernt er in Neubrandenburg die junge Hedwig Huschenhöfer kennen. Sie ist siebzehn, er vierundzwanzig Jahre alt. Die beiden mögen sich, halten viel voneinander, ja, sie lieben sich. Zwei Jahre später feiern sie ihre Verlobung, schließlich wollen sie sogar heiraten. Doch am 18. Juli 1926 endet ihre Beziehung jäh. Nach einem Streit erschießt Karl Jörend seine Verlobte in der Wohnung ihrer Eltern in Neubrandenburg, Poststraße 6, und jagt sich anschließend zwei Kugeln in den Kopf. Er ist aber nicht tot, sondern kann fliehen. Sofort wird die Polizei alarmiert.
Der Polizei-Betriebsassistent Schnak verfolgt den Täter, der durch ein Loch in der Stadtmauer geflohen ist. Schnak steigt ebenfalls durch das Loch und folgt den Blutspuren. Er spürt, dass er dem Mann näher kommt, immer näher. Schließlich findet er Jörend hinter der Trinkhalle. Der Zimmermann liegt im Wallgraben. Er hat sich mit seinem Taschenmesser beide Pulsadern an den Handgelenken geöffnet. Sein Kopf blutet stark.

Jörend blickt den Polizisten an, er ist bei vollem Bewusstsein. Beide kennen sich seit Längerem, haben ein fast schon vertrautes Verhältnis. »Ich hab es nicht gewollt«, stammelt Jörend, »mein Gott, was hab ich nur getan? Meine Hedwig, meine liebste Hedwig! Es tut so weh, so weh.«
»Warum hast du dann auf sie geschossen?« fragt Schnak.
»Ihre Mutter, diese alte Hexe, ist schuld. Sie hat mich gereizt. Ich bin fix und fertig, meine Nerven sind total kaputt.«
Der Polizist beugt sich zu dem Verwundeten: »Wir werden sie befragen. Aber jetzt musst du erst mal hier weg. Ins Krankenhaus.«
Jörend sieht Schnak flehend an: »Erschieß mich! Mach Schluss mit mir. Du hast doch eine Dienstwaffe.«
Doch Schnak schüttelt den Kopf: »Nein, Karl, das werde ich nicht tun.«
»Bitte!!!«
»Ich will nicht auch noch zum Mörder werden, Karl.« Schnak

In der Poststraße 6 in Neubrandenburg geschah am 18. Juli 1926 das Verbrechen.

verständigt seine Kollegen und holt einen Arzt. Der legt Jörend Notverbände an, dann wird der Verwundete ins Neubrandenburger Krankenhaus gebracht und später erfolgreich im Neustrelitzer Karolinenstift operiert.

Die Polizei ermittelt, dass die Schwiegermutter Karl Jörends, Anna Huschenhöfer, tatsächlich große Schuld an der Tat trägt. Sie hat den Zimmermann über Jahre hinweg mit spitzen Bemerkungen, scheinheiligen Gesten und höhnischen Blicken gedemütigt. Der einfache Zimmermann war ihr, der Frau eines Lokomotiv-Oberheizers a. D., als Schwiegersohn nicht standesgemäß genug. Auch am Tattag hat sie wieder gestichelt: »Wenn du dich mit Hedwig immer zankst, ist es wohl besser, ihr bleibt auseinander.« Diese Worte trafen Karl Jörend hart. Diese alte Schlange, hatte sie ihr Gift wieder versprüht! Den Hals müsste man ihr umdrehen, damit nie wieder ein Wort herauskommt! Und dann brach sich die jahrelange Erniedrigung bei ihm Bahn. Sie wendete sich aber auf furchtbare Weise gegen seine Verlobte Hedwig, die auch nie gegen ihre Mutter ankam. Jörend erschoss Hedwig. Sie war das falsche Opfer.

Am 27. September 1926 verurteilt das Schwurgericht Neustrelitz Karl Jörend wegen Totschlags zu einer Zuchthausstrafe von sieben Jahren. Er verbüßt seine Strafe in der Landesstrafanstalt Dreibergen bei Bützow und in der Strafanstalt Strelitz und wird am 3. Oktober 1932 – ein Jahr vor Ablauf der Strafe – auf Bewährung entlassen. Bis 1936 gibt es keinen Anlass, über ihn zu klagen. Er führt sich während seiner Bewährung gut, ist wieder ein fleißiger, anständiger und ordentlicher Mann. Dann verliert sich seine Spur.
Ob die Macht der Erniedrigung ihm im Verlauf seines Lebens noch einmal zusetzt, ist unbekannt.

NEUSTRELITZ

Tatort Töpferstraße

Eine Familientragödie

Im Jahr 1912 lebt in Neustrelitz der Landwirt Wilhelm Lemcke. Er ist 67 Jahre alt und hat jahrzehntelang auf verschiedenen Gütern gearbeitet. Jetzt wohnt er mit seiner Frau Clara in einer kleinen Wohnung in der Töpferstraße, nicht weit vom Schloss entfernt in unmittelbarer Nähe des Neustrelitzer Marktes. Die Lemckes sind bettelarm.

Am 1. Oktober 1912 ist das Ehepaar bereit, einen Entschluss, den es vor einigen Tagen gefasst hat, in die Tat umzusetzen. Die Lemckes haben im vergangenen Jahr, um an Geld zu kommen, im *Berliner Tageblatt* ein kleines Inserat aufgegeben: *»Wer verschafft einem kindlosen Ehepaar für Vergütung ein diskretes Kind? Bedingung: 2000 Mark. Offerten an Fr Cl. Lemcke, Neustrelitz, Töpferstr. 7.«*

Es haben sich tatsächlich Leute gemeldet, die ihre Kinder den Lemckes zur Pflege überlassen, mindestens zwei Frauen aus Berlin. Eine dieser Mütter holt ihr Kind jedoch am 1. Oktober wieder aus Neustrelitz ab. Ein Zufall? Es wird sich schon morgen als Glücksfall herausstellen. Das andere Pflegekind, ein zweieinhalbjähriger Junge, bleibt bei den Lemckes.

Das Ehepaar kann die fällige Miete nicht mehr bezahlen und hat überall Schulden. Alle Geschäftsleute, die Geld oder Waren geliehen haben, geben keinen Kredit mehr. Auch die Milchfrau wird an diesem Tag deutlich: »Herr Lemcke, so geht es nicht weiter. Wenn Sie nicht bezahlen, kann ich Ihnen keine Milch mehr bringen.«

So beschließen die Lemckes, in den Tod zu gehen und das Pflegekind ebenfalls zu töten.

Die Tat geschieht in der Nacht zum 2. Oktober 1912.

Wilhelm Lemcke schneidet dem Kind die Pulsadern durch, seine Frau versetzt dem Knaben mit einem Hammer Schläge auf den Kopf. Dann öffnet Clara Lemcke sich die Pulsadern, ihr Mann schlägt sie anschließend ebenfalls mit einem Hammer auf den Kopf. Sich selbst zu erhängen, dazu hat Lemcke dann keine Kraft mehr.

Als die Milchfrau am Morgen kommt, bemerkt sie die Tat und alarmiert die Polizei. Als die Staatsanwaltschaft eintrifft, bietet sich laut Protokoll folgendes Bild: *»In der Wohnstube saß teilnahmslos der Beschuldigte. Er hatte nur leichte Wunden an den Pulsadern und war bei voller Besinnung. In der anschließenden nach hinten hin liegenden Schlafstube stehen 2 Betten. In dem einen lag mit geöffneten Pulsadern die Leiche des Kindes. Nach dem Gutachten des Arztes ist das schon seit sieben Stunden tot und offenbar an Blutverlust und durch Schläge auf den Kopf gestorben. In dem anderen Bett liegt der blutüberströmte Körper der Frau, die noch lebt.«*

In der Töpferstraße 7 in Neustrelitz geschah 1912 der zweifache Mord.

Clara Lemcke stirbt noch am Nachmittag. Da ist Wilhelm Lemcke längst verhaftet.

Am nächsten Tag berichtet die lokale Presse über das Verbrechen. Die in Neustrelitz erscheinende *Landeszeitung für beide Mecklenburg und die Nachbargebiete* schreibt: »*Eine furchtbare Familientragödie hat sich in den Mauern unserer Stadt abgespielt. In dem Hause Töpferstr. 7 wohnt der Privatier W. Lemcke, der früher in der Landwirtschaft als Gutsinspektor tätig gewesen war. Lemcke, der am 28. März 1845 in Hohenstein bei Friedland geboren ist, verheiratete sich vor einigen Jahren mit einer geborenen Zabel, deren Mutter aus Neustrelitz stammt – und zog zunächst nach Rostock, von wo er nach kurzer Zeit nach hier zurückkehrte. In der letzten Zeit verschlechterte sich die Vermögenslage der Familie derart, daß sie, um einen Zuschuß zu ihrem Einkommen zu haben, Ziehkinder in Pflege nahm [...] Lemcke gab auf Befragen des Polizeiinspektors an, er habe mit seiner Frau keinen Ausweg mehr aus der mißlichen Lebenslage gefunden und deshalb beschlossen, gemeinsam zu sterben.*«
Die *Neustrelitzer Zeitung* liefert am gleichen Tag, also am 3. Oktober 1912, auf Seite eins weitere Hintergründe zur Tat: »*Das in der Töpferstraße wohnende Ehepaar Lemcke, das fremde Kinder in Pflege nimmt, war infolge widriger Verhältnisse gänzlich mittellos geworden, und drohte demselben der Verkauf sämtlicher Sachen. Da es außer der schuldigen Miete auch noch verschiedene andere Verbindlichkeiten hatte, so stand ihm eine Klage und eine Beschlagnahme der Habe bevor.*«

Wilhelm Lemcke bleibt bis Januar 1913 in Untersuchungshaft. Am 21. Januar ist die Voruntersuchung gegen ihn abgeschlossen. Die Akten werden dem Gericht vorgelegt. Doch es kommt zu keinem Prozess mehr. Der Landwirt ist bereits am 10. Januar in der Haft an Herzlähmung gestorben.

Pasenow

»Dann muss man wohl Leute totmachen«

Der Fall Heurig 1931

Ein Bettler geht übers Land, der Staub der Straßen und Feldwege bedeckt sein Gesicht. Zerlumpt sieht er aus in seiner grauen Jacke, seinen grauen Hosen und den klumpigen Arbeitsschuhen. Der Mann heißt Hermann Heurig und ist einer von vielen Arbeitslosen in diesem Sommer 1931. Er ist gerade 22 Jahre alt. Trotz seines erbärmlichen Zustandes hat er eine gewisse Ausstrahlung, ist selbstsicher, wenn er auf Leute trifft. Der junge Mann kommt von Süden, aus der Uckermark. Er hat auf verschiedenen Gütern gedient, doch die Wirtschaften meist nach kurzer Zeit verlassen, denn die Arbeit auf den Feldern und in den Ställen ist hart. Am 5. Juli wandert Heurig von Strasburg in Mecklenburg-Strelitz nach Westen. Bei Kreckow hilft er Landarbeitern, einen davongelaufenen Bullen einzufangen. Dabei klagt er dem Melker Willi Molzahn seine Not: »Wegen meiner abgerissenen Kleidung kann ich keine Arbeit finden. Und auch kein Mädchen. Dabei hätte ich so gern eins.« Molzahn überlegt nicht lange: »Dann musst du dir eben Kleidung besorgen. Drüben vor Pasenow stehen zwei Siedlerhäuser einsam auf dem Feld. Das eine gehört der Familie Schmidt, da ist sicher was zu klauen.«

Zwei Tage später, am 7. Juli 1931, setzt Heurig den Hinweis in die Tat um. Auf seinem Weg nach Pasenow kommt er durch Helpt, klopft an die Tür der Arbeiterfrau Ida Spietz und bittet um ein Glas Wasser. Sie gibt ihm zu essen und zu trinken. Heurig fragt kauend: »Gibt es hier im Dorf eigentlich Arbeit?«

»Oh, damit ist es schlecht bestellt. Es sind genug Leute da.«

Heurig seufzt: »Keine Arbeit – kein Geld. Was soll man da bloß machen? Stehlen gehen?«

»Das sollten Sie lieber nicht tun.«
»Dann muss man wohl noch Leute totmachen. Aber das ist ja auch nichts.« Der Mann schaut die Arbeiterfrau ruhig an, nichts an ihm weist darauf hin, dass er diese Worte eine Stunde später in die Tat umsetzen wird. Er weiß es selbst noch nicht. Aber er spielt mit dem Gedanken, er schließt nichts mehr aus.
Ein paar Minuten später verabschiedet er sich und geht weiter nach Pasenow. Kurz nach 16 Uhr dringt Heurig in das Haus des Siedlers Schmidt ein. Nur die beiden kleinen Mädchen, zehn und vier Jahre alt, sind da. Ihnen fühlt sich Heurig überlegen. Jetzt will er seine Macht ausspielen und sich für all die Schmach, die er in den letzten Wochen erdulden musste, rächen. Die Opfer sind daran völlig unschuldig, aber das ist ihm egal. Er sieht sich zunächst nach Kleidung um, findet aber nichts. Dann versucht er die zehnjährige Hildegard zu vergewaltigen. Als das nicht gelingt und sie sich heftig wehrt, schleppt er sie in die Küche und schneidet ihr die Kehle durch. Dass er eigentlich nur eine Hose stehlen wollte, ist vergessen. Er wäscht sich die Hände und verlässt das Haus.
Doch Heurig kommt nicht weit. Die vierjährige Ilse läuft weinend zu den Nachbarn und ruft: »Es ist ein böser Mann bei uns gewesen. Der hat die Hildegard totgemacht!« Schnell wird die Polizei alarmiert, die Verfolgung aufgenommen und der Täter wenig später auf der Chaussee bei Holzendorf verhaftet. Vom 3. August bis zum 12. September 1931 untersuchen Ärzte in der Landesheilanstalt Domjüch bei Strelitz Alt den Geisteszustand des Täters. Sie diagnostizieren *»Schwachsinn mittleren Grades auf angeborener, ererbter Grundlage mit charakterlicher Entartung«*. Heurig sei zwar vermindert zurechnungsfähig, habe sich aber zur Tatzeit *»nicht in einem Zustand von Bewußtlosigkeit oder krankhafter Störung seiner Geistestätigkeit befunden«*.

So verurteilt ihn das Schwurgericht Neustrelitz am 16. März 1932 wegen versuchter Notzucht, versuchten schweren Raubes mit Todesfolge und wegen Totschlags – die Tat ist im Affekt geschehen – zu einer lebenslänglichen Zuchthausstrafe. Die bürgerlichen Ehrenrechte werden ihm aberkannt. Willi Molzahn, der Heurig auf das Haus der Schmidts hingewiesen hat, bekommt sechs Monate Gefängnis.

Hermann Heurig verbüßt seine Strafe bis zum 25. Juni 1943 in der Landesstrafanstalt Dreibergen bei Bützow. Dann wird er in das KZ Neuengamme bei Hamburg gebracht. Die Nazis lassen seit Herbst 1942 auch Schwerverbrecher aus den Gefängnissen holen, um sie in Konzentrationslagern *»durch Arbeit zu vernichten«*.
Hermann Heurig überlebt Neuengamme nicht. Er erhängt sich – laut KZ-Totenbuch – am 27. Juni 1943, nur zwei Tage nach seiner Einlieferung, nachts um 0.15 Uhr.

Pasenow – in einem Siedlerhaus des Dorfes geschah die Tat.

STAVENHAGEN

Schwing das Tanzbein

Die Lustbarkeitssteuer bringt keine Lust

Vergnügen ist wichtig, Vergnügen macht Spaß. Erst recht, wenn es in einem zünftigen Schützenhaus stattfindet. So ein Etablissement steht zu Beginn des 20. Jahrhundert auch im Stavenhagener Stadtholz, gut einen Kilometer nordöstlich der Stadt. Um 1900 errichtet, wird das Restaurant vom pfiffigen Gastwirt Hermann Beckmann betrieben. Der Herr der Speisekarte und des Zapfhahnes serviert nicht nur Bier und Köm, sondern auch gebratene Hähne, Eisbein mit Sauerkraut, Gulaschsuppe, Wrukeneintopf und Tollatschen, die groß wie Kanonenkugeln sind. Und er lässt Tanzvergnügungen zu.
Im Laufe der ersten Monate des Jahres 1911 lustwandeln, immer an den Sonntagabenden, junge Frauen und Männer aus Stavenhagen einzeln oder in kleinen Gruppen zum Schützenhaus. Dort frönen sie stundenlang dem Tanz. Sie rücken Tische und Stühle zur Seite und verschaffen sich so den nötigen Platz. Denn als neuester Schrei der Unterhaltungsindustrie steht im Häuslein ein Musikautomat, der – durch eingeworfene Münzen zum Leben erweckt – den Raum mit schnarrendem Klang erfüllt. Junge Kaufleute, Handwerksgesellen, Bürgertöchter und Dienstmädchen schwingen dann ihre Tanzbeine, juchzen und jauchzen, wiegen die Häupter und drehen anmutig mit ihren Gesäßen, dass allen Anwesenden warm ums Herze wird. Regelmäßig schaukeln so etwa acht bis zehn Paare über die Dielen.
Der Gastwirt reibt sich die Hände. Er duldet das Vergnügen, weil sein Umsatz steigt, denn Tanzende sind durstig und geben reichlich Trinkgeld. Allerdings hat der Herbergsvater in keinem einzelnen Fall die Erlaubnis beim Magistrat in Staven-

hagen eingeholt, dass er öffentliche Tanzvergnügungen veranstalten darf. Er müsste für solche Partys nämlich die sogenannte Lustbarkeitssteuer entrichten – doch dazu hatte er offenbar keine Lust. Die Steuer ist durch eine Satzung vom 15. August 1906 in Stavenhagen vorgeschrieben.

Bald wird der Magistrat auf die fiskalische Lustlosigkeit des Gastwirtes aufmerksam und tritt ihm energisch auf die Füße und Hühneraugen: Er wird wegen Übertretung der städtischen Satzung und der landesweit geltenden mecklenburgischen *Verordnung, betreffend die für öffentliche Tanzvergnügungen zu erwirkende obrigkeitliche Erlaubniß* vom 3. Februar 1854 zu einer Geldstrafe verurteilt.
Beckmann ist erbost und legt Revision ein: Er habe keine Bestimmungen verletzt, weil der Schwof im Schützenhaus gar keine öffentliche Tanzvergnügung gewesen sei. In den festgestellten Fällen sei der Tanz von den Personen, die gemeinsam einen Ausflug zum Schützenhaus machten, improvisiert wor-

Das frühere Schützenhaus in Stavenhagen im Jahr 2023

den. Es hätten daran nicht mehr Gäste als gerade anwesend waren, also nicht unbestimmt viele Personen, teilnehmen können und sollen.
Seine Revision wird jedoch vom Strafsenat des Oberlandesgerichtes Rostock mit Urteil vom 8. September 1911 verworfen. In der Urteilsbegründung heißt es: »*Der Begriff der Veranstaltung der Tanzlustbarkeit ist keineswegs nur dann erfüllt, wenn nach vorgängigem Plane, nach vorangegangener Ankündigung und vorbereitenden Maßnahmen getanzt wird, sondern auch schon dann, wenn eine zufällig oder aus einem anderen Anlasse oder zwecks Tanzens in einem Wirtshause zusammengetroffene Anzahl von Personen spontan ohne vorherige Vereinbarung zu tanzen beginnt und den Tanz in geordneter Weise eine gewisse Zeit hindurch fortsetzt.*«

Das geschwurbelte Juristendeutsch bringt keinen Fuß zum Wippen, sondern vertreibt jegliche Lust aufs Tanzen. Und die Paragrafenreiter fabulieren weiter, dass die beanstandeten Events – in einem besonderen Raum – auch öffentlich für alle Gäste zugänglich gewesen seien: »*Mochten immerhin einzelne von ihnen den Ausflug nach dem Schützenhause gemeinschaftlich gemacht haben und dadurch für sich einen individuell begrenzten Personenkreis bilden, so fanden sich doch die mit einander Tanzenden in größerer Zahl beliebig in dem öffentlichen Lokale zusammen. Es kommt auch nicht darauf an, ob das Tanzen zunächst von einzelnen mit einander verbundenen Personen veranstaltet und nicht als öffentliche Tanzlustbarkeit beabsichtigt wurde, denn jedenfalls wurde es in den festgestellten Fällen später durch Hineinbeziehung von anderen Personen zu einem öffentlichen Vergnügen umgestaltet.*«

Ob der Gastwirt danach je wieder Lust hat, die Stavenhagener Tanzbeine zum Schwingen zu bringen und er dafür knurrend die Lustbarkeitssteuer bezahlt, ist nicht überliefert.

Torwitz

Hugo und Clara

Tortur einer Ehe

1925 pachtet der 42-jährige Hugo Grühn, Polizeibetriebsassistent in Rente, ein Haus mit Garten in Torwitz nordwestlich von Neustrelitz am Zierker See. Grühn ist verheiratet und hat zwei Kinder, einen zehnjährigen Sohn und eine sechsjährige Tochter. Seine Frau heißt Clara, sie ist eine ruhige, zurückhaltende Frau.

Viel Geld hat die Familie nicht. Der ehemalige Polizeibeamte bezieht nur eine monatliche Pension von 170 Mark. Zum Leben bleibt davon nicht viel übrig. Denn Grühn muss für das Wohnhaus vierteljährlich 50 Mark im Voraus an die Stadtkasse überweisen. Schon bald kommt er in Zahlungsschwierigkeiten. Die Transportkosten des Umzugs, die Miete, das Schulgeld für die Kinder, Arztrechnungen – all das übersteigt Grühns finanzielle Möglichkeiten. Die Familie lebt von 50 Mark im Monat.

1930 verschärft sich die Situation. Die Stadt will wegen Mietschulden den Pachtvertrag nicht verlängern, will pfänden. Die Familie soll Ende des Jahres ausziehen. Auch die anderen Schulden – bei Kaufleuten, Ärzten und Gastwirten in Neustrelitz – belasten die Familie schwer. Die Verbindlichkeiten erreichen mittlerweile über 500 Mark.

Am 28. November 1930 kommt es zur Katastrophe. Clara Grühn, die gerade heizt und vor dem Ofen im Wohnzimmer kniet, wird von einem Schuss aus der Browning-Pistole ihres Mannes getroffen. Grühn behauptet, es sei ein Unfall gewesen. Er habe einen Meter von seiner Ehefrau entfernt seine Waffe gereinigt. Dabei habe sich versehentlich ein Schuss gelöst.

Doch die Polizei glaubt dem Polizeibeamten i. R. nicht. Er wird sofort verhaftet, in das Landgerichtsgefängnis nach Neustrelitz gebracht und dort vier Tage lang verhört. Dabei wird deutlich: Die Ehe der Grühns war seit der Hochzeit unglücklich und steigerte sich in den letzten Jahren zur Tortur.

Am 30. November, zwei Tage nach der Verhaftung Grühns, gibt es eine erste heiße Spur. Clara Grühn ist im Juni 1930 bei der Polizei in Neustrelitz gewesen und hat von Misshandlungen ihres Ehemannes berichtet. Er habe sie mit einem Gummiknüppel geschlagen und sogar mit Erschießen gedroht. Sie sei vor ihm in die Wohnung der Nachbarn geflüchtet. Kriminalkommissar Lübs vom Polizeiamt Neustrelitz schreibt: *»Frau Grühn bezeichnete ihren Ehemann als hochgradig nervös, leicht reizbar und anormal veranlagt. Bei hellichtem Tage [...] verlange ihr Mann ganz plötzlich von ihr, daß sie sich mit ihm ins Bett legen und widernatürlich mit ihm verkehren soll. Um Ruhe und Frieden zu haben, habe sie seinem Verlangen sehr oft nachgegeben, ihr werde aber immer sehr übel danach zu Mute und habe sie sich nach dem Akt auch schon übergeben müssen [...] Der widernatürliche Verkehr*

Das Carolinenstift in Neustrelitz – hier wurde Clara Grühn obduziert.

hat darin bestanden, daß die Eheleute Grühn sich gegenseitig durch lecken (ablutschen) an ihren Geschlechtsteilen befriedigt haben.«

Am 4. Dezember 1930 verfasst Hugo Grühn in der Untersuchungshaft handschriftlich einen achtseitigen Lebenslauf und ein paar Tage später einen zehnseitigen »*Nachtrag*«. Von Bedauern, dass er seine Frau – zumindest grob fahrlässig – getötet hat, ist bei dem ehemaligen Polizisten nichts zu spüren. Vielmehr versucht er zu erklären, zu rechtfertigen und beschäftigt sich mehr mit den schlechten Eigenschaften seiner Frau als mit sich selbst. Seine Frau habe ihre Füße unter den gedeckten Tisch gesteckt, ihn wie eine Null behandelt und die Verweigerung des Geschlechtsverkehrs als »*Erziehungsmittel*« benutzt.

Im Laufe der Ermittlungen bestätigen viele Zeugen, dass die Grühns wie Hund und Katze zusammengelebt haben. Die Ehe sei sehr schlecht gewesen. Am 13. Dezember 1930 bricht Hugo Grühn schließlich während einer Vernehmung zusammen und legt ein Geständnis ab. Er habe seine Frau absichtlich getötet: »*Mich hatte die Verzweiflung gepackt.*«

Von Februar bis April 1931 wird Grühns Geisteszustand in der Landesheilanstalt Domjüch bei Strelitz untersucht. Die Ärzte stellen fest, dass er unter chronischer Paranoia (Wahnbildung) leidet und somit für seine Tat nicht verantwortlich ist. Die Untersuchung wird eingestellt und Grühn dauerhaft in Domjüch untergebracht.

Die Tragödie setzt sich fort. Ein Jahr später, am 22. Mai 1932, begeht der sechzehnjährige Heinz, der Sohn Hugo Grühns, Suizid. Er erschießt sich. Die Tat seines Vaters hat Heinz Grühn nie verwinden können. Sie ist letztlich wohl der Hauptgrund, dass er selbst scheitert.

Vogelsang bei Lalendorf

Erlegt

Wie ein Gutsjäger zur Strecke gebracht wird

Es ziehen die Jäger auf eine Wildbahn,
sie wollen erjagen den stolzen Fasan.
Sie rennen und schießen gewaltig drauf los,
ein Schuss geht fehl: Dit is jar nich famos!

Am 3. November 1909 lesen die Abonnenten der *Mecklenburger Nachrichten*, einer in Schwerin erscheinenden Tageszeitung, erschrocken folgende Zeilen: »*Am Sonnabend, 30. Oktober, wurde in dem zwischen Lalendorf und Teterow belegenen Gute Vogelsang eine Treibjagd abgehalten. Ein Schütze hatte das Unglück, mit einem Schrotschuß den Gutsjäger erheblich zu verletzen. Der Schuß traf den Verletzten von hinten und soll dann auch ein Auge verletzt haben.*«

Beim Verwundeten handelt es sich um den Gutsjäger Roggensack aus Vogelsang. Er ist auf der Fasanenjagd – als das zweite Treiben im Gange war – an der rechten Körperseite, an Kopf und Hals, getroffen worden. Roggensack wird zunächst nach Teterow ins Krankenhaus gebracht, die Ärzte ordnen jedoch eine sofortige Überführung in das Rostocker Universitäts-Krankenhaus an. Dort wird er noch am selben Abend operiert, erliegt aber eine Woche später, am 6. November 1909, seinen Verletzungen.

Dessen ungeachtet wird zwischen den Mecklenburgischen Seen weiter fröhlich zum Jagen geblasen, die Hatz- und Pirschsaison nimmt gerade erst an Fahrt auf. Am 5. und 6. November veranstaltet Graf Grote in Varchentin nordöstlich von Waren (Müritz) ebenfalls eine Jagd auf Fasanen. Als hohe Gäste – Weidmannsherzen schlagen vornehmlich in edlen Leibern – stiefeln Herzog Adolf Friedrich zu Mecklenburg-Schwerin und ein Bruder des Reichskanzlers Bethmann Hollweg mit durch den Forst. Sie feuern, bis die Gewehrläufe glühen und helfen tatkräftig mit, dass an beiden Tagen insgesamt 1300 Vögel zur Strecke gebracht werden. Zum Abschied geleitet Graf Grote den Herzog am 6. November um 18 Uhr per Automobil zum Bahnhof nach Waren, da seine Exzellenz nach erfolgreicher Pirsch geruhen, per Schnellzug nach Berlin weiterzureisen.

Der Winter vergeht, und gegen den Mann, der Förster Roggensack in Vogelsang niederstreckte, laufen die Ermittlungen. Es wird Februar. Die Jagd in Mecklenburg setzt in diesem Monat andere Schwerpunkte. Auf dem Programm stehen nicht mehr Fasanen und Gutsjäger, sondern das Raubwild. Insbesondere Füchse, Marder und Iltisse, die gerade fröhlich beim Ranzen sind, sollen jetzt aufs Korn genommen werden.

Unweit des Gutshauses Vogelsang geschah 1909 das Unglück.

Das *Malchower Tageblatt* informiert – unfreiwillig komisch – darüber am 7. Februar 1910: *»Die Bekämpfung des Raubwildes ist geboten. Es ist jedoch notwendig, daß bei Vertilgung des Raubwildes in humaner Weise verfahren wird.«* Sanfte Metzelei.

Am Sonnabend, den 5. Februar 1910, steht der Gutsinspektor Otto Arnholdt vor der Strafkammer des Güstrower Landgerichtes, er ist wegen fahrlässiger Tötung des Gutsjägers Roggensack angeklagt worden. In der Verhandlung wird der Tathergang rekonstruiert. Demnach gab der Gutsinspektor zunächst zwei Schüsse ab, erlegte dabei einen Fasan, dann ereignete sich das Unglück, berichtet das *Malchower Tageblatt* am 8. Februar 1910: *»Der Gutsjäger Roggensack hatte nach der Mamerower Grenze zu zwei Schüsse auf Fasanen abgegeben, als er durch den Schuß getroffen wurde. Diesen Schuß sollte der Angeklagte, der sich in diesem Augenblick hinter der Treiberlinie befand, abgegeben haben. Es sollte dies der dritte Schuß des Angeklagten gewesen sein. Wie letzterer in der Verhandlung behauptete, hat er einen dritten Schuß überhaupt nicht abgegeben, er will vielmehr das Gewehr nur angelegt haben. Nach dem Zeugnis des Tagelöhners Wieck hat er aber noch zum dritten Male geschossen. Angeklagter erklärte darauf, daß er, wenn er auch wirklich noch den dritten Schuß abgegeben hätte, so hoch angelegt haben werde, daß der Schuß den Jäger nicht treffen konnte.«* Das Gericht stellt schließlich fest, dass von den in Betracht kommenden Schützen nur der Angeklagte den unglücklichen Schuss habe abgeben können. Arnholdt wird deshalb wegen fahrlässiger Tötung zu zwei Monaten Gefängnis verurteilt.

Herr Arnholdt trollte sich still nach Haus,
verschossen war's Pulver, die Jagd war aus.
Nein, er zielte nicht nur in den Wind,
sondern erlegte 'nen Jäger geschwind.

Wendisch Priborn

Gefährliche Predigt

Der Tod eines Gottesmannes

Wendisch Priborn ist ein kleiner Ort südlich von Plau am See, er gehört heute zur Gemeinde Ganzlin. Im Jahr 1588 predigt der Pastor Johannes Kökeritz, ein standhafter, ehrbarer Mann, in der Kirche. Er berichtet nicht nur von himmlischen Wonnen, sondern auch über sehr irdische Dinge, die im Dorf geschehen: In seiner Ansprache an das gemeine Volk brandmarkt Kökeritz die zunehmende Sittenlosigkeit in Priborn. Laster und Schande hätten zugenommen, insbesondere Diebstähle seien an der Tagesordnung. So könne das nicht weitergehen!

In der Kirche sitzt ein Mann, der dies alles mit anhört und sich in besonderer Weise angesprochen fühlt: Hans Pralow. Er hat früher selbst eifrig gestohlen – Hühner, Enten, Gänse, landwirtschaftliche Geräte, Eier und geräucherte Schweinewürste. Pralow hat also gesündigt. Doch er hat sich für seine Taten verantwortet und darüber mit Herzogin Anna Sophie, der Witwe des früheren Herzogs Johann Albrecht I., die seit dem Tod ihres Mannes 1576 auf ihrem Witwensitz in Lübz lebt, einen Vergleich geschlossen.
Aber jetzt wühlt die Predigt des Pastors den geläuterten Dieb auf. Nach dem Gottesdienst geht Pralow zum Pastor und stellt ihn zur Rede: »Mein lieber Herr Kökeritz, haben Sie, als Sie von der Kanzel herab die vielen Diebstähle im Dorfe anprangerten, mich gemeint? Das war nicht fein! Ich habe meine Angelegenheiten längst geordnet. Warum zerren Sie diese alten Geschichten wieder hervor? Was habe ich Ihnen getan, dass Sie so schlimm über mich reden?«

Johannes Kökeritz beschwichtigt: »Mein lieber Pralow, ich habe nicht Sie persönlich gemeint, sondern mein Amt bringt es mit sich, grundsätzlich zu Recht und Ordnung aufzurufen. Sie wissen so gut wie ich, dass die Sittenlosigkeit im Dorfe zurzeit um sich greift, gerade vorgestern sind dem Bauern Schmitt eine Sau und drei Ferkel gestohlen worden. Ich habe mit meinen Worten nicht Sie, sondern all jene Spitzbuben gemeint, die hier ihr schändliches Handwerk betreiben.«

Pralow lässt sich damit vorerst beruhigen und geht nach Hause. Doch es arbeitet in ihm, irgendwann steigt die Wut wieder in ihm hoch: Dieser Pfaffe, der sein Maul von der Kanzel herab aufreißt, lügt doch, er hat bestimmt nur ihn, Pralow, ganz allein gemeint! Hat Kökeritz nicht gegrinst und das Gesicht verzogen, als sie vorhin miteinander sprachen?
Hans Pralow läuft erregt auf die Straße und sieht sich um. Er spürt, dass alle Augen ihn verfolgen seit dieser Predigt. Der verfluchte Pastor, er hat ihm seinen Ruf verdorben!

Am 9. Mai 1588 sitzt Johannes Kökeritz in Wendisch Priborn vor dem Hof des Dorfschulzen. Plötzlich taucht Hans Pralow auf und fängt an, ihn zu beschimpfen. Der Pastor antwortet scharf, da zieht Pralow einen Knebelspieß und sticht auf den Gottesmann ein. Kökeritz stirbt. Es ist ein Mord, wie es ihn im Dorf noch nicht gegeben hat.

Der Grund- und Gerichtsherr, Helmuth von Rohr, will Recht und Ordnung wieder herstellen und den toten Johannes Kökeritz *»beschreien«* lassen, also eine Totenklage für ihn zulassen. Doch auch die Grundherren des nachbarlichen Gutes, Familie Flotow auf Stuer, erheben Anspruch auf die Gerichtsgewalt. Man streitet über die Zuständigkeit und will eines Morgens in Priborn zusammenkommen und sich wegen der Totenklage einigen. Doch die Flotows treffen früher ein als von Rohr, greifen sich die Leiche, bestatten sie und machen sich wieder aus dem Staub.

Von Rohr ist, als er schließlich ankommt, empört, sieht er sich doch in seinen hoheitlichen Rechten übervorteilt. Er schreibt am 16. Juli 1588 einen Brief an Herzog Ulrich von Mecklenburg nach Güstrow, schildert die Geschehnisse und bittet, umgehend einen neuen Pastor nach Priborn zu schicken, *»damit die armen Leute, so Gottes Wort gerne horen und darnach leben, nicht versäumet werden«*. Dem Hauptmann der Plauer Festung sowie dem Superintendenten zu Güstrow, Andrea Celichio, solle auferlegt werden, *»daß sie ehestes Tages zu Priborn einen andern frommen und tüchtigen Prediger wiederum einsetzen und confirmiren mögen«*.

Dies geschieht. Was aus dem Mörder Hans Pralow wurde, ist nicht überliefert.

Die Kirche in Wendisch Priborn

Vorpommern

Isabella Schlichtekrull

Die Stetigkeit der Denunziation

Im 16. Jahrhundert lebt der Fischer Schlichtekrull mit seiner jungen Frau Isabella in Anklam. Sie gehören zu den wohlhabenden Bürgern der Stadt, der Bruder Isabellas ist Ratsherr. Doch im Jahr 1580 beginnt eine Zeit der Denunziation: Als in dem 30 Kilometer südlich gelegenen Dorf Genzkow eine Frau, die Wedel'sche, als Hexe auf dem Scheiterhaufen verbrannt wird, gerät Isabella Schlichtekrull ebenfalls in Verdacht, Zauberei zu betreiben. Ein Fischerknecht will die beiden Frauen, die einander kannten, mit einem großen schwarzen Hund in ihrer Mitte gesehen haben, der immer größer und hässlicher wurde.

Andere beschuldigen Schlichtekrull daraufhin, mit dem Teufel im Bunde zu stehen, sie habe von einer unbekannten Frau, einem Gespenst des Teufels, eine größere Geldsumme bekommen. Zugleich zieht sich Schlichtekrull, die wenig von der Kirche hält und dies ohne Furcht äußert, den Unwillen der Geistlichkeit zu – sie wird nun auch von der Kanzel der Zauberei bezichtigt. Doch dieses Mal kommt sie noch davon.

1587 wird in Anklam eine weitere Frau, die Lucht'sche, als Hexe hingerichtet. Unter der Folter behauptet sie, Isabella Schlichtekrull sei im Besitz von zwei Teufeln, die Hildebrandt und Lutz hießen. Dies führt schließlich dazu, dass Schlichtekrull am 12. Mai 1589 verhaftet wird. Da sie alle Beschuldigungen zurückweist, wird auch sie gefoltert. Dass sie schwanger ist, stört dabei nicht. Doch Schlichtekrull übersteht die Tortur, ohne sich schuldig zu bekennen.

So werden weitere Gründe gesucht, um die Frau zu diffamieren. Ihr eigenes Dienstpersonal bezichtigt sie der Zauberei: Sie

habe angeblich immer gewusst, was daheim geschehe, selbst wenn sie außer Haus gewesen sei. Auch der Anklamer Pastor Michael Eggert denunziert sie: Schlichtekrull habe ihm gewünscht, ihm möge die Zunge erlahmen.
So wird die Frau ein zweites Mal gefoltert, doch sie gesteht wieder nicht. Darum holen sich die Anklamer bei außerstädtischen Rechtsgelehrten Rat ein. Diese empfehlen, die Angeklagte mit Rutenschlägen und Landesverweis zu bestrafen, doch die Stadt folgt dem nur zum Teil: Sie erlässt der Schwangeren die Körperstrafe, auf Anweisung des Herzogs Ernst Ludwig von Pommern-Wolgast muss sie aber das Land verlassen, zuvor jedoch die *Urfehde* schwören, das heißt feierlich geloben, sich wegen der erlittenen halbjährigen Haft und den Folterungen nicht an Kirche, Stadt, Richtern und Folterknechten zu rächen.

Zwei Jahre lebt Isabella Schlichtekrull zusammen mit ihrem Mann und den Kindern in Wollin. Als sie 1591 in Treptow an der Tollense, dem heutigen Altentreptow, Verwandte besucht, wird sie dort auf Befehl des Herzogs erneut verhaftet, gefesselt auf einem Leiterwagen nach Wolgast gebracht und dort zum dritten Mal gefoltert: Man zieht sie aus, schert und brennt ihre Haare ab, zieht ihr ein grobes Narrengewand an und übergibt sie als Hexe dem Henker und seinen Folterknechten.
Die Herzogin behauptet, die Gefangene habe das *Ave Maria* gebetet und damit Zauberei betrieben. Schlichtekrull wird auf eine Leiter gebunden und ihr Körper durch Gewichte und Winden so gestreckt, dass die Glieder aus den Gelenken springen. Die Henker flößen ihr gewaltsam einen Trunk ein, so dass ihr Körper anschwillt und sie ohnmächtig wird. Das Gebräu, die sogenannte Hexensuppe, besteht aus Bier, Salz, Hechtgalle, Kümmel, geriebenem Brot und zermahlenen Knochen verbrannter Hexen.

Doch Isabella Schlichtekrull gesteht wiederum nicht. So wird sie erneut des Landes verwiesen. Aber jetzt beginnt sie sich zu wehren: Dreimal hat sie die Folter überstanden und damit dreimal ihre Unschuld bewiesen. Darum verlangt sie jetzt eine völlige Freisprechung und die Herausgabe ihrer von der Stadt beschlagnahmten Besitztümer.
Sie reist nach Prag an den Hof des deutschen Kaisers Rudolf II., verklagt den pommerschen Herzog und die Stadt Anklam und erreicht einen Teilerfolg: Sie darf wieder überall in Pommern, außer in Anklam, wohnen, muss aber auf die Rückgabe ihres Besitzes verzichten.

Daraufhin zieht Schlichtekrull vor das Reichskammergericht in Speyer. Der Prozess dauert 25 Jahre, wie er endet, geht aus den Akten nicht hervor. Die letzten Berichte lassen erkennen, dass sie von der Beschuldigung der Hexerei freigesprochen wird. Ob sie auch ihren Besitz zurückerhält, ist unbekannt.

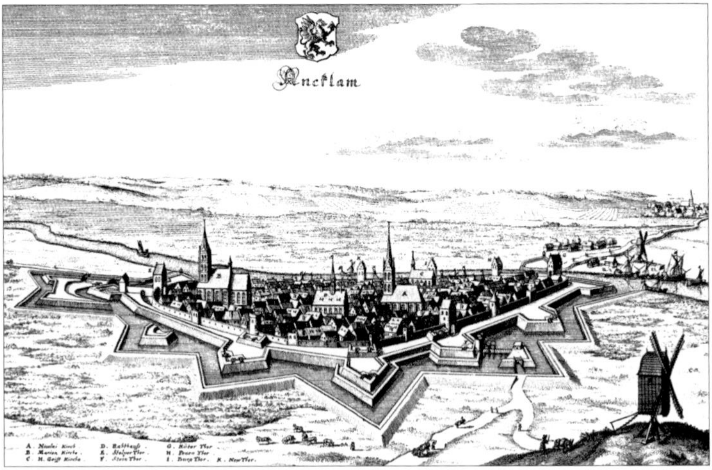

Anklam im 17. Jahrhundert, Kupferstich von Matthäus Merian d. Ä.

Beuchow

Eene meene muh, wer fraß die Kuh

Schwind(el)sucht auf Rügen

Jahrhundertelang gelten Müller – weil sie das Korn mahlen und dadurch reich werden, weil sie die Elemente Wind und Wasser beherrschen, weil ihre Mühlen bei der Arbeit ächzen und stöhnen und dadurch unheimlich wirken – als magische Männer, die mit dem Teufel im Bunde stehen. Viele Märchen und Sagen beschreiben sie als unehrlich, weil sie aus dem Hirse, Hafer und Weizen, den die Bauern säckeweise auf Fuhrwerken anliefern, angeblich immer zu wenig Mehl produzieren. Stauben die gepuderten Kerle mehr Mehl für sich ab, als ihnen für ihre Arbeit zusteht? Es gibt den plattdeutschen Spruch: *Dat is gaut för'n Möller, dat dei Säck nich spräken könen.*

Auch Müllermeister W. aus Lonvitz auf Rügen ist ein listiger Mann, der es mit Recht und Scheffelmaß nicht so genau nimmt. Sein Credo: *Ik bün kläuker as dei Polizei erlaubt!* Auch beim Viehhandel. Ihm gehört eine Kuh, von der er seit Kurzem weiß, dass sie an hochgradiger Schwindsucht leidet und ihre linke Lunge hübsch mit Tuberkeln besetzt ist. Der Rentier Holz hat ihm das nach einer Untersuchung im Februar 1888 mitgeteilt und ihm abgeraten, Fleisch der geschlachteten Kuh zu verwenden: *»Dat is dat reine Rottengift!«*

Doch unser Müller schlägt die Warnung in den Ostseewind, mit dem kennt er sich schließlich aus, und verkauft das Tier für 4 ½ Taler an den Handelsmann Leplow aus Stralsund. Der Mehlmeister verschweigt dabei, dass seine Kuh keine Müllermilch mehr gibt, krank ist und fordert anfänglich sogar 20 Taler für sie. Aber Leplow ist misstrauisch, zumal die Kuh, als er sie beäugt, bereits aus dem letzten Loch pfeift: *»Manning, dei*

süht ut, as wier sei den Düwel von dei Weid lopen. Dat Beest is lungenkrank!« Er handelt den Kaufpreis tüchtig herunter.
Geschwind geht der Schwindel mit der Schwindsüchtigen weiter. Leplow bietet sie zunächst dem Schlächtermeister Pieck für 20 bis 21 Mark an, der rührt jedoch kein Fingerchen und wetzt kein Messerchen, sodass der Händler das Tuberkeltierchen schließlich an seinen Vetter Witting in Beuchow bei Putbus verhökert. Dieser schreitet rasch zur Tat und lässt die Pfeifende am 3. März 1888 durch den Schlächter Ewert meucheln, weil sie sich angeblich ein Bein gebrochen habe.
Beim Zerlegen der Kuh stellt sich zweifelsfrei heraus, dass sie keinen Knochen gebrochen, aber ihre Lunge formvollendete Geschwulste hat: *»Dat is 'ne hübsche Schwienerie inne Kauh«*, meint der Schlächter und rümpft seine Nase. Dessen ungeachtet verkauft Witting das faulige Fleisch an etliche Leute und zwar für 20 Pfennige pro Pfund. Zweifel, die bei einigen Filet-

In Beuchow wurde die Schlachtung der schwindsüchtigen Kuh beschlossen.

freunden aufkommen, zerstreut er: *»Lang man düchtig tau, dei Kauh is in'n Geschmack nich öwel, sei möt blot mit'n groten Apptit äten warden.«*
Aber das Rattengift schmeckt nur bedingt. Kurz nach dem Verzehr würgen es die Käufer mit Wucht wieder hervor, dass es in schillernden Strahlen durch die Stuben schießt und der Schwindel auffliegt. Der Kreistierarzt stellt bei seiner Untersuchung fest: Die Lunge des geschlachteten Tieres ist derartig mit Tuberkeln durchsetzt, dass der Genuss des Fleisches der menschlichen Gesundheit unbedingt schadet – eine Meuterei gegen die Euterei wäre zweifellos ungefährlicher gewesen. Es kommt zur Anklage.

Am 22. Oktober 1888 verhandelt die Strafkammer Stralsund gegen den Müllermeister W., den Stralsunder Handelsmann und Ackerbürger Leplow sowie den Hausbesitzer Witting aus Beuchow. Ihnen wird vorgeworfen, im Februar und März 1888 im Kreis Rügen eine schwindsüchtige Kuh beziehungsweise deren Fleisch verkauft beziehungsweise feilgehalten und in den Verkehr gebracht zu haben.
Eene, meene muh, wer fraß nu diese Kuh? Das wird in der Verhandlung zwar nicht bis zum letzten Schwanzstück aufgeklärt, aber nach der Vernehmung der Zeugen und des Sachverständigen werden Leplow und Witting wegen fahrlässiger Verletzung des Nahrungsmittelgesetzes, das seit 1879 im Deutschen Reich gilt, jeder zu 50 Mark Geldstrafe, im Nichtbeitreibungsfall zu einer Woche Gefängnis verurteilt. Zudem müssen sie die Kosten des Verfahrens tragen inklusive der durch die polizeiliche Untersuchung der Eingeweide der geschlachteten Kuh verursachten Ausgaben.
Unser windiger Müller dagegen wird freigesprochen und wirbelt – bevor es sich die Richter womöglich noch anders überlegen – aus dem Saal. Eene meene meck, flugs ist er weg.

Greifswald

»Du bist verrückt mein Kind!«

Beamtenbeleidigung mit Pfiff

Die Operette *Fatinitza* von Franz von Suppè, die im Januar 1876 in Wien uraufgeführt wird, ist bis zum Ersten Weltkrieg – mit etwa 1200 Aufführungen allein auf deutschsprachigen Bühnen – eine der erfolgreichsten Operetten jener Jahre. *Fatinitza* beschwingt mit schönen Arien, opernhaften Ensembles und Finali, eingängigen Walzern, Märschen und Couplets und zählt zu den Meisterwerken Suppès.

Im dritten Akt gibt es den flotten Marsch *Vorwärts mit frischem Blut*, der bis heute der bekannteste Schlager des Stückes ist. Nachdem die Operette im September 1876 erstmals in Berlin gespielt wird, geschieht bald darauf Kreatives: Die Spreestädter ersetzen aus Schabernack den Text des Marsches und trällern fröhlich: *»Du bist verrückt mein Kind, Du mußt nach Dalldorf hin. Wo die Verrückten sind, dort gehörst Du hin.«* Die Zeilen spielen auf die seit 1869 vorgesehene und 1877 bis 1879 errichtete Irrenanstalt in Dalldorf nordwestlich der Stadt an. Das Wort »Dalldorf« wird im Lied jedoch schon 1877 durch »Berlin« ersetzt, so dass es fortan heißt: *»Du bist verrückt mein Kind, Du mußt nach Berlin. Wo die Verrückten sind, da jehörste hin.«*

Das Ganze wird schnell populär und zu einem Gassenhauer, den die Hauptstadt-Spatzen von den Dächern pfeifen. Und nicht nur die, sondern auch spitze Mäuler in Norddeutschland, jahrzehntelang. So nimmt 35 Jahre später ein Mann in Greifswald das Spottlied, das auf Berlins weltstädtischen Größenwahn anspielt, zu bestimmten Anlässen in den Mund. Munter legt er sich die Melodie dann zwischen die Lippen und flötet wie eine Singdrossel – allerdings nicht als Schöngeist, sondern als Schelm.

Der pfiffige Kerl heißt Paul Wegner und verdient seinen Lebensunterhalt als Maler, der Pinsel und Farbtöpfe schwingt und das Antlitz seiner Hansestadt koloriert. Aus unbekannten Gründen ist er einem Polizeibeamten in Greifswald nicht grün. Vielleicht hat ihn der Gendarm einmal, weil beim Farbschwung nicht alles im grünen Bereich war, ermahnt. Jedenfalls verfolgt der Maler den Hüter der öffentlichen Ordnung nun auf Schritt und Tritt, nicht als Grünschnabel, sondern als Prolet mit klingendem Maulwerk und pfeift – so oft er den Beamten erblickt – demonstrativ das Lied *Du bist verrückt mein Kind*. Wenn das man gutgeht ...
Wegner hätte durchaus einige andere Songs zur Auswahl, die aktuell und militärisch genehm wären. Denn Kaiser Wilhelm II., der Generalmusikdirektor des Reiches, hat im Mai 1912 zur Förderung von Marschgesang und Marschmusik befohlen, dass in der Armee acht Marschlieder, begleitet durch Spielleute, und vier Märsche zur Einführung gelangen. Zu den Liedern gehören zum Beispiel *Der gute Kamerad*, *Deutschland, Deutschland über alles* und *Die Wacht am Rhein*. Als Märsche stehen *Der Torgauer Marsch*, *Preußens Gloria* und *Der Schwedische Kriegsmarsch* zur Verfügung. Der Kaiser will, dass die Texte und damit Bekanntheit dieser Stücke wieder aufgefrischt werden. Zugleich hat er angeordnet, das Singen anstößiger Lieder allgemein zu verbieten.

Unser melodischer Maler ignoriert diese Anweisungen freundlich, er ist ja nicht bei der Truppe, sondern an der Kleister- und Tapetenfront am Ryck im Einsatz. Die ist verrückt genug, da ist ausreichend Musike drin. Unser Paule hält nicht sein Maule und setzt dem Polizisten weiter zu. Einige Male lässt sich der Bepfiffene das Tirilieren gefallen, bis es ihm zu bunt wird. Als er eines Tages ein Haus zu einer Feststellung aufsucht, lehnt sich Wegner, der gerade in dem Gebäude beschäftigt ist, aus dem Fenster und zwitschert dem Beamten das Liedchen wiederum in provozierender Weise nach. Daraufhin hat der Sergeant die Faxen dicke beziehungsweise die Ohren voll, weil er sich durch die Melodie nun beleidigt fühlt. Er trillert zornig zurück und stellt einen Strafantrag.

Das Schöffengericht Greifswald muss zwischen beiden Tonkünstlern schlichten und erachtet nach eingehender Prüfung eine Beamtenbeleidigung als vorliegend. Es verurteilt Wegner am 15. August 1913 zu zehn Mark Geldstrafe beziehungsweise – bei Nichtbezahlung – zu zwei Tagen Gefängnis und spricht dem gekränkten Polizisten eine Publikationsbefugnis des Urteils zu: Er darf es auf Kosten des Malers in einer Greifswalder Zeitung veröffentlichen.
Der Beamte verzichtet jedoch darauf, um den Vorfall nicht noch publikumswirksamer zu machen. Das alles ist verrückt genug, der Stadtpfeifer soll keinen weiteren Auftritt bekommen.

In Greifswald pfiff Paul Wegner neckisch sein Liedchen.

GREIFSWALD

Wurst ohne Fleisch

Meister Gluth bei der Arbeit

Verbrechen geschehen in den besten und vornehmsten Kreisen. Manchmal erreichen die Stützen der Gesellschaft ihr Ansehen allein durch Lumpereien oder können es nur mithilfe ruchloser Taten bewahren: Notare fälschen Urkunden, Amtsrichter unterschlagen Gelder, Bankdirektoren manipulieren Überweisungen, um Mäuse in die eigene Tasche springen zu lassen. Denn ohne Moos nix los, ohne Flocken keine Seidensocken! Auch Kunstmaler wenden Tricks an, um an Mammon zu kommen. Sie kopieren Gemälde aus früheren Jahrhunderten und verkaufen sie – nachdem die Pinsel listig tanzten – als originale alte Schinken. Apropos Schinken: Mit Schweinespeck, Haxen, Bauchfleisch und Ringelschwänzen experimentieren zu Beginn des 20. Jahrhunderts auch einige Fleischer in Pommern am Rande des Gesetzes. Die Kerle agieren auf Wurstmessers Schneide.

Am 8. August 1913 betritt die Polizei in Greifswald das Geschäft des Schlächtermeisters Karl Friedrich Gluth in der Bismarckstraße 19. Sie führt bei hiesigen Gewerbetreibenden regelmäßig Lebensmittelkontrollen durch und kauft dazu auch bei Gluth ein Stück Mortadella-Wurst. Die Proben werden an das Chemisch-hygienische Untersuchungsamt der Stadt Stralsund gesandt. Das Amt, gegründet 1894, überprüft die Reinheit der Nahrungsmittel, zum Beispiel von Fleisch, Wurst, Milch, Käse, Wein und Wasser, außerdem begutachtet es die Zusammensetzung von Arzneimitteln, Haartinkturen, Chemikalien, Farben und Petroleum. Die Kontrollen sind notwendig, weil einige Geschäftsleute tricksen und am liebsten Schafskötel als Bonbons oder mit Salz versetztes Holzessig als Koliktropfen über die Ladentische reichen würden. Meister Gluth ist ein Experte der kreativen Fleischverarbeitung. Seine Innovationen bescheren den Greifswaldern besondere Produkte, er ist darob schon öfter ins Visier der Behörden geraten und 1902, 1906 und 1910 wegen Verstößen gegen das Nahrungsmittelgesetz verurteilt worden. Denn der Schelm dreht durch den Fleischwolf, was hinein- und hindurchpasst, auch Artfremdes, und beschert den Hansestädtern damit so manchen Gaumenreiz. Vorliegend hat er in dunkler Nacht besondere Mortadella gefertigt – kein lukullisches Mahl, sondern eher einen Mord à della Gluth vorbereitend. Im flackernden Kerzenschein sprang der Meister im Schlachthause umher, schwang den Metzgerdolch, griff dieses und jenes, lachte grimmig und streckte die Wurstmasse mit allerlei Zutaten. So warf er nur wenig Schweinefleisch in den Wolf und mengte dafür umso mehr Kartoffelmehl, Präservesalz und andere illegale Bestandteile bei.

Die Untersuchung der Mortadella erbringt den Beweis, dass sie gefälscht ist. Der Fleischer wird ans Messer geliefert und

Von ihm, dem Deutschen Sattelschwein, war nicht viel drin in der Wurst.

muss sich am 23. Oktober 1913 vor dem Schöffengericht Greifswald verantworten. Dr. Ziegenbein, der Chef des Stralsunder Untersuchungsamtes, sagt unter Eid aus, die Mortadella habe an Fleischsubstanz nur etwa 13 bis 14 Prozent enthalten: *»Ein so niedriger Gehalt an Fleisch ist dem Sachverständigen während seiner ganzen Praxis noch nicht vorgekommen. Der Sachverständige ist der Ansicht, daß das Kartoffelmehl hinzugesetzt ist, um aus einer so geringen Fleischmenge eine bindende Wurstmasse herzustellen, da das Kartoffelmehl mit Wasser einen Kleister bildet. Wasser enthielt die Wurst 62,94%. Die Wurst hat durch die Verfälschung ein besseres Aussehen erhalten und eine glatte, dem Publikum erwünschte Schnittfläche bekommen.«*
Gluth bestreitet die Tat. Er will von einem ihm unbekannten Reisenden, der eine unbekannte Firma vertrat, ein Eiweißpräparat gekauft und es zur Herstellung der Mortadella benutzt haben, ohne zu wissen, dass das Präparat Kartoffelstärke enthielt.
Doch der Fleischer kann sich nicht hindurchwursteln. Das Gericht hält alles für eine haltlose Ausrede und verurteilt ihn wegen Vergehens gegen das Nahrungsmittelgesetz zu 150 Mark Geldstrafe, bei Unvermögen zu 30 Tagen Gefängnis. Außerdem muss er 32 Mark für die Wurstuntersuchung und noch die Verfahrenskosten tragen.
Gluth geht dagegen in Berufung, scheitert jedoch am 29. November 1913 vor dem Landgericht Greifswald. Das Urteil wird, nachdem es rechtskräftig geworden ist, am 20. Februar 1914 im *Tageblatt für Vorpommern* veröffentlicht, um die Leute auf Gluths Künste hinzuweisen.

Heute, über 100 Jahre später, würde der Schlächtermeister mit seinen Kreationen womöglich Erfolge feiern. Denn Fleisch-Ersatzprodukte liegen im Trend – zum Beispiel bei Aufschneidern und eingefleischten Vegetariern.

GREIFSWALD

Filmriss

Der Gastwirt Gustav Pohle und sein Kino

Anfang 1913 sorgen in Greifswald zwei Kinematographen-Theater für Staunen, Spannung und Vergnügen: das *Lichtspiel-Haus* in der Knopfstraße 24 und das *Central-Theater* in der Langen Straße 76 im Hotel Kronprinz. Sie zeigen als aktuellsten Schrei der Unterhaltung stumme Filme, die Leute laufen scharenweise zu den Vorstellungen, in denen Schwarzweißbilder über die weißen Wände huschen. Und weitere Angebote flimmern heran. Am 22. März 1913, dem Ostersonnabend, wollen die neuen *Kammer-Lichtspiele* ihren Spielbetrieb in der Langen Reihe 27 eröffnen. Inhaber dieses dritten Kinos ist der Gastwirt und Kantinenpächter Gustav Pohle. Er wirbt damit, dass sein Haus mit 550 Sitzplätzen das größte Kino in Pommern sei.

Jedem Anfang wohnt ein Zauber inne. In Greifswald scheint allerdings ein Schadenzauber Regie zu führen. Zunächst verhindern technische Schwierigkeiten den Start, sodass dieser erst am 29. März um 15 Uhr mit dem Film *Der Alchimist* erfolgen kann. Nach ein paar Tagen ist schon wieder Schluss, weil die Technik erneut streikt, erst am 19. April geht es weiter.

Dann sorgt ein drehbuchreifer Vorfall am 2. Mai für Aufsehen, teilt die *Greifswalder Zeitung* mit: *»In der Langen Reihe ereignete sich heute mittag ein Auftritt, der eine große Menschenmenge anlockte. Der bisherige Inhaber des neuen Kinotheaters hatte wegen Zahlungsschwierigkeiten das Theater an eine Berliner Kinogesellschaft abtreten müssen. Als die Vertreter heute erschienen, fanden sie den Eingang zu dem Theater mit Leitern und Brettern verstellt. Es kam dann zwischen dem bisherigen Inhaber und den auswärtigen*

Herren zu einem Zusammenstoß, der damit endete, daß der bisherige Inhaber den Kampfplatz der anderen Partei überließ.«
Gustav Pohle schmeißt vor Ärger mit Filmdosen, als er das liest und stellt klar: Er habe das Kino nicht wegen Zahlungsschwierigkeiten abgetreten, sondern seine Frau, die das Theater von ihm bis zum 17. April gepachtet hatte, habe die Pacht an die Kinogesellschaft übertragen. Als am 27. April dem Publikum der Eintritt ohne seine, Pohles, Einwilligung gestattet wurde, habe er die Berliner zur Pachtzahlung aufgefordert. Dies sei abgelehnt worden. Daraufhin habe er als Eigentümer das Kino abgesperrt – worauf es zur Szene mit den neuen Pächtern gekommen sei.
Jetzt nimmt die Story richtig Fahrt auf. Zunächst erlässt ein Gericht einen Beschluss, der Pohle bei 20 Mark Strafe verbietet, das Kino zu betreten, den Geschäftsbetrieb zu stören und die neuen Pächter – zwei Berliner Herren – zu belästigen. Da brennen dem Gastwirt die Sicherungen durch, die Lampen gehen aus, und es kommt am 22. Mai zum Showdown, den die *Greifswalder Zeitung* genüsslich schildert: *»Der ursprüngliche Besitzer der ›Kammer-Lichtspiele‹ hat heute Nacht gegen 4 Uhr unter großem ruhestörenden Lärm, der mit Beleidigungen und Schmähungen der jetzigen Besitzer verknüpft war, sämtliche ihm erreichbaren Fensterscheiben des Kinos zertrümmert. Die Glasreklame im Eingang, die Fenster des Kassenhäuschens und die Fenster des anstoßenden Grundstücks fielen seiner Zerstörungswut zum Opfer. Insgesamt hat er 84 Scheiben zertrümmert.«* Der Gastwirt hatte zuvor tief ins Glas geschaut und dann mit glasigem Blick und wilder Lust seinem Frust scheibchenweise Luft gemacht. Er wird verhaftet.
Am 10. Juli 1913 steht Pohle vor dem Schöffengericht Greifswald: Er ist angeklagt, seine Ehefrau mit Totschlag bedroht, sie körperlich misshandelt, bei seinem Schwager A. eine Fensterscheibe eingeschlagen, 84 Fenster- und Türscheiben, Reklame-

tafeln usw. im Kino zerstört bzw. beschädigt zu haben und widerrechtlich dort eingedrungen zu sein. Weil seine Ehefrau und deren Schwester vom Recht der Zeugnisverweigerung Gebrauch machen und auch der Schwager seinen Strafantrag wegen Sachbeschädigung zurückzieht, wird Pohle in diesen Punkten freigesprochen. Ebenso erweisen sich die Sachbeschädigung und der Hausfriedensbruch im Kino als unhaltbar, da der Glasgangster noch Eigentümer des Gebäudes ist. Das Gericht verurteilt ihn nur wegen Ruhestörung und groben Unfugs zu 60 Mark Geldstrafe.

Doch ein Happy End gibt es für Pohle in Greifswald nicht. Im Oktober 1913 wird sein Kino zwangsversteigert, im April 1914 erneut, den Zuschlag erhält nun der hiesige Bauunternehmer Bentzien. Später – in der DDR – heißt das Kino *Theater der Freundschaft*. 1997 schließt es, steht jahrelang leer und verfällt. Ab 2016 wird es saniert und ist heute ein Wohnhaus.

Das frühere Kinogebäude in der Greifswalder Langen Reihe 27a ist heute ein Wohnhaus.

Loitz

Brigitte

Ein Mord 1954

Am 29. September 1954 kommt die elfjährige Brigitte Irrgang nachmittags vom Religionsunterricht, der in der großen Zentralschule in Loitz stattgefunden hat, nach Hause. Die Wohnung ihrer Eltern befindet sich im selben Schulgebäude, denn der Vater ist der Rektor der Schule. Die Mutter möchte einen Kuchen backen und schickt Brigitte noch einmal in die Stadt, damit sie Butter, Zucker und Mehl einkauft. Auf dem Heimweg wird das Kind überfallen.

Die Familie isst bereits Abendbrot, gegen 19 Uhr wird die Tochter vermisst. Ihr Bruder, der 16-jährige Theo Irrgang, sucht nach ihr und findet in einem Gebüsch in unmittelbarer Nähe des Schulgebäudes ein Fahrrad, das er mitbringt. Es gehört, wie sich später herausstellt, dem Mörder seiner Schwester. Der andere Bruder, Willi Irrgang, steht vor der Schule und ruft laut nach Brigitte. Plötzlich sieht er, wie aus den Büschen ein Mann hervorkommt, über einen Gartenzaun klettert und verschwindet.

Sofort wird die Polizei informiert und zugleich die Suche nach dem Mädchen fortgesetzt. Willi findet die Einkaufstasche und die verstreuten Backzutaten, danach Kleidungsstücke, und schließlich sieht er seine Schwester unter einem Strauch liegen. Ihr Kopf ist blutig, am Hals sind Würgemale. Der Vater kommt hinzu und trägt das Mädchen ins Haus. Er glaubt zuerst, seine Tochter sei nur bewusstlos, doch als er mit ihr die Treppe hinaufsteigt, merkt er, dass sie tot ist.

Der Täter kann unter anderem durch die Hinweise des Bruders Willi noch am selben Abend festgenommen und in die Wohnung der Irrgangs gebracht werden. Er wird der Toten gegenübergestellt, leugnet aber jegliche Verantwortung und äußert kein Mitleid. Doch als er anschließend bei der Polizei über Stunden verhört und mit Zeugenaussagen und Beweisen konfrontiert wird, gesteht er, dem Kind aufgelauert, es mit dem Kopf gegen eine Mauer geschlagen, erwürgt und sich dann sexuell an ihm vergangen zu haben.

Brigitte Irrgang, die aus Krickerhau im Hauerland, einem deutschen Siedlungsgebiet in den slowakischen Karpaten, stammte, war 1944 an die deutsch-tschechische Grenze geflohen und kam von dort zusammen mit ihrer Familie 1946 ins vorpommersche Loitz. Die Familie war katholisch. Die Tochter, ein frommes, lebensfrohes Kind, bereitete sich im Sommer 1954 zusammen mit anderen Jugendlichen auf ihre Firmung vor. Als Firmheilige hatte sie die Italienerin Maria Goretti gewählt und sich intensiv mit dem Leben dieses Bauernmädchens beschäftigt. Maria Goretti war im Jahr 1902 – im Alter von elf Jahren – vergewaltigt und erstochen und vom Papst im Jahr 1950 heiliggesprochen worden.

In Loitz wurde Brigitte Irrgang am 29. September 1954 ermordet.

Nun, am 29. September 1954, gut zwei Wochen vor ihrer Firmung, kommt Brigitte Irrgang ebenfalls bei einem Sexualverbrechen ums Leben. Sie wird auf dem Kampfriedhof in Loitz beigesetzt, die Menschen in der Stadt sind erschüttert – und halten die Erinnerung an das Kind wach.

Jahrzehnte später, im Jahr 1999, wird Brigitte Irrgang zusammen mit rund 700 Deutschen des 20. Jahrhunderts in das Verzeichnis der »Zeugen für Christus« aufgenommen, das auf Anregung von Papst Johannes Paul II. erstellt worden ist. Die Menschen sollen – in Erinnerung an diese Märtyrer und Vorbilder – Zuversicht und Hoffnung schöpfen. In dem Buch *Um den Preis ihres Lebens*, 2003 herausgegeben von Leonie Rust-Garam, werden die Umstände des Todes von Brigitte Irrgang geschildert und Aussagen von Zeitzeugen dokumentiert, zudem zeigen Skizzen und Fotos Brigitte Irrgang als freundliches, tief religiöses Mädchen.

Anlässlich ihres 50. Todestages kommen am 2. Oktober 2004 etwa 450 Menschen in Loitz zu einem Gottesdienst in der Marienkirche zusammen. Es wird eine Gedenk-Kugel vor der Diesterweg-Schule, die das Mädchen einst besuchte, enthüllt und feierlich gesegnet.
2011 gründet sich ein Brigitte-Irrgang-Freundeskreis e.V. in Loitz, der regelmäßig an das Mädchen erinnert und unter anderem die Feierlichkeiten zum 60. Todestag im Jahr 2014 organisiert.
Der Freundeskreis sorgt auch dafür, dass im Sommer 2017 das Musikwerk *Brigitte. Ein Loitzer Oratorium in sieben Szenen* von Nikolaus Schapfl in Kirchen in Loitz, Greifswald und Berlin aufgeführt wird.

Negast

Gerüchte

Warum starb der Lehrer Karl Krull?

Im Sommer 1932 – in Deutschland sind infolge der Weltwirtschaftskrise 5,5 Millionen Menschen arbeitslos – herrscht Aufregung unter den Stralsundern. Adolf Hitler soll zum ersten Mal in die Stadt kommen und eine Wahlkampfrede halten, denn am 31. Juli finden Reichstagswahlen statt. So harren etwa 20000 Menschen am 19. Juli abends stundenlang aus, um ihn zu sehen. Es ist kalt und regnet. Die Kundgebung soll um 21 Uhr beginnen, gesichert von starken Polizeikräften. Als der Vorsitzende der NSDAP endlich nach zwei Uhr morgens erscheint, braust es *»Heil Hitler!«* auf. Doch er spricht nur etwa 15 Minuten.

Zu dieser Zeit ringt ein Mann um sein Leben: Karl Krull. Der Sozialdemokrat hat seit 1930 als Lehrer in Greifswald gearbeitet und sich vor allem der Förderung von Arbeiterkindern gewidmet. Am Vormittag des 19. Juli 1932 ist Krull mit einigen Jugendlichen nach Negast südlich von Stralsund in ein Ferienlager der *Roten Falken*, einer sozialdemokratischen Kinder- und Jugendorganisation, gereist.

Das Lager liegt im Wald direkt neben der Chaussee, die nach Stralsund führt. Etwa 100 Arbeiterkinder befinden sich hier, Karl Krull leitet das Lager. In diesen Tagen ist die Situation in Deutschland äußerst angespannt, weil es in den vergangenen Wochen regelmäßig gewalttätige Auseinandersetzungen zwischen Nationalsozialisten und Kommunisten gegeben hat. Gerade vor zwei Tagen, am 17. Juli, sind beim so genannten *Altonaer Blutsonntag* 18 Personen getötet worden. Ist etwas Ähnliches in Stralsund und Umgebung zu befürchten? Gerede beginnt, Gerüchte entstehen.

Zunächst heißt es, Hitler reise auf seiner Anfahrt nach Stralsund auch durch Negast. Da bereits Drohungen von Nazis gegen das Ferienlager ausgesprochen worden sein sollen, werden dort Übergriffe durch SA und NSDAP befürchtet. So kommen zum Schutz des Lagers etwa 60 bis 70 Sozialdemokraten und deren Sympathisanten aus Stralsund und Umgebung nach Negast. Dies wiederum führt zu dem Gerücht, gewaltbereite Kommunisten hätten sich im Wald versteckt, um eine Auseinandersetzung mit der SA zu beginnen. Daraufhin rückt aus Stralsund ein Polizeiaufgebot an, da sich im Ferienlager – die Gerüchte gehen weiter – angeblich bewaffnete Gegner der geplanten Stralsunder Hitler-Kundgebung verstecken. Jetzt eskaliert die Situation. Im amtlichen Polizeibericht heißt es: *»Als die Schutzpolizei vorsichtig heranfuhr, fielen aus dem Walde die ersten Schüsse. Das Feuer wurde von der Polizei erwidert, nachdem zuerst Schreckschüsse abgegeben worden waren. Der in Greifswald beamtete Lehrer Krull aus Barhöft wurde schwer und eine weitere Person leicht verletzt.«*
Ein Augenzeuge berichtet dagegen, die Polizei habe nach der Aufforderung zum Verlassen des Gebäudes gleich geschossen. Andere erzählen, das Gebäude sei von der Polizei umstellt worden und Krull sei, nachdem er das Haus verlassen habe, mit einem Kopfschuss getötet worden.
Eine weitere Quelle nennt als Ursache einen Querschläger, der Krull auf seinem Weg vom Zeltlager zum Gebäude getroffen habe.

Wer schoss auf Karl Krull? Die tatsächlichen Umstände sind bis heute ungeklärt.

Der Lehrer stirbt am 20. Juli 1932 in Stralsund im Krankenhaus. Er wird auf dem St.-Jürgen-Friedhof beigesetzt, sein Grabstein existiert noch heute. Wenige Tage nach seinem Tod, am 31. Juli 1932, erhält die NSDAP bei den Reichstagswahlen 37,3 Prozent der Stimmen und wird mit Abstand stärkste Partei in Deutschland. In Stralsund bekommt sie 48,16 Prozent der abgegebenen Stimmen. Der Auftritt Hitlers am 20. Juli hat dazu beigetragen.

Nach dem Zusammenbruch des Nationalsozialismus wird Karl Krull, nachdem bereits 1945 in Stralsund die Straße *In der Aue* in *Karl-Krull-Straße* umbenannt worden ist, von der DDR als antifaschistischer Widerstandskämpfer vereinnahmt. Auf sein Engagement als Sozialdemokrat wird nicht hingewiesen. Die Pionierorganisation der Stralsunder *Fiete-Dettmann-Schule* erhält seinen Namen, ein Gedenkstein erinnert dort von 1969 bis 1991 an ihn. In Greifswald und Steinhagen tragen Schulen noch heute seinen Namen. Seit 1983 findet zudem jährlich ein *Karl-Krull-Gedenklauf* in Steinhagen statt.

In Negast steht, 1955 aufgestellt, noch heute ein Gedenkstein für Karl Krull.

Schaproder Bodden

Seemannsgarn

Tod eines Schiffers

Anfang Mai 1913 jagt ein heftiger Nordoststurm mehrere Tage über die Ostsee, er fährt tief in das Meer hinein und wirft die Wogen hoch gegen die Küste Hiddensees. An vielen Stellen tritt das Wasser über die Ufer, bedeckt Wiesen und Weiden bis an den Hauptweg der Insel und überschwemmt auch die Fährinsel und Poggenort. Der Orkan stürzt starke Zäune um, entwurzelt Obstbäume, reißt Schiffe los, die fest verankert im Vitter Hafen liegen, und wirft sie aufs Land.
Auf dem Trog, der Meerenge zwischen dem Schaproder und Vitter Bodden, geschieht am 5. Mai während des Unwetters Abenteuerliches, ist anschließend in der *Stralsundischen Zeitung* zu lesen: *»Vorgestern morgen gegen 9 Uhr wollte der Kahnschiffer Edmund Wölke aus der Gegend von Torgelow auf seinem Kahn, der auf dem Schaproder Bodden dicht an der Fahrrinne vor Anker lag, im Verein mit seinem Matrosen die Vorsegel auf dem Deck glatt legen. Als die beiden damit fertig waren, wurde das Vorsegel vom Sturm wieder fortgerissen und traf den auf dem Laufgang stehenden Kahnschiffer mit voller Wucht an den Kopf, so daß er kopfüber in die hochgehenden Wellen stürzte.«*
Der 28-jährige Wölke versinkt und kommt nicht mehr zum Vorschein. Wäre ein Rettungsversuch seines Matrosen, des nun einzigen Mannes an Bord, möglich gewesen? Oder hat der Schifferknecht die steife Brise genutzt, um seinem Herrn einen feuchten Abgang zu verschaffen? Meuterei auf dem Lastenkahn?
Infolge des Orkans treibt das leere Schiff, das Kreide von Jasmund holen sollte, mit seinem Anker von der Ankerstelle fort und strandet gegen 11 Uhr in Neuendorf auf Hiddensee bei

der Landungsbrücke der Dampfer. Erst drei Wochen später, am 25. Mai, gelingt es, den Kahn wieder ins Wasser zu ziehen und flott zu bekommen. Zu diesem Zeitpunkt ruht Edmund Wölke längst in den ewigen Seefahrergründen.
Seine Leiche wird am Vormittag des 20. Mai am Strand zwischen Poggenhof und Seehof nördlich von Schaprode im Wasser treibend gefunden. Eine Gerichtskommission aus Bergen rückt an, lässt den Kapitän, der aus Hundsberg bei Torgelow stammt, obduzieren und verhört seinen Schifferknecht Otto N. Der berichtet zunächst, er sei mit seinem Herrn zugleich ins Wasser gefallen, habe sich aber retten können. Allerdings scheint der Matrose zwischen auftauchenden Fragen hindurch zu navigieren und Seemannsgarn zu spinnen, denn er verwickelt sich in Widersprüche und erklärt plötzlich, er habe, als das Unglück passiert sei, hinten auf dem Boot gerade Kaffee gekocht. Was stimmt denn nun? Ist womöglich ein Streit aus dem Ruder gelaufen?

Auf dem Schaproder Bodden geschah das Bootsunglück.

Als Flunker-Otto nach dem Sturm an Land zum Strandvogt geht, um den Inhalt der Schiffskasse abzuliefern, übergibt er einen Zettel, auf dem der Bestand der Kasse mit 433 Mark angegeben wird. Entspricht das der Wahrheit, oder ist auch dies eine Meeres-Mär? Wer hat den Zettel geschrieben? Als der Bruder des Ertrunkenen eintrifft, lässt sich Otto von diesem acht Mark geben, da er kein Geld habe, um nach Hause zu reisen. Anschließend macht sich der Schifferknecht jedoch in Stralsund durch größere Geldausgaben verdächtig: Er kauft sich einen neuen Anzug und neue Stiefel und schenkt zuletzt seiner Mutter in Ueckermünde 20 Mark. Hierüber zur Rede gestellt, gesteht er schließlich, Geld aus der Schiffskasse entwendet zu haben. Die Kasse öffnete er mit einem Schlüssel, den er im Jackett seines Herrn, das in der Kabine hing, fand.

Otto N. muss sich dafür am 29. Oktober 1913 vor der Strafkammer Stralsund verantworten. Ihm werden Diebstahl und gefährliche Körperverletzung mit Todesfolge vorgeworfen. Hat er seinem Chef zum Bade verholfen, um an den Zaster zu kommen?
Festgestellt wird, dass der Knecht die Schiffskasse um 100 Mark erleichtert und den Zettel, sie habe nur 433 Mark enthalten, selbst geschrieben hat, um seinen Diebstahl zu verbergen. Da die Leiche Edmund Wölkes am Kopf eine Verletzung aufwies, nimmt man an, N. habe seinen Herrn geschlagen und betäubt, so dass er ins Meer fiel und ertrank. Auch die Sachverständigen meinen, die Verletzung sei bei Lebzeiten des Schiffers entstanden. Otto N. bestreitet die Tat.
Letztlich gewinnt das Gericht trotz umfangreicher Verhandlung nicht die Überzeugung, dass er den Tod des Kapitäns verschuldet habe und verurteilt den Seemannsgarnler nur wegen Diebstahls und Urkundenfälschung zu vier Monaten Gefängnis.

Sellin

Haus Pax

Enteignung an der Küste

Im Jahr 1945 kommen Brigitte und Otto von Eynern als Flüchtlinge nach Rügen. Sie ziehen bei Brigittes Eltern, den Karstadts, ein, die in Sellin ein kleines Haus besitzen. Die jungen Leute wollen sich – jetzt nach dem Ende des Zweiten Weltkrieges – eine neue Existenz aufbauen.
1952 betreiben sie in Sellin das *Haus Pax*, das – errichtet um 1910/11 – *Am Hochufer 1* steht. In der Pension erholen sich ausschließlich Kinder von Arbeitern der Wismut AG, die aus dem Süden der DDR zur Kur an die Ostsee kommen. Zeitgleich halten sich immer etwa 40 Kinder und sechs Erzieher im Haus auf, die Kuren dauern sechs Wochen. Eynerns sind nicht für die Kindererziehung zuständig, sondern kochen, reinigen die Zimmer und halten die Pension in Ordnung. Otto von Eynern arbeitet in der zum Haus gehörenden Tischlerei. Außerdem besitzen die Eynerns eine Landwirtschaft im benachbarten Garftitz. Die Tiere – Kühe, Schweine und Gänse – sind jedoch mit *Am Hochufer 1* untergebracht.
Im Juli 1952 wird in Ost-Berlin der planmäßige Aufbau des Sozialismus in der DDR beschlossen. Auch der bereits 1947 gegründete Feriendienst des Freien Deutschen Gewerkschaftsbundes (FDGB), der Urlaubsplätze für Werktätige organisiert, soll gestärkt werden, denn zu dieser Zeit befinden sich die meisten Ferienunterkünfte noch nicht in staatlicher Hand, sondern gehören Privatpersonen. Das soll sich jetzt ändern.
Viele private Eigentümer werden unter fadenscheinigen, konstruierten Gründen festgenommen. Am 11. Dezember 1952 wird auch Otto von Eynern verhaftet. Ihm wird vorgeworfen, ein Verbrechen gegen das Volkseigentum begangen zu haben. Hintergrund: Eynerns hatten von der Wismut AG zwei

Schecks in Höhe von jeweils 2000 Mark für das Kinderheim erhalten. Weil sie einen Scheck davon dem Konto ihrer Tischlerei und nicht dem Konto des Kinderheimes gutschreiben ließen, wird dies als Wirtschaftsverbrechen gewertet.
Während Otto von Eynern in Bergen in Haft sitzt, beginnt an der gesamten DDR-Ostseeküste die sogenannte *Aktion Rose*. Bei dieser staatlich geplanten und durchgeführten Aktion werden zwischen dem 10. Februar und dem 11. März 1953 insgesamt 440 Hotels und Pensionen sowie 181 Gaststätten, Wohnhäuser und Wirtschaftsbetriebe beschlagnahmt. Hinzu kommen Bargeld und Konten im Wert von rund 1645000 Mark sowie Schmuck und Wertsachen im Wert von etwa 300000 Mark. 447 Personen werden festgenommen. Die Verhafteten werden als Schieber und Spekulanten diffamiert und kriminalisiert. Ihnen wird in erster Linie die Wirtschaftsstrafverordnung der DDR zum Verhängnis. Sie ist Mittel zum Zweck für eine Enteignung, weil sie so allgemein formuliert ist, dass kleinste Vorwürfe ausreichen, um Menschen zu Gefängnis- und Zuchthausstrafen zu verurteilen und das gesamte Privatvermögen einzuziehen.
Die Verhafteten der *Aktion Rose* kommen alle in das Gefängnis nach Bützow. Auch Otto von Eynern wird jetzt dorthin gebracht und sitzt mit sechs Personen unter unmenschlichen Bedingungen in einer Einzelzelle. Die Familien der Verhafteten wissen oft lange Zeit nicht, wohin ihre Angehörigen gebracht wurden. Später sind Besuche möglich. Auch Brigitte von Eynern versucht, ihren Mann zu sehen, wird aber nicht vorgelassen. Dafür beobachtet sie mehrere Gerichtsverhandlungen, die in Bützow gegen *Aktion-Rose*-Verhaftete stattfinden. Dafür ist ein Sondergericht eingerichtet worden, was selbst nach DDR-Recht unzulässig ist. Es sind übelste Schauprozesse mit bestellten Zuschauergruppen, die bei den Urteilsverkündungen klatschen und johlen. Insgesamt werden 408 Menschen verurteilt. Lediglich fünf Angeklagte werden freigesprochen.

Otto von Eynern sitzt bis Juni 1953 in Bützow, ohne Gerichtsverfahren oder Verhör, dann wird er entlassen. Seine Frau und er verlassen die DDR und gehen 1953 in den Westen.
40 Jahre lang sprechen sie nicht einmal mit ihren Kindern über die traumatischen Erlebnisse und den schmerzhaften Verlust von Eigentum und Heimat. Nach 1990 erhalten sie lediglich einen Teil ihrer Grundstücke in Sellin zurück sowie ein Ölgemälde. Möbel, Hausrat und die Landwirtschaft bleiben für immer verloren. Sie kehren nicht nach Sellin zurück, sondern bleiben in Schleswig-Holstein. Brigitte von Eynern sagt im Jahr 2003, 50 Jahre nach den Ereignissen: *»Das ist eine Wut, die in ihnen kocht, die können sie nie vergessen, niemals. Und die will ich auch nicht vergessen. Aber da drüber sprechen: Thema ist das nicht bei uns zu Hause. Das hat keinen Sinn. Da machen sie sich kaputt.«*

Blick auf das Selliner Hochufer im Jahr 2022

Stettin

Der Zaubertrank

Die Intrige des Jakob von Kleist

Jakob von Kleist ist ehrgeizig, sehr ehrgeizig. Er liebt die Ehre und ehrt den Geiz. Das sind auch im 16. Jahrhundert gute Voraussetzungen, an die Spitze der Gesellschaft zu gelangen. 1574 gelingt ihm sein erster großer Karriereschritt: Er wird Hofjunker des pommerschen Herzogs in Stettin. Die folgenden Jahre der Speichelleckerei werden 1584 mit dem Posten des Amtshauptmannes in Neustettin in Hinterpommern belohnt, der zweite Schritt. Doch Kleists Verlangen nach Macht und Einfluss ist längst nicht gestillt, denn da gibt es noch einen Junker, der reicher ist als er: Melchior von Doberschütz.
Doberschütz war bis 1584 Amtshauptmann in Neustettin, also Kleists Vorgänger dort, er besitzt noch immer Einfluss am Herzogshof in Stettin – und außerdem ein paar Ländereien in Hinterpommern, auf die es Kleist abgesehen hat. Wie kann er Doberschütz schaden, wie an dessen Güter gelangen? Durch einen offenen Angriff? Wohl kaum. Eher durch ein Ränkespiel, eine List, ja, durch den Schwung eines Gerüchts.
Kleist sucht sich Verbündete am Stettiner Hof und setzt eine Behauptung in die Welt, die sich in Windeseile verbreitet: Die Frau des Konkurrenten, Elisabeth von Doberschütz, sei der Hexerei verdächtig. Sie habe die Ehefrau des regierenden Herzogs im Jahr 1586 mit einem »Zaubertrank« unfruchtbar gemacht. Tatsächlich hatte Elisabeth der Herzogin, die damals eine Fehlgeburt erlitten hatte, einen Kräutertrank zur Senkung des Fiebers gesandt.

So nimmt die politische Intrige ihren Lauf. Denn Herzog Johann Friedrich wartet noch immer auf Nachwuchs, die fürstliche Thronfolge ist in Gefahr, eine Staatskrise droht. Umso eifriger wird das Gerücht am Stettiner Hof aufgegriffen, liefert es doch eine plausible Erklärung für die kinderlose Ehe des Herzogs.

Elisabeth von Doberschütz wird, nachdem Kleist sie zusätzlich beschuldigt, das Brauen von Bier durch einen Fluch verhindert zu haben, offen der Hexerei und Zauberei verdächtigt und angeklagt. Die Ermittler nehmen alles unter die Lupe, drehen und wenden es – wahr oder unwahr – so lange, bis es passt und legen die Ergebnisse gegen die Angeklagte aus. Aus den Akten geht beispielsweise hervor, dass Elisabeth sich durch ihre peinliche Genauigkeit und unnachsichtige Strenge den Hass der Mägde und des Gesindes in hohem Maße zugezogen habe. Die sagen nun gegen sie aus. Außerdem behauptet Kleists Verbündeter, der herzogliche Hofmarschall Peter von Kameke, die Doberschütz habe ihm und anderen Hofbeamten

Im Stettiner Schloss wurde die Intrige gesponnen.

sowie dem Herzog vergiftete Getränke verabreicht, die den Männern ihren Witz und die Sinne nehmen sollten. Nur dadurch habe sie vor Jahren die Gunst des Herzogs für sich und ihren Ehemann erlangt.

Es ist eine Flut von übelsten Nachreden, Beschuldigungen und Bösartigkeiten, die den Ruf der Eheleute Doberschütz zerstört. Der Intrigant Peter von Kleist reibt sich die Hände. Er ist fast am Ziel.

Melchior und Elisabeth von Doberschütz können noch fliehen, doch die Häscher holen sie ein. Elisabeth wird in Crossen an der Oder gefangen, in Stettin eingekerkert und am 17. Dezember 1590 zum Tod verurteilt. Auf den Tag genau ein Jahr später, am 17. Dezember 1591, wird Elisabeth von Doberschütz auf dem Stettiner Heumarkt als Hexe enthauptet und danach vor den Toren der Stadt auf dem Scheiterhaufen verbrannt.

In diesem Jahr erreichen die Hexenverfolgungen in ganz Pommern ihren Höhepunkt. Jakob von Kleist trägt wesentlich dazu bei, er lässt während seiner Amtszeit als Stadthauptmann in Neustettin etliche Frauen als Hexen hinrichten.

Melchior von Doberschütz fällt – aufgrund der Verleumdung seiner Frau als Hexe – in Ungnade und wird aus Pommern verbannt. Seine Güter und sein Vermögen werden konfisziert. Jakob von Kleist ist am Ziel seiner Wünsche.

Doch sein Ehrgeiz und seine blinde Wut gegen die »Zauberinnen« werden bestraft. Bereits 1594 setzt ihn der Herzog als Amtshauptmann von Neustettin ab. Kleist bleibt zwar Hofjunker und gehört, als Herzog Johann Friedrich im Jahr 1600 stirbt, während der Beisetzung in Stettin zu den 20 Sargträgern. Doch er hat den Zenit seiner Macht überschritten.

Der Intrigant stirbt 1625 – durch keinen Zaubertrank.

Kampf der Bürgermeister

Bertram Wulflam gegen Karsten Sarnow

Im 14. Jahrhundert prägt eine Kaufmannsfamilie die Entwicklung Stralsunds jahrzehntelang entscheidend mit: die Wulflams. Steinernes Zeugnis ihrer Macht und ihres Reichtums ist das noch heute erhaltene Wulflamhaus am Alten Markt. Das Gebäude mit seiner prachtvollen Fassade, dem gotischen Giebel, dem Speisesaal und den großen Fenstern ist ein architektonischer Spiegel des schräg gegenüber stehenden Stralsunder Rathauses – ein Ausdruck des Herrschaftsanspruches der Wulflams.

Einer der einflussreichsten Männer dieser Familie – diplomatisch geschickt, später aber zunehmend selbstherrlich und rücksichtslos – ist Bertram Wulflam. Der Sohn eines Tuchhändlers steigt 1362 zum Ratsherrn auf und leitet von 1364 bis 1391 als Bürgermeister die Geschicke der Stadt. Wulflam gelingt es in dieser Zeit, die Hansestädte gegen den dänischen König Waldemar IV., der die Vorherrschaft in der Ostsee erringen will, zu einen und den Kampf zu gewinnen. Am 24. Mai 1370 wird im Stralsunder Rathaus feierlich ein Friedensvertrag unterzeichnet, welcher der Hanse wieder freien Handel auf der Ostsee garantiert und festlegt, dass der künftige Dänenkönig nur mit Zustimmung der Hanse gewählt werden darf.

Bertram Wulflam gelangt in diesen Jahren zu höchstem Ansehen. Stralsund ist um 1380 nach Lübeck die mächtigste und reichste Stadt der Hanse, die Speicher sind voller Waren, der überseeische Handel reicht von Russland bis England. Doch irgendwann beginnt der Stern des Bürgermeisters zu sinken. Begünstigt wird dies durch seinen ältesten Sohn Wulfhard. Denn dem gelingt es 1385 bis 1386 nicht, obwohl er über eine gute Flotte verfügt, die Piraterie auf der Ostsee erfolgreich zu bekämpfen. Außerdem soll Wulfhard auf der ihm unterstellten Burg Tribsees Raubrittern Unterschlupf gewähren. Das Misstrauen gegen die Wulflams wächst, ihr Einfluss geht zurück.

Ein Mann macht sich dies zunutze: der Gewandschneider Karsten Sarnow. Er entstammt einer alteingesessenen Stralsunder Familie, 1389 gelingt es ihm, in den Stadtrat gewählt zu werden. Zwei Jahre später führt er eine Stralsunder Flotte zu einem Sieg gegen die Piraten auf der Ostsee, mehr als 100 Seeräuber werden gefangen. Auf der Heimfahrt lässt Sarnow sie in Fässer sperren, nur ihre Köpfe ragen oben und die Beine unten heraus. In Stralsund treibt man sie vom Hafen durch das Semlower Tor zum Alten Markt, wo sie bald darauf hingerichtet werden.

Sarnow wird nun zum Bürgermeister gewählt und setzt im Mai 1391 eine demokratische Reform der Stadtverfassung durch, infolge welcher der alte Bürgermeister Bertram Wulflam aufgefordert wird, Auskunft über die Verwendung städtischer Gelder zu geben. Daraufhin verlässt Wulflam – der es mit den Finanzen nicht so genau genommen hat – im Juni 1391 mit seiner Familie heimlich die Stadt und begibt sich nach Lübeck. Von dort betreibt er intensiv seine Rückkehr und erreicht schließlich, dass die anderen Hansestädte den Stralsundern den Ausschluss aus der Hanse – die Verhansung – androhen, sollten die Wulflams nicht wieder in ihren alten Stand eingesetzt werden.

Die Stimmung in der Stadt hat sich inzwischen aufgrund der anhaltenden Gefährdung des Seehandels durch Piraten und mehrerer Missernten gewandelt. Der Rat bietet daher Anfang 1393 den Wulflams die ehrenhafte Rückkehr nach Stralsund an. Dies geschieht, doch der greise Bertram Wulflam erlebt die

Rückkehr nicht mehr; er stirbt zuvor in Lübeck. Sein Sohn Wulfhard bringt die Leiche im Sarg nach Stralsund und stellt den Sarg auf den Bürgermeisterstuhl im Rathaus – eine Demonstration der Macht, die zeigen soll, dass der alte rechtmäßige Bürgermeister wieder seinen Platz eingenommen hat. Anschließend wird Bertram Wulflam in Stralsund beerdigt.
Sein Gegenspieler Karsten Sarnow wird des Vergehens gegen die Interessen der Stadt und des Rates beschuldigt, zum Tode verurteilt und am 21. Februar 1393 auf dem Alten Markt mit dem Schwert enthauptet.

Erst Jahrhunderte später wird seiner in Stralsund wieder positiv gedacht: 1875 benennt man eine vom Kniepertor stadtauswärts führende Straße nach ihm um. Seit 1991 trägt eine Stralsunder Grundschule seinen Namen.

Das Wulflamhaus in Stralsund zeugt noch heute von der Macht und dem Reichtum der Familie Wulflam.

STRALSUND

Johann und Maria

Eine ungewollte Schwangerschaft und ihre Folgen

In der Nacht vom 28. zum 29. Oktober 1765 geschieht Ungeheuerliches in Stralsund: Etwa 20 bis 50 Männer, in Matrosen- und bürgerlicher Kleidung, die ihre Gesichter geschwärzt haben, gelangen nach drei Uhr unbehelligt durch das Kütertor in die Stadt, gehen zum nahegelegenen städtischen Gefängnis, das sich im Haus Bielkenhagen Nr. 7 befindet, und greifen dort mit Äxten, Säbeln und Flinten die Wachen an. Sie dringen in das Haus ein und befreien eine Frau aus ihrer Zelle: Katharina Maria Flint. Sie flieht mit einigen ihrer Befreier durch das Kütertor aus der Stadt, am Knieperteich wartet ein Boot.
Derweil liefern sich die noch in der Stadt verbliebenen Angreifer auf der Heilgeiststraße und Auf dem Hüx (einem Teil der heutigen Mönchstraße) mit herbeieilenden Stadtwachen eine Straßenschlacht. Mindestens zwölf Männer der Stadtwache werden verletzt, einige von ihnen schwer. Insgesamt sterben vier Personen. Die schwedische Militärbesatzung, die den Stralsunder Verteidigern helfen soll, bleibt untätig, sodass die Eindringlinge sich kämpfend zurückziehen und aus Stralsund entkommen. Es ist ein Husarenstück, wie es noch keines hier gab.
Die entführte Maria Flint ist eine zum Tod verurteilte Kindsmörderin, die am 8. November 1765 hingerichtet werden sollte. Die Tochter eines Stralsunder Schusters hatte zwischen 1761 und 1764 als Näherin in Gager auf Mönchgut gearbeitet und war dort einem schwedischen Leutnant begegnet: Johann Diek, einem Sohn ihres Brotherren. Johann hatte Maria immer wieder umworben und bedrängt. Irgendwann hatte er sich, wie er später zugab, *»ihrer fast mit Gewalt bemächtigt«*, sie wurde schwanger.

Johann und Maria – ihre Geschichte gleicht nicht der biblischen Erzählung von Josef und Maria – diese Geschichte ist pommersch-real. Der Leutnant ist kein Heiliger Geist, durch den eine Jungfrau ein Kind empfängt, sondern ein Mann, der seine sexuelle Gier auslebt – und die Schwangere dann abweist. So kehrt Maria im Herbst 1764 nach Stralsund zurück und bringt in der Pfingstzeit 1765 ein Kind zur Welt, das sie kurz nach der Geburt erwürgt und verscharrt. Denn ein uneheliches Kind gilt als Makel, als Bastard, die Mutter ist eine »Gefallene«, die gesellschaftlich geächtet wird. Doch Marias Tat bleibt nicht unentdeckt, eine gerichtliche Untersuchung beginnt, sie gesteht den Mord und wird zum Tod verurteilt.

Jetzt regt sich Mitleid und ein Schuldgefühl bei Johann Diek, schließlich ist er verantwortlich für ihre Schwangerschaft. Er überredet einige Männer seines in Stralsund stationierten schwedischen Regimentes zur Entführung der Verurteilten und bringt sie nach der Befreiung zum Pachtgut seines Bru-

Das Kütertor in Stralsund. Links das ehemalige Stadtgefängnis, aus dem Maria Flint befreit wurde.

ders nach Rappenhagen östlich von Greifswald. Am 3. November 1765 erscheint jedoch in der *Stralsundischen Zeitung* ein Steckbrief, der für Hinweise zu Maria Flint eine Belohnung von 50 Talern verspricht. Da bringt Diek die Entführte nach Gützkow, übergibt sie an zwei Husaren, die sie nach Berlin eskortieren, von dort fährt sie in einer Postkutsche weiter nach Dresden. Doch ihr Gewissen plagt sie – sie hat ihr Kind getötet, sie glaubt, dafür in die Hölle zu kommen. Gibt es einen Ausweg, den Seelenfrieden wieder zu erlangen?

Maria Flint kehrt nach Stralsund zurück. Am Morgen des 2. Dezember 1765 steht sie vor der Tür des Stralsunder Gefängnisses, bittet um Einlass und erklärt, dass sie keine Ruhe finden könne und sterben wolle. Im Verhör beteuert sie, keinen ihrer Befreier erkannt zu haben. Das Leugnen schützt weder sie noch ihre Befreier: Maria Flint wird am 20. Dezember 1765 vor dem Tribseer Tor unter großer Anteilnahme der Bevölkerung mit dem Schwert enthauptet. Viele sehen in der Mörderin nun eine Märtyrerin.

Gegen Johann Diek und seine Männer wird eine Untersuchung eingeleitet. Ende 1766 verurteilt das pommersche Generalkriegsgericht den Leutnant und zehn seiner Kameraden zum Tod, der schwedische König wandelt im März 1767 die Urteile in 28- bzw. 24-tägige Gefängnisstrafen um. 1769 wird Johann Diek in den Adelsstand erhoben und nennt sich fortan *von Dycke*. Er stirbt 1782 im Rang eines Stabsrittmeisters in Schweden.

Die Stralsunder Ereignisse finden Eingang in die Weltliteratur: Maria Flint ist ein reales Vorbild für die Gretchenfigur in Goethes *Faust*. Ihr Schicksal wird künstlerisch verarbeitet und die Stralsunderin dadurch ein Stück weit unsterblich.

STRALSUND

Woyzeck

Spuren eines Getriebenen

Johann Christian Woyzeck ist ein Gestrandeter, ein Heruntergekommener, ein armer Hund, den alle treten und der darum zurücktritt und zurückschlägt. Er ist dem Trunke verfallen und zudem rasend eifersüchtig. Das Unheil umklammert seine Brust mit eisernen Fingern, zwangsläufig und unaufhaltsam. Sein Leben liest sich wie ein Musterbeispiel aus einem Lehrbuch des Unglücks.

Am 3. Januar 1780 wird er in Leipzig in die Welt geworfen. Früh verliert er seine Eltern, macht eine Lehre als Perückenmacher und zieht dann mehrere Jahre rastlos umher – durch Wurzen, Berlin, Breslau und Wittenberg. Woyzeck arbeitet als Friseur, als Diener, als Gelegenheitsarbeiter und wird in die Wirren der Zeit hineingerissen. 1806 bricht das Deutsche Reich unter dem Ansturm Napoleons zusammen, die Preußen werden in der Doppelschlacht von Jena und Auerstedt vernichtend geschlagen. Der Krieg kommt auch nach Mecklenburg und Vorpommern – und mit ihm Woyzeck.

Im Herbst 1806 tritt er in Grabow bei Ludwigslust als Soldat in holländische Dienste. Am 7. April 1807 nehmen ihn die Schweden vor Stralsund gefangen und bringen ihn nach Stockholm. Er kämpft als schwedischer Soldat in Finnland, wird 1810 zurück nach Stralsund versetzt, dort im Januar 1812 von den Franzosen entwaffnet und wechselt erneut die Seiten: Jetzt ist er Soldat der Mecklenburger Truppen, denn die sind mit den Franzosen verbündet. Er macht 1813 Feldzüge nach Ratzeburg und Hamburg mit und desertiert anschließend zurück zu den Schweden. Er sehnt sich, gibt er später an, nach seinen alten Kameraden in Stralsund.

Vor allem aber sehnt er sich nach Anna Sophia Wienberg. 1810 hat er diese Frau in der Stadt kennengelernt und schon bald darauf mit der Soldatentochter ein Kind gezeugt: die am 28. Juni 1812 geborene Maria Dorothea. Woyzeck will die zehn Jahre Jüngere sogar heiraten, doch einer Hochzeit stellen sich immer wieder Schwierigkeiten in den Weg. Bald gibt es Probleme mit seiner Geliebten. Die beiden streiten sich oft, denn Woyzeck ist sehr eifersüchtig. Wenn er betrunken ist, wird er handgreiflich, wenn er nüchtern ist, hat er schwere Minderwertigkeitskomplexe. Dann ist er still und menschenscheu. Zugleich wächst – diffus und unheimlich – seine Angst vor Freimaurern. Von ihnen fühlt er sich in Stralsund verfolgt und versucht sie durch eifriges Beten zu vertreiben. Er flüchtet sich in den Rausch. Der tägliche Branntwein beruhigt und entspannt ihn. Dass der Schnaps langsam seine Sinne zerstört, merkt er nicht.

Schließlich verlässt Woyzeck die Wienbergerin, verlässt Stralsund, dient noch bis 1818 in der preußischen Armee und kehrt dann nach Leipzig zurück. Aber auch dort findet er keine Ruhe, wechselt ständig die Wohnstelle, wird brutal und unberechenbar. Der Alkohol ist sein Trost und seine Weltenflucht, sein Götze und sein Teufel. Als seine Leipziger Geliebte Johanna Christiane Woost, die er schon mehrfach misshandelt hat, am 2. Juni 1821 nicht zu einer Verabredung erscheint, sondern sich mit einem anderen Soldaten trifft, ersticht er sie – nachdem er ihr abends begegnet ist und sie nach Hause geleitet hat – in ihrem Hausflur. Seine Waffe: eine abgebrochene Degenklinge.

Woyzeck wird noch am selben Abend gefasst. Der Prozess gegen ihn zieht sich drei Jahre hin. Trotz zahlreicher Hinweise auf eine geistige Erkrankung Woyzecks bestätigt der Arzt Johann Christian August Clarus in zwei Gutachten die Zurechnungsfähigkeit des Angeklagten. Er stellt bei Woyzeck *»Kenn-*

zeichen von moralischer Verwilderung, von Abstumpfung gegen natürliche Gefühle und von Gleichgültigkeit« fest. Hinzu kämen *»kalter Mismuth, Verdruß über sich selbst, Scheu vor dem Blick in sein Inneres, Mangel an Kraft und Willen sich zu erheben«*. Der Angeklagte sei voll schuldfähig.

Und so wird Woyzeck am 27. August 1824 auf dem Leipziger Marktplatz mit dem Schwert enthauptet. Sein Tod ist ein ergötzliches Spektakel. Tausende Schaulustige wohnen der Hinrichtung bei. Es ist die letzte öffentliche Hinrichtung in der Stadt.

Zwölf Jahre später schreibt Georg Büchner sein Drama *Woyzeck* und macht den armen Soldaten zur Gestalt der Weltliteratur. Erstmals steht ein Mensch aus den untersten Gesellschaftsschichten im Mittelpunkt: schmutzig, geschunden, realistisch. Büchner lässt Woyzeck, der erst Opfer ist und dann Täter wird, über die armen Leute sagen: *»Ich glaub', wenn wir in den Himmel kämen, müssten wir donnern helfen!«*

Johann Christian Woyzeck

Georg Büchner

STRALSUND

Besondere Kräfte

Das Blut der Hingerichteten

Der Aberglauben der Menschen über Mörder und Totschläger führte lange Zeit zu makaberen Handlungen und absonderlichem Verhalten. So wurde bis in das 19. Jahrhundert hinein dem Blut von Hingerichteten eine besondere Wirkung zugeschrieben, auch in Vorpommern. Als am 24. Februar 1814 der Raubmörder Karl Gottlieb Eggert in Stralsund enthauptet wurde, kam es zu einer denkwürdigen Szene, die der Rügener Schriftsteller und Heimatforscher Johann Jacob Grümbke in seiner Erzählung *Der Bleiguss in den Zwölften* (1839) überlieferte: »*Eine mächtige Säule rauchenden Blutes stieg hoch aus dem Rumpfe empor, und floß, da der Stuhl von den Scharfrichterknechten umgeworfen wurde, strömend in den weißen Sand. Der Aberglaube schwang jetzt sein Scepter mit heftiger, unwiderstehlicher Macht. Aus der zahllosen Menge der Zuschauer stürzten, beide Barrieren durchbrechend, ganze Haufen von Menschen jeden Alters und Standes. Man schnitt und riß sich Stücke von den Kleidern des Hingerichteten, und tauchte Tücher und Kleidungsstücke in sein fließendes Blut. Sogar in Gläsern und Töpfen wurde es aufgefangen. Vergebens mühte man sich, die Eindringenden zurückzuhalten, bis endlich der bis auf das Hemd entkleidete Körper des Hingerichteten nebst dem getrennten Haupte der entsündigenden Muttererde anvertrauet war.*«
Warum verhielten sich die Menschen so? Sie glaubten, das Blut sei ein besonderes wirksames Heilmittel. Das kam nicht von ungefähr. Bereits in der anonymen Schrift *Curieuse, neue, seltene, leichte, wohlfeile, gewisse, bewehrte, nützliche, nöthige, ergötzliche und verwunderungswürdige Haus-Apothec,* die 1699 in Frankfurt am Main erschien, hieß es, dass das Menschenblut

– destilliert in einem Alembic, einem Destillierhelm – gut sei bei *»allen Gebrechen des Hirns, der Gedächtnis und Geister«.* Es treibe *»alles Gift vom Herzen, heilet allerlei Krankheiten der Lungen, reiniget das Geblüt über alle andere Arzneien und ist gut zu allen Bauchflüssen und Lendenweh, mehret das Geblüt und den Samen etc.«.*

Wie kamen die Leute kostenlos zu Menschenblut? Da boten sich in erster Linie öffentliche Spektakel an, die Hinrichtungen waren das zu dieser Zeit noch. Regelmäßig kam es zu Reibereien zwischen den die Richtstätte bewachenden Bewaffneten und den mit gieriger Hast durchdrängenden Menschen, die um jeden Preis etwas von dem Blut des Hingerichteten haben wollten. Sie verwendeten es gegen Epilepsie und glaubten, dass es auch zu allerlei Zauberzwecken nützlich sei. Bei der Hinrichtung einer Giftmischerin 1859 bei Göttingen durchbrach das Volk das von hannoverschen Schützen gebildete Viereck, stürzte sich auf das Schafott und versuchte, sich das Blut der Hingerichteten zu sichern. Auch in Hanau kletterten

In Stralsund wurde 1814 der Raubmörder Eggert hingerichtet. Sein Blut hielten viele Leute für ein Heilmittel.

1861 bei der Hinrichtung eines Raubmörders viele Menschen auf das Blutgerüst und tranken von dem frischen Blut. Als der Mörder Hinz am 16. April 1844 bei Töning geköpft wurde, trank der an Epilepsie leidende Sohn eines Landmannes mit Erlaubnis des aus Oldenburg gekommenen Scharfrichters von dem Armesünderblut.

Daneben gab es den Aberglauben, dass das Trinken oder Essen von Blut nicht nur Krankheiten heile, sondern auch den Geschlechtstrieb fördere. Diese Vorstellung war vor allem im Orient verbreitet. Der türkische Heilkundige Omer Haleby meinte im 19. Jahrhundert, unter den Mitteln, die sich in seinem eigenen langen Leben am meisten bewährt hätten, sei zuerst das *Müsk* zu nennen. Mit diesem Aphrodisiakum aus dem Blut von Tieren und aromatischen Gewürzen parfümierten sich orientalische Männer vor dem Koitus. Haleby schrieb: *»Wenn man dem Müsk Weihrauch und Myrrhe hinzufügt [...] so wird man sicher sein, mit großer Kraft coitieren und den Abfluß des Samens und das Endentzücken beschleunigen zu können.«*

Der arabische Gelehrte Dschaubari gab Hinweise zur Zubereitung des Müsk: *»Man nimmt kleine Tauben oder zarte Kamele und nährt sie durch sieben Tage mit den allerbesten Gewürznelken, die mit Rosenwasser und dem Extrakt aromatischer Blätterspitzen bespritzt sind, dann nimmt man einen Glaskelch, den man mit Öl bestreicht, und über jenem Glaskelch erwürgt man jene Tiere und läßt ihr Blut in das Glas fließen, welches man danach verschließt und vor Staub schützt. Wenn das Blut in dem Glase getrocknet ist, fügt man davon zu einem Gramm Mesk ein fünftel Gramm und gibt die Mixtur in eine Blase, welche mit Gummi arabicum bestrichen wurde. Dies ist die beste Art Müsk, die ich je gesehen.«*
Alles verstanden? Dann ran ans Werk.

STRALSUND

Scherenschnitte des Todes

Eine Enthauptung 1855

Mord und Totschlag, Raub, Diebstahl oder Brandstiftung – Verbrechen üben seit jeher eine eigenartige Faszination auf die Menschen aus. Allerdings nur, solange sie nicht selbst betroffen sind. Öffentliche Hinrichtungen – in den vergangenen Jahrhunderten sind sie immer gesellschaftliche Ereignisse. Die Leute laufen zusammen und recken die Hälse. Die Obrigkeit nutzt die Exekutionen nicht nur zur Bestrafung von Verbrechern, sondern zur Demonstration ihrer Macht. Das »Volk« wird »unterhalten«, sein Zorn und Aggressionspotenzial kanalisiert. Manchmal ist die Öffentlichkeit ausgeschlossen. Doch dann finden Neugierige andere Mittel und Wege, um dem schaurigen Prozedere doch beizuwohnen. Denn der Tod hat Charisma.

Es ist ein eigenartiges Schauspiel. Am 26. April 1855 wird der Schneidergeselle Johann Joachim Lorenz in Stralsund zum Richtblock geführt. Die Gerichtsbeamten erwarten ihn im Garten des alten Stadtgefängnisses. Bei dieser Hinrichtung, offiziell ist es die letzte in der Stadt, sind außerdem zwei Richter, zwölf ehrbare Bürger, mehrere Ärzte, zwei Offiziere sowie ein Seelsorger anwesend. Und natürlich der Henker.
Das Gericht hat den Scharfrichter Reindel aus Berlin bestellt, denn in Stralsund gibt es zu dieser Zeit keinen Henker mehr. Reindel bringt einen Gehilfen mit – und sein eigenes Beil. Mit dem kennt er sich am besten aus. Außerdem ist ein Beil für die Exekution praktischer, so die Stralsunder Historikerin Dorina Kasten, die sich genauer mit dem Kriminalfall beschäftigt hat, im Jahr 2006: *»Mit einem Beil hinzurichten, war wesentlich ein-*

facher als mit dem Schwert. Mit dem Schwert musste wirklich sehr geübt werden, zum Beispiel an Tieren oder Kohlköpfen. Man musste aus einer gewissen Drehung des Körpers heraus Schwung holen und genau zwischen zwei Wirbeln am Hals treffen.« Wenn ein Henker seine Arbeit beim ersten Mal »nicht richtig verrichtet«, wird er von den Leuten ausgebuht. Das Publikum ist – auch hierin – gnadenlos.

1855 – bei der Hinrichtung von Johann Joachim Lorenz – begeht der Henker keinen Fehler. Doch was hat der Verurteilte eigentlich getan? Der Schneidergeselle hat bei dem Büdner Roesner in Elmenhorst bei Stralsund zur Untermiete gewohnt und dort ein Liebesverhältnis mit Roesners Ehefrau Marie begonnen. Eines Tages hängt Roesner tot am Dachbalken seines Hauses, berichtet Dorina Kasten: *»Neben sich hatte er eine leere Flasche Korn. Marie machte eine Anzeige, verstrickte sich dann aber in Widersprüche und wurde zusammen mit ihrem Geliebten festgenommen. Im Magen des Toten fand man keinen Alkohol, dafür gab es Würgemale am Hals. Und der Ring am Strick des Erhängten war eigentlich der Daumengriff einer Schneiderschere, so dass man sofort auf den Schneidergesellen schließen konnte.«*

Doch die Indizien reichen nicht für eine Mordanklage aus. Lorenz und seine Geliebte werden wieder freigelassen. Fortan leben sie zusammen, streiten sich aber oft, denn Marie ist sehr eifersüchtig. Als der Schneider einmal auf dem Markt mit einer Bäuerin flirtet, verliert Marie die Nerven: Sie beschuldigt Lorenz des Mordes an ihrem Ehemann. Dorina Kasten: *»Die Eifersucht hat dann also doch zur Wahrheit geführt. Die Vernehmung endete in gegenseitigen Beschuldigungen, Roesner umgebracht zu haben. Es kam zum Prozess. Marie wurde zu lebenslanger Zuchthausstrafe und Lorenz zum Tode verurteilt.«*

Bei der Hinrichtung ist die Öffentlichkeit ausgeschlossen. Doch auf die Dächer der umliegenden Häuser klettern Neugierige – besonders Frauen –, so steht es damals in den Zeitungen. Wahrscheinlich beobachtet auch ein Scherenschneider die Exekution. Er fertigt zwölf – dilettantische – Scherenschnitte an, auf denen man die beteiligten Beamten und die Richter in würdevoller Kleidung sieht und natürlich, wie der Verurteilte enthauptet, in den Sarg gelegt und abtransportiert wird. Dorina Kasten: *»Es ist zu vermuten, dass der Scherenschneider zugesehen hat. Denn aus der Fantasie heraus diese Szenen darzustellen, ist doch ein bisschen schwierig. Oder es hat ihm jemand genau erzählt. Auch das ist möglich.«*

Heute befindet sich eine Version der Scherenschnitte im STRALSUND MUSEUM. Wahrscheinlich hat der Scherenschneider mehrere Varianten angefertigt, um sie zu verkaufen. Der Tod ist eben ein Geschäft.

Der Mord geschah in Elmenhorst südlich von Stralsund.

STRALSUND

Tau'n Kuckuck

Aus dem Leben des Fischers Heinrich Hausen

Wecker sien Geld will fleigen seihn, dei steckt dat in Häuhner un Immen rin un nich in Fisch. Dor schwemmt dat wech! Heinrich Hausen hat diesen Spruch mehr als einmal gehört und dennoch seine Moneten nicht in Federvieh oder Bienenkörbe investiert, sondern in einen Kahn, Netze und Aaleisen. Das bringt – zum Kuckuck – wenig ein. Darum wohnt der Fischer auch nicht in einem Palais am Knieperteich, sondern in der Werftstraße 11 in der Franken-Vorstadt, einer industriellen Gegend am Stralsunder Hafen.

Im selben Gebäude auf dem Werftplatz haust auch die Witwe Rosa Rüting, die zwar verschuldet, aber nicht auf den Mund gefallen ist. Als bei ihr am 28. November 1887 der Gerichtsvollzieher anrückt, um ein paar Möbel zu pfänden, reagiert die Dame übellaunig und schlägt dem Kuckucksmann, als er sich in ihrer Wohnung zu schaffen macht, das Dienstsiegel aus der Hand: *»Fingers wech, den Stauhl bruk ik noch!«*

Kurz darauf saust Heinrich Hausen wie ein Herbststurm herein, bläht die Backen und reißt einen bereits gepfändeten Spiegel von der Wand: *»Dei blifft hier!«* Dann wirft er ein beschlagnahmtes Sofa halb zur Tür hinaus, so dass dessen Lehne zerbricht und schnaubt den Exekutor an: *»Du hest nix mitbröcht un kriegst uk nix wedder mit. Falscher Vagel, di sall dei Kuckuck halen!«* Der Gerichtsvollzieher zieht Nase und Finger ein und trollt davon.

Für ihre schwungvolle Darbietung müssen sich Rüting und Hausen am 18. Mai 1888 vor dem Schöffengericht Stralsund verantworten. Während die Witwe behauptet, unschuldig zu sein, bittet der Fischer um eine milde Beurteilung: *»Ik bün öwer* *den Kierl 'n bäten rappelig wäst, weil ein por Saken, dei hei mitnähmen wull, mi gehüren un nich Rosa.«* Nach der Beweisaufnahme wird die Rüting freigesprochen, Hausen jedoch, weil er konfiszierte Sachen zerstört beziehungsweise der Pfändung entzogen hat, zu 17 Tagen Gefängnis verurteilt. Dies bleibt nicht seine letzte Strafe.

Bereits zu Beginn des Jahres 1888 hat der Fischer mit Müllermeister Johann Wilde, der am Frankendamm 29 wohnt, Eintracht zermahlen. Als Wilde am 8. Januar mittags in seiner Wohnstube sitzt, wird plötzlich eine Fensterscheibe von außen eingeschlagen, so dass ihm die Splitter um die Ohren fliegen. Der Müller läuft hinaus und hält den Übeltäter, den Fischerknecht August Darfschlag, fest: *»He, di wa'k helpen, du Daunichtgaut. Di hett woll dei Ap luust! Orrer büst du den Düwel ut dei Bratpann hüppt?«* Ohne zu antworten, schlägt der Bösewicht auf den Müller ein, dass dieser sich wehren muss.

Jetzt rauscht auch Heinrich Hausen heran, die Fäuste schwer wie Mühlensteine, ruft, Darfschlag sei sein Knecht und packt den Müller an der Gurgel: *»Du Bleikgesicht kriegst wat achter dei*

Am Stralsunder Frankendamm 29 befand sich 1888 noch das Grundstück eines Müllers, auf dem handfest gekeilt wurde.

Uhren, dat du negen Dach' von'n Düwel drömst! Wi jagen di dei Flöh von'n Rücken!«

Flugs nehmen die beiden ihren Begleitern, mit denen sie gerade vom Setzen einer Eismiete gekommen sind, die Schaufeln weg und schlagen mit ihnen auf den Mehlmeister ein, dass es staubt und er über seinen Hof retirieren muss. Von den Unholden bis auf den Mühlenberg verfolgt, wehrt sich Wilde wacker mit einem Stock, empfängt aber gleichwohl mehrere Treffer im Gesicht und auf dem Kopf. Schließlich eilen ihm Nachbarn zu Hilfe, und es gelingt nach langem Ringen, die Übeltäter vom Grundstück zu entfernen. Zuletzt haut Hausen auf die Hilfsmannschaften des Müllers ein: *»Ik spring juch mit'n blanken Moors in't Gesicht. Küsst mi, wo ik schön bün!«* Und Darfschlag fuchtelt drohend mit einem Messer: *»Ji Ziegenbück, geiht tau'n Kuckuck!«*

Dieser Wunsch wird ihm nicht erfüllt, sondern das Schöffengericht Stralsund eingeschaltet. Zum ersten Termin erscheinen der Fischer und sein Knecht nicht. Darum werden sie verhaftet, zum zweiten Termin vorgeführt und behaupten, sie seien zufällig am Grundstück des Müllers vorbeigekommen. Darfschlag will sehr betrunken gewesen sein, und Hausen gibt mehrere Zeugen an, welche bekunden könnten, dass er nur den Streit schlichten wollte. Die Sache wird ausgesetzt und ein dritter Termin am 29. Juni 1888 anberaumt. Hier zwitschern und flunkern die beiden erneut in den anmutigsten Tönen.

Das Gericht glaubt ihnen aber nicht, weil sie in starker Trunkenheit nicht alle Taten – Sachbeschädigung, Hausfriedensbruch und Körperverletzung – begehen konnten. Hausen muss für vier Monate in den Käfig, Darfschlag erhält drei Monate und drei Tage.

Beide plustern sich auf und schütteln empört ihre Lügenschnäbel: *»Wat wi achter schwed'sch Gardinen sölen, in so'n Gerichtsvagelbuer, dat weit dei Kuckuck!«*

STRALSUND

Das Grammophon

Dissonanzen am Strelasund

Der Stralsunder Tischlermeister L. zimmert gekonnt Möbel, Treppen und Fenster zusammen, verhält sich seinen Nachbarn gegenüber aber wie ein ungehobelter Klotz. Seit einiger Zeit sorgt er für Empörung und liefert sich Rededuelle mit seinen Hausgenossen. Verantwortlich dafür sind nicht wilde Klüpfelschläge oder quietschende Sägen, sondern seine musikalischen Bedürfnisse. Sie beschränken sich nämlich nicht auf das Hören von Konzerten im Stadttheater oder in Biergärten am Knieperteich, nein, der Tischler lauscht flotten Melodien auch gern in seinen eigenen vier Wänden oder in einer Veranda im Innenhof. Die Lieder entsteigen einem modernen Tonapparat, einem Grammophon, eilen durchs Fenster hinaus auf Hof, Garten und Straße, beschallen das Treppenhaus und verbreiten sich wirksam in den Stuben der Anwohner. Bald kommen von dort schräge Töne zurück: »Kapellmeister, dreh den Krachkasten leiser. Verdammt nochmal: Ruhäää!«

Seit 1907 gibt es in Stralsund einen Verein für Hausmusik, der seinen Mitgliedern alle 14 Tage mit Vortragsabenden reiche Abwechslung bietet. Schöngeister berichten hier über musikalische Themen, aber auch über Hypnose, Suggestion und Übersinnliches. Oh hätte unser Schlager- und Arienfreund seine Sinnenfreuden doch nur bei diesem Verein in geeigneten Räumlichkeiten ausgelebt! Er hätte einige Dissonanzen vermieden.

Stattdessen hüpft er seinen Nachbarn gehörig auf die Trommelfelle, so dass sie nicht hypnotisiert, sondern geradezu erweckt werden. Schon bald herrscht in der ganzen Straße eine ausgesprochene »Grammophobie«, eine Abneigung gegen alle

Töne, die aus der Wohnung des Konzertjüngers dringen. Die Drangsalierten tragen sich zunehmend mit Mordgelüsten. Kommt es tatsächlich zu einem blutigen Finale, wie es die Librettisten der Opern von Verdi und Puccini nicht eindrucksvoller hätten erfinden können?

Zunächst wird der Tischler angezeigt und mehrmals polizeilich mit Geldstrafen zur Ruhe gerufen. Doch er flötet weiter wie ein Pan, tänzelt durch die Stube, dreht das schnarrende Grammophon lauter und zieht vor das städtische Schöffengericht. Die *Stralsundische Zeitung* schreibt am 27. September 1912: *»L. trug auf gerichtliche Entscheidung an und ist der Ansicht, er sei nicht schuldig, da nur eine ihm gegenüber wohnende Familie gestört sei, die allgemeine Ruhe sei nicht gestört, viele Leute hörten ein solches Instrument sogar gerne spielen. Das Gericht war der Ansicht, daß es gleich sei, wieviele Personen gestört werden, es müsse nur das Geräusch geeignet sein, die Ruhe zu stören, wie es hier der Fall sei. L. wurde wegen zweier Fälle zu 10. M. Geldstrafe verurteilt.«*

Welch Narren, diese Schöffen! Seelenlose Klangbanausen! Unser Tischler lässt sich durch das Urteil nicht einschüchtern und geigt den Nachbarn weiter ein: »Wenn ihr und die Richter schon nicht rundlauft, meine Schellackplatten tun es! Ich geh in Berufung!« Und so darf sich am 22. November 1912 die Strafkammer Stralsund mit dem Fall beschäftigen. Der vorsitzende Richter, Landgerichtsdirektor Prützmann, die Beisitzer, Amtsgerichtsrat Etlich und Amtsrichter Kletschke, und Staatsanwaltschaftsrat Poppendieck müssen zwei Fragen klären: Ist es als Ruhestörung anzusehen, wenn nur eine Person durch die Musik belästigt wird? Oder ist das Spielen eines Grammophons generell eine Ruhestörung?

Unser Tischlermeister macht geltend, man höre in Stralsund überall Grammophon-Musik, ebenso wie das Klavierspiel, aber bei Piano-Klängen denke man doch auch nicht an eine Ruhestörung! Die Richter klappen mit den Ohren, wägen Ras-

sel-Laute gegen grelle Töne ab und geben dem Störenfried zuletzt ihr Urteil zu Gehör: In einem Fall heben sie den erstinstanzlichen Beschluss nicht auf, im anderen verwerfen sie die Berufung aus formalen Gründen. Die Kosten des Verfahrens werden allerdings zwischen der Staatskasse und dem Angeklagten geteilt. Das ist ein kleiner Teilerfolg für ihn.
Insgesamt sind es für den Stralsunder Musikfan aber missliebige Töne. Doch das Gericht ist mit dem Schuldspruch auf der Höhe der Zeit. Schon das Landgericht Berlin hat 1909 eine Musikautomatenhändlerin und deren Geschäftsführer wegen zu lauter Grammophon-Musik zu Geldstrafen verurteilt. Es komme, so führte der vorsitzende Richter damals aus, bei der Frage des ruhestörenden Lärms lediglich darauf an, dass das Publikum, welches über normale geistige Kräfte verfüge, in seiner Allgemeinheit belästigt werde. Das sei zweifellos durch Grammophon-Musik bei geöffneten Fenstern, die man 100 Meter höre, der Fall. Und damit: Fine della musica!

Grammophon-Klänge sorgten 1912 in Stralsund für Disharmonien.

TRIBSEES

Wer hat hier die Gans gestohlen?

Die Jahrhundertfeier 1913

Im Oktober 1913 wird im ganzen Deutschen Reich an die Völkerschlacht bei Leipzig erinnert, in der 100 Jahre zuvor – vom 16. bis 19. Oktober 1813 – die verbündeten Armeen aus Russland, Österreich, Preußen, Schweden sowie kleineren Fürstentümern die Truppen Napoleons und seiner Alliierten besiegten. In Leipzig wird am 18. Oktober 1913 in Anwesenheit des deutschen Kaisers Wilhelm II. das Völkerschlachtdenkmal eingeweiht, das mit 91 Metern bis heute das höchste Denkmal Europas ist. In allen Schulen finden an diesem Tag Feiern mit patriotischen Ansprachen, Deklamationen und Gesängen statt. Hinzu kommen Gottesdienste, festliche Umzüge und Fackelmärsche. Das Land berauscht sich an seiner nationalen Großartigkeit. Selbst Gänse schnattern heute vaterländisch.

Auch in Stralsund, Greifswald und Malchow erinnern »Jahrhundertfeiern« an den Sieg über Napoleon. In Tribsees ist die ganze Stadt auf den Beinen, berichtet die *Stralsundische Zeitung*: *»In den Mittagsstunden erklangen vom Rathausbalkon vaterländische, preußische und deutsche Weisen der Stadtkapelle, und daran anschließend das Geläut sämtlicher Glocken vom Kirchturm. Abends 8 Uhr waren die Häuser fast durchweg aufs prächtigste mit zahllosen Kerzen illuminiert, als sich vom Kriegerdenkmal in den Anlagen her ein gewaltiger Fackelzug in Bewegung setzte. Dieser […] umfaßte sämtliche Vereine, Korporationen und Jugendvereinigungen und marschierte unter klingendem Spiel der Stadtkapelle in festlichem Umzuge durch die flaggengeschmückten Straßen und endigte auf dem Marktplatze, wo die nunmehr zusammengeworfenen Fackeln wie ein mächtiges Fanal zum Abendhimmel emporlohten«.*

Bürgermeister Dr. Grosse verlautbart vom Balkon des Rathauses aus eine national-pathetische Rede. Mit dem Gesang *Nun danket alle Gott* endet die offizielle Feier. Dann spurten die meisten Leute in das *Deutsche Haus* und den *Ratskeller*, um den Sieg über Napoleon patriotisch zu begießen. Sie ahnen nicht, was in der Zwischenzeit passiert.

Denn freche Diebe sind in der Stadt unterwegs. Sie haben Flausen im Kopf und schon bald Federn in den Händen, als sie abends dem Eisenbahnzugführer Sommermeyer in der Wasserstraße zwei schöne schwere Fettgänse stehlen: *»Die Diebe hatten in raffinierter Weise die Zeit benutzt, als der große Fackelzug sämtliche Bewohner des etwas abseits in der Grimmer Vorstadt gelegenen Hauses nach der Feststraße gelockt hatte, stiegen über die ziemlich hohe Umzäunung des Hofes und wählten die beiden größten von vier dort befindlichen Gänsen aus und verschwanden unbemerkt damit auf demselben Wege, unbehelligt von einem Hofhund, der zur Bewachung des Hauses auf dem Flur eingeschlossen worden war«*, meldet die *Stralsundische Zeitung*.

In der Wasserstraße in Tribsees wurden die Gänse gestohlen.

Es ist nicht die einzige schändliche Tat an diesem Abend in Tribsees. Im Jahrmarktsrausch dringt nachts ein Kuhfütterer aus Langsdorf in verschiedene Wohnhäuser an der Sülzer Chaussee ein und versetzt die Bewohner in Völkerschlachtstimmung. Er wird schließlich überwältigt, in Polizeigewahrsam gebracht und muss sich wegen Hausfriedensbruchs und Sachbeschädigung verantworten.

Aber wer hat nun die Gänse gestohlen? Die Spuren führen zum Gut Thomashof drei Kilometer nördlich der Stadt. Am Wiesensaum, etwas abseits vom Richtweg, spielt der Wind mit verstreuten Federn, hier sind die Tiere offenbar getötet und gerupft worden. Die Polizei forscht deshalb bei den Schnittern in Thomashof nach und widmet dem auf dem Küchenherd brodelnden Mittagskessel liebevolle Aufmerksamkeit. Aber nur harmlose Kartoffeln und Bohnen dampfen über dem Feuer, von Gänsefleisch ist nichts zu finden.

Es gibt den Spruch: *Die Gans geht so lange zur Küche, bis sie am Spieß stecken bleibt.* In Thomashof ist sie offenbar in die Küche getragen worden. Am 22. Oktober, zwei Tage nachdem die Gendarmen den Kochkessel erfolglos beschnüffelten, gibt es Zank unter den Schnittern. In ihrer Wut rennt die russische Küchenmaid zur Gutsherrschaft und verrät, dass sie ihren Landsleuten die beiden gestohlenen Gänse gestern zu einem leckeren Schmaus zurechtgeschmort habe. Zwei Polizeibeamte aus Tribsees rücken an, sammeln sorgsam ein paar verkohlte Knochen als Beweismaterial aus der Asche des Herdes und stellen außerdem die Namen der beiden Attentäter fest. Der Frevel findet so seine Aufklärung.
Die Gänsediebe waren ganz gerissen, die Gendarmen sind letztlich aber die erfolgreicheren Füchse.

USEDOM

Der Landrat

Wilhelm Stange und seine Räuberbande

Im Mai 1945, nach der Kapitulation des Deutschen Reiches im Zweiten Weltkrieg, beginnt umgehend die Entnazifizierung durch die Alliierten. Sie wird in schnellem Tempo durchgeführt, ist ideologisch motiviert und daher oft willkürlich oder undifferenziert. In der deutschen Verwaltung werden so die Fachkräfte rar, denn vom alten Apparat kommen viele Personen wegen tatsächlicher oder angeblicher Nazibelastung nicht in Frage. Wer soll sie ersetzen? Die Sowjetunion wählt in ihrer Besatzungszone die Leute meist nach dem Parteibuch aus: Kommunisten gelten automatisch als am zuverlässigsten, auch wenn sie kaum über fachliche Voraussetzungen verfügen.

So wird auf Usedom ein vorbestrafter Mann zum Landrat ernannt, der zuvor als Kellner gearbeitet hat: Wilhelm Stange. Stange, Jahrgang 1897, war zwischen 1921 und 1933 in Stettin mehrfach wegen Diebstahls verurteilt worden und hatte mehrjährige Haftstrafen verbüßt. Nun wittert er seine Chance: Im Mai 1945 meldet er sich bei den Sowjets, verweist auf seine seit 1926 bestehende KPD-Mitgliedschaft und wird kurzerhand als Landrat in Swinemünde für den Kreis Usedom-Wollin eingesetzt.

Er holt sich frühere Bekannte und Gleichgesinnte in die Verwaltung. Stellvertretender Landrat wird Artur Drzymalla aus Swinemünde, KPD-Mitglied von 1919 bis 1929, danach im deutsch-nationalen »Stahlhelm« aktiv und Parteianwärter der NSDAP. Zum Kreispolizeichef wird Fritz Kirstein ernannt, KPD-Mitglied, er macht Alfred Herfert zu seinem Stellvertreter, der früher zunächst KPD- und danach NSDAP-Mitglied gewesen ist. Es sind skrupellose Männer. Zu ihnen gehört auch Wilhelm Wuttke, KPD-Mitglied seit 1926, der nun als Kraftfahrer den neuen Landrat über die Insel fährt.

Die fünf nutzen ihre Positionen kriminell aus, sie plündern Häuser und beschlagnahmen fast täglich Geld, Schmuck, Lebensmittel, Alkohol und Zigaretten. Schon bald sind sie als »Räuberbande« bekannt, der Kraftwagen Stanges erhält den Namen »Räuberwagen«. Manchmal fahren die Verbrecher mit rotbewimpeltem Wagen vor und drohen den Leuten mit »Sibirien«, falls sie Wertsachen, Hausrat und Vieh nicht herausgeben wollen. In Zinnowitz zum Beispiel räumen Stange und seine Komplizen ein Haus an der Strandstraße, dabei wird das Vieh der Hausbesitzerin – unter anderem zwei Kühe, ein Schwein, 13 Enten und 18 Hühner – von Stange zum Eigenverbrauch konfisziert. Ein weiteres Beispiel: Am 1. September 1945 fährt der Landrat zusammen mit zwei weiteren Deutschen und einem Polen um Mitternacht bei einem Bauern in Ulrichshorst vor. Als der Bauer die Tür öffnet, wird er mit einem Schlagring zusammengeschlagen und zur Herausgabe von Speck und Lebensmitteln gezwungen. Auch vor Vergewaltigungen schrecken die Täter nicht zurück. So wird in der Nacht vom 10. auf den 11. Juni 1945 ein verhaftetes Mädchen im Gefängnis vergewaltigt, eine weitere Frau damit bedroht. Stange selbst will sich ein junges Mädchen sexuell gefügig machen – nur so könne sie ihren inhaftierten Vater retten.
Es ist ein System der Gesetzlosigkeit, Korruption und Vetternwirtschaft, es durchzieht nach und nach das ganze Landratsamt und die gesamte Kreispolizei von Usedom-Wollin. Denn viele Angestellten und Polizisten verhalten sich jetzt wie ihre Vorgesetzten.
Im September 1945 ist das Maß jedoch voll. Stange, Kirstein und Wuttke werden von Polizisten der Schweriner Landesver-

waltung verhaftet. Dzrymalla und Herfert sind flüchtig. Den Männern werden unter anderem Unterschlagung, Körperverletzung, Amtsmissbrauch, Vergewaltigung, Diebstahl und Freiheitsberaubung zur Last gelegt.

Am 15. Mai 1946 verhandelt das Landgericht Greifswald gegen Stange, Wuttke und Kirstein. Stange wird zu 15 Jahren Zuchthaus und Wuttke zu drei Jahren Zuchthaus verurteilt. Kirstein wird freigesprochen. Doch Stange legte Revision ein, wird am 31. Mai 1946 vom Polizeigefängnis Greifswald in das Polizeigefängnis Ueckermünde verlegt und bricht dort am 3. Juli 1946 aus. Er hat sich mit Hilfe eines Wärters eine Eisensäge besorgt und damit die Gitterstäbe des Fensters zersägt. Der ehemalige Landrat flieht in die britische Besatzungszone nach Schleswig-Holstein, wird jedoch aufgrund eines Ersuchens der Sowjetischen Militäradministration ausgeliefert und verbüßt seine Strafe in Bützow.

Auf Usedom trieben der Landrat und seine Komplizen ihr Unwesen.

WOLGAST

Hirschpirsch

Gelegenheit macht Diebe

Eine denkwürdige Jagdgeschichte beginnt am 26. Januar 1910 im königlichen Wald bei Jägerhof, sechs Kilometer westlich von Wolgast. Bei einer Hatz auf Rotwild erlegt ein Forstbeamter mittags eine Hirschkuh, bricht das Schmaltier auf und marschiert dann zur Oberförsterei, um den Abtransport des Wildes zu veranlassen. Gegen 16 Uhr kehrt er zurück und stellt fest, dass ihm Unberufene die Arbeit bereits abgenommen haben – der Braten ist gestohlen worden. Der Jäger erinnert sich, dass er mittags einen Planwagen gesehen hat, der, mit einem Pferd bespannt, durch den Tann schlich. Wurde mit ihm die Hirschkuh von der Strecke stibitzt? Auch Arbeiter haben diesen Wagen beobachtet.

Man folgt der Fährte des Fuhrwerkes bis nach Wolgast und ermittelt den Händler Karl Völker in der Schusterstraße 6 als Besitzer des Fahrzeuges. Flink schnüffelt die städtische Polizei mit langen Nasen bei ihm umher, da die Familie einen gewissen Stallgeruch besitzt: Vater Karl und seine Söhne Hans und Otto stänkern gern gegen Recht und Gesetz und logieren, weil sie oft zu spät verduften, regelmäßig im Kittchen. Haben sie, allesamt Wilddiebe aus Überzeugung, auch diese Tat begangen? Hans jedenfalls ist heute mit dem Wagen seines Vaters über Land gefahren und dabei, welch Zufall, durch den Wald bei Jägerhof gekommen. Jetzt riechen die Ermittler richtig Lunte und durchsuchen noch am Abend des 26. Januar das Völker'sche Haus, finden allerdings die 75 Kilogramm schwere Hirschkuh nicht. Nur in den Ecken des Planwagens werden, obgleich er mit Schnee ausgewaschen wurde, Schweiß und Haare eines Wildtieres entdeckt.

Polizei und Staatsanwaltschaft sind aber von der Täterschaft ihrer Kunden überzeugt, sie forschen weiter nach Spuren und bringen die Völkers – Hans wegen Diebstahls, Vater Karl und Bruder Otto wegen Hehlerei – vor das Landgericht Greifswald. Dessen Strafkammer I spricht die Bagaluten in der Verhandlung am 30. August 1910 jedoch mangels Beweisen frei. Vergnügt kehren die Waldläufer in ihr Wolgaster Pirschrevier zurück.

Doch noch ist nicht aller Tage Abend. Ein halbes Jahr später entfacht eine Nachbarin der Völkers das Jagdfieber neu. Die Händlerin Hermine Beckmann, selbst vorbestraft, schreibt in einem Brief an das Gericht, dass sie als Zeugin in der Verhandlung am 30. August nicht die ganze Wahrheit gesagt habe. Demnach war Folgendes geschehen: Am Nachmittag des Tattages hatte die Frau beobachtet, wie Hans Völker nach Hause kam, einen Sack Kartoffeln und eine Kiste mit Heringen aus seinem Wagen holte und ins Haus trug. Von der Hirschkuh

Eine Hirschkuh war das Objekt der Begierde.

bemerkte sie nichts. Weil sie dann vor Gericht lediglich gefragt wurde, was sie von dem Tier gesehen habe, schwieg sie, denn nur ihr Ehemann hatte den Schmaus in seiner ganzen Schönheit beäugt. Er half nämlich Hans Völker, als dieser das Tier abends in den Schuppen schaffte, beim Abziehen und bekam etwas von dem Fleisch ab, das er dann mit seiner Gattin verspeiste. Das Fell des Tieres wurde in der Peene versenkt.
Hermine Beckmann schreibt den Brief aus schlechtem Gewissen und Angst vor einer Anzeige, weil auch andere Leute in Wolgast von der Sache wissen. Doch das Geständnis nützt ihr nichts, sie wird wegen Meineides angeklagt und am 27. Juni 1911 vom Schwurgericht Greifswald zu vier Monaten und 15 Tagen Gefängnis verurteilt. Aber ihre Angaben helfen den Ermittlern wieder auf die Sprünge. Der Staatsanwalt wittert einen nicht mehr für möglich gehaltenen Erfolg und nimmt noch einmal die Fährte von Karl & Konsorten auf. Die Wahrheit über die Hirschkuh, die längst friedlich in den ewigen Jagdgründen äst, soll ans irdische Licht.
Tatsächlich müssen sich die drei Wildfrevler am 21. September 1912 erneut vor dem Landgericht Greifswald verantworten. Die *Greifswalder Zeitung* berichtet: *»Der Verdacht lenkte sich auf den im Jahre 1889 in Mölln-Medow geborenen, jetzt in Wolgast als Hausdiener beschäftigten Hans Völker. Man vermutete, daß er die Diebesbeute auf das Grundstück seines Vaters, des in Wolgast wohnenden, im Jahre 1855 in Sehlen geborenen Händlers Karl Völker, geschafft hat und daß der alte Völker und dessen jetzt 36 Jahre alter Sohn Otto, der jetzt als Arbeiter in Wolgast wohnt, bei der Beiseiteschaffung der Beute Beistand geleistet haben.«* Aufgrund der akribischen Beweisaufnahme wird Hans Völker nun wegen Rückfalldiebstahls zu neun Monaten Gefängnis verurteilt. Karl und Otto Völker, die ihre Schuld entschieden leugnen, werden erneut freigesprochen. Sie gehen den Staatsjägern damit endgültig durch die Lappen.

Verbrechen im Amte

Der Gemeindevorsteher Johannes Kretzmer

Seit 1911 hat er eine besondere Machtstellung im Seebad inne: In jenem Jahr ist der Kaufmann Johannes Kretzmer zum Gemeindevorsteher in Zingst und somit zum ersten Mann im Dorfe gewählt und als Beamter vereidigt worden. In dieser Funktion ist er zugleich Vorsitzender des Badekomitees und hauptverantwortlich für die Entwicklung des Ortes. Damit nicht genug: Am 12. März 1913 wird er in *Wiechmann's Hotel*, das nahe des Hafens steht, noch zum Deichhauptmann des Deichverbandes Zingst gewählt. Kretzmer darf fortan als oberster Kontrolleur über die Schutzwälle stapfen, deren Festigkeit beäugen und Strafen gegen säumige Deichpflichtige verhängen.

Mit jedem neuen Amt trägt er seine Nase ein wenig höher. So kann ihm die Meeresluft munter hineinfahren, im Oberstübchen kreisen, Kehraus machen und zusammen mit unangenehmen Skrupeln wieder hinausfliegen. Denn was die Zingster nicht wissen: Seit geraumer Zeit steckt der Mann in Zahlungsschwierigkeiten. Ist er womöglich ein Spieler, der sein Vermögen beim Skat und Würfeln verzockt? Säuft er heimlich? Oder spielen gar Weibergeschichten eine Rolle?

Johannes Kretzmer ist kein Zingster Ureinwohner. Der Dorfhäuptling, Jahrgang 1873, stammt aus Wolgast, ist erst 1898 nach Zingst gekommen und hat hier ein kaufmännisches Geschäft übernommen. Anfangs lief der Laden ganz gut, wurde aber bald unprofitabel, so dass der Händler nach einigen Jahren in Konkurs geriet, der durch einen Zwangsvergleich beendet wurde. Kretzmer führte das Geschäft – durch einen Kaufmann aus Stralsund – weiter, konnte aber keine Gewinne mehr erwirtschaften und machte Schulden, die zuletzt auf 7000 bis 8000 Mark anwuchsen. Die Ernennung zum Gemeindevorsteher kam da gerade recht, quasi wie ein Lottogewinn. Kretzmer frohlockte und rieb sich seine Krämerhände. Denn als Ortschef kann er sich nun selbst in seinen Finanzverlegenheiten helfen, indem er von dem Geld, das er einnimmt, fleißig abzweigt, was er braucht. Ja, der Küstenkommandant vergreift sich an Barem, dass sich die Balken in den Fischerkaten biegen. Er geht dabei sehr geschickt vor, so dass lange Zeit niemand etwas bemerkt. Irgendwann ist das Frevelmaß aber so voll, dass es über die Deiche tritt und die Diebstähle entdeckt werden.

Am 19. Juni 1916 muss sich Kretzmer vor dem Schwurgericht Greifswald verantworten. Den Vorsitz führt Landgerichtsdirektor Karl Prützmann, ein Geheimer Justizrat, der schon vielen Ganoven Kerker-Erlebniszeiten verschafft hat. Als Beisitzer agieren Landgerichtsrat Dr. Brasack und Assessor Joachim, die Anklage vertritt Staatsanwaltschaftsrat von Schramm. Die zwölf Geschworenen, eine illustere Herrenrunde aus Stützen der Gesellschaft, haben sich in Schale geworfen und bedeutungsschwer im Saal Platz genommen. Sie kommen aus Greifswald und Umgebung: Kalkbrennereibesitzer Schultze wohnt in Lassan, Rittergutsbesitzer Peters in Jessin, Rittergutsbesitzer Reimer in Ravenhorst. Hinzu kommen Oberamtmann Wette (Dersewitz), Professor Luther (Greifswald), Fideikommissbesitzer Vahl (Lubmin), Rittergutsbesitzer von Schütz (Butzow), Kaufmann Michaelsen (Tribsees), Oberamtmann Wendt (Subzow), Rittergutsbesitzer Birkenstaedt (Demnitz), Dampfmühlenbesitzer Wendorf (Wolgast) und Domänenpächter Beug (Hildebrandshagen).
Die Verhandlung ist nicht kompliziert. Der Angeklagte, der von Rechtsanwalt Rietz verteidigt wird, gesteht seine Taten,

teilt die *Stralsundische Zeitung* am 21. Juni 1916 mit: *»In seiner Eigenschaft als Gemeindevorsteher nahm er ganz erhebliche Summen ein, von diesen eignete er sich nach und nach in den Jahren 1912 bis 1915 im ganzen 12 000 Mark an und verbrauchte sie in seinem Interesse. Es befanden sich darunter ein Betrag von 552 Mark Kollektengelder, die zur Fürsorge für die Hinterbliebenen gefallener Krieger gesammelt waren. Die Bücher, die K. über Einnahme und Ausgabe der Gelder zu führen hatte, führte er nicht oder doch ganz unvollständig und unordentlich.«*

Das Gericht verurteilt Kretzmer unter Zubilligung mildernder Umstände zu zwei Jahren und drei Monaten Gefängnis.

Im Juli 1919 wird sein Besitztum in Zingst zwangsversteigert. Meistbietender ist der frühere Auktionator Krause in Zingst mit einem Gebot von gut 17 000 Mark. Damit tilgt man alle Spuren Kretzmers, er wird aus der Ortschronik gestrichen.

In Zingst beging Kretzmer seine Taten.

ZINGST

Die Aktion Rose

Staatliche Kriminalität und Widerstand dagegen

Zwischen dem 10. Februar und dem 11. März 1953 durchsuchen etwa 400 Volkspolizisten und andere Einsatzkräfte hunderte Hotels, Pensionen, Gaststätten und kleine Wirtschaftsbetriebe an der gesamten DDR-Ostseeküste. Das Ziel: Die privaten Eigentümer der Immobilien sollen enteignet werden. Insgesamt 447 Menschen werden bei der sogenannten *Aktion Rose* festgenommen. Westkontakte, Vorräte im Keller, Warenhortung – das sind die Vorwürfe. Sie sind alle fadenscheinig und vorgeschoben. Ein Sondergericht in Bützow, das auch nach DDR-Recht nicht hätte gebildet werden dürfen, verurteilt die Verhafteten zu Zuchthaus- und Gefängnisstrafen, ihr Vermögen wird eingezogen und in Volkseigentum überführt. Jetzt kann der staatliche Feriendienst der DDR die Häuser nutzen.

Doch nicht alles läuft nach Plan. Der Aufstand am 17. Juni 1953 macht der SED einen Strich durch die Rechnung. Viele Verurteilten der *Aktion Rose* werden entlassen. Und in Zingst regt sich – als einzigem Ort – Widerstand. Hier sind u. a. die Eigentümer der Häuser *Central-Hotel*, *Berliner Hof*, *Wiener Hof*, *Anker*, *Heidelberger Fass* und *Heideröschen* enteignet worden. Die Bevölkerung ist empört, berichtet mir 50 Jahre später, im Januar 2003, Gerhard Wallis. Er ist 1953 in Zingst Schulleiter, Vorsitzender der Gemeindevertretung und Mitglied der SED. Viele Menschen treten an ihn heran und fordern ihn auf, etwas für die Verurteilten zu tun: *»Und das hat mich dazu veranlasst, dann eine Petition an den Generalstaatsanwalt der DDR auszuarbeiten, unter Mithilfe von einigen anderen Zingster Bürgern selbstverständlich. Und auf einer öffentlichen*

Gemeindevertretersitzung, die für den 22. September 1953 einberufen wurde, wollten wir sie verabschieden und absenden.«
Die Petition an die Beschwerdestelle der Generalstaatsanwaltschaft ist zurückhaltend und höflich formuliert. Tenor: Die Urteile gegen die Zingster Gastwirte sollten noch einmal überprüft werden. Zum Schluss heißt es im Text: *»Dieses alles bedeutet noch heute eine schwere seelische Belastung der Zingster Bevölkerung. Die Bevölkerung war und ist nach wie vor im Unklaren über die in diesen Fällen bereits getroffenen Maßnahmen seitens unserer staatlichen Organe und wünscht Aufklärung.«*
Am 22. September 1953 wird der Entwurf dieser Petition auf einer Versammlung im *Deutschen Haus* in der Zingster Hafenstraße öffentlich diskutiert. Etwa 400 bis 600 Menschen nehmen daran teil. Die Stühle im Saal reichen nicht aus, die Leute stehen an den Fenstern und in den Gängen. Die Stimmung ist aufgeheizt, teilweise tumultartig. Gerhard Wallis erinnert sich 2003 so daran: *»Herr Faßbender als Vorsitzender des Kulturbundes hat sich sehr stark zu Wort gemeldet. Er sagte ganz glatt und offen: ›Es ging doch dem Staat nur darum, in den Besitz der Objek-*

Auch der »Wiener Hof« in Zingst wurde bei der »Aktion Rose« enteignet. Das Haus stand an der Ecke Fritz-Reuter-Straße/Postplatz.

te zu kommen.‹ Und des Weiteren hat Herr Dr. Graber sich doch sehr stark auch für diese Leute mit eingesetzt, denn der Beifall, der aufgrund seiner Zwischenrufe erfolgte, war doch recht deutlich. Denn diese Gastwirtsbesitzer waren alles in Zingst äußerst angesehene Bürger.«

Gerhard Wallis weiß zu diesem Zeitpunkt nicht, dass im *Deutschen Haus* Spitzel dabei sind und alles beobachten. Die Petition an den Generalstaatsanwalt der DDR wird einstimmig von der Gemeindevertretung verabschiedet, die Versammlung endet.

Zwei Tage später sitzen Gerhard Wallis und drei Freunde beim allwöchentlichen Skatabend in der Wohnung des Fleischermeisters Hans Kaftan zusammen. Um 21 Uhr taucht der Lehrer und SED-Parteisekretär der Zingster Schule, Heinrich Haarnagel, auf, klopft ans Fenster und fordert Gerhard Wallis auf, sofort zur Schule zu einer außerordentlichen Parteiversammlung mitzukommen: *»Und auf dieser Parteiversammlung wurde ich dann wegen parteischädigenden Verhaltens aus der SED ausgeschlossen. Ich musste nach Hause gehen, mein Parteidokument*

*Das »Central-Hotel« in Zingst wurde ebenfalls enteignet.
Es befand sich am Fischmarkt, dort, wo heute das Haus Nr. 14 steht.*

holen, hab es dann abgegeben und bin wieder zu meinem Skatabend zurückgegangen. Als wir dann so gegen 24 Uhr unseren Skatabend beendet hatten und wir nach Hause gehen wollten, kamen wir auf den Fischmarkt, und da lag der Fischmarkt voller Flugblätter über Herrn Dr. Graber, über Otto Faßbender und über mich. Und was da drin stand, das war doch schon sehr niederschmetternd, so dass mein Freund Hans Kaftan zu mir sagte: ›Harry, nach Hause gehen hat keinen Zweck mehr. Über die Brücke, ich würd' dich ja gerne nach Barth fahren, oder übers Fischland hat auch keinen Zweck mehr, denn die beiden Seiten sind gesperrt. Am besten ist, du gehst zum Hafen, du kennst dich auf den Zingster Boddengewässern aus, schnappst dir irgendein Fischerboot, fährst damit nach Barth, setzt dich in die Bahn und fährst nach Berlin.‹«
Gerhard Wallis folgt dem Rat, aber auf dem Weg zum Hafen kommt er ins Grübeln: Er will seine Frau mit drei kleinen Kindern nicht in Zingst zurücklassen und sagt sich außerdem: *»Mensch, du hast doch nichts verbrochen. Du hast niemand belogen, du hast keinen bestohlen, du hast keinen erschlagen, du hast doch nur das Recht vertreten wollen. Was kann dir schon passieren?«*
Und so macht er in der Hafenstraße kehrt und geht nach Hause. Vor seinem Haus auf der Straße erwarten ihn zwei Herren, die Ledermäntel tragen, sich als Mitarbeiter des Staatssicherheitsdienstes ausweisen und ihn in die Wohnung begleiten. Frau und Kinder werden geweckt, die Männer durchsuchen das ganze Haus, und am Morgen des 25. September wird Gerhard Wallis verhaftet. In Handschellen geht es Richtung Rostock: *»Als wir dann zwischen Altheide und Gelbensande angekommen waren, hielt der Wagen plötzlich an, dort zwischen diesen beiden Orten ist ein großes Waldgebiet. Und dann wurd' ich aufgefordert, auszusteigen – aber immer noch die Handschellen an. Und da denk ich: ›Na, nun ist es wohl soweit. Nun schicken sie dich in den Wald, und dann kriegst du von hinten einen verpasst, 'n Schuss. Und dann heißt es: auf der Flucht erschossen!‹ Aber das war nicht*

der Fall. Es kam uns ein Wagen von Rostock entgegen, in den musst' ich dann einsteigen, der wendete und brachte mich von dort dann weiter nach Rostock.«

Drei Monate sitzt Gerhard Wallis in Rostock in Untersuchungshaft. Er wird insgesamt neunmal verhört. Die Befragungen dauern jeweils acht bis 14 Stunden, dabei wird er immer vom Licht einer Vernehmungslampe angestrahlt.

Auch die Zingster Otto Faßbender und der Arzt des Ortes, Dr. Karl Graber, sind am 25. September verhaftet und nach Rostock gebracht worden. Der Grund: ihre Äußerungen auf der Versammlung im *Deutschen Haus*. Gerhard Wallis sieht Karl Graber einmal im Gefängnishof.

Am 21. Dezember 1953 stehen Otto Faßbender und Gerhard Wallis vor Gericht. Faßbender wird wegen grober Staatsverleumdung – wegen seines Satzes *»Es ging doch dem Staat nur darum, in den Besitz der Objekte zu kommen«* – zu zwei Jahren Zuchthaus verurteilt. Wallis erhält wegen Staatsverleumdung drei Monate Gefängnis, die Strafe gilt durch die Untersuchungshaft als verbüßt, und er kommt sofort frei.

Zu diesem Zeitpunkt ist Karl Graber bereits tot. Er soll sich, so wird es der Familie mitgeteilt, am 27. Oktober 1953 in seiner Zelle erhängt haben. Gerhard Wallis bezweifelt das noch im Jahr 2003: *»Wir Zingster, und es gibt kaum einen, der da anderer Meinung ist und die Familie Graber sowieso nicht, wir glauben da nicht dran, ich persönlich auch nicht. Denn ich kenne Herrn Graber als sehr entschlossenen Menschen. Er war zwar einige Jahre älter als ich, hatte aber auch genau wie ich drei Kinder, zwei Jungen und ein Mädchen. Ich kann mir das ganz anders vorstellen: Er war vielleicht noch etwas heftiger als ich, dass er bei einer Vernehmung mal, wie sagt man heut' dazu, ausgerastet ist. Denn ich hab immer gesehen: In der halb aufgezogenen Schublade des Schreibtisches, hinter dem der Vernehmungsoffizier war, lag in der rechten Seite immer eine Pistole.*

Und wenn Herr Dr. Graber sich selbst erhängt haben sollte, dann hätte man ja seiner Frau seinen Leichnam zeigen können. Das hat man nicht getan, im Gegenteil. Man hat ihr ja nicht mal gesagt, wo er beerdigt wurde.«

Bis heute sind die Umstände, unter denen Karl Graber ums Leben kam, ungeklärt. Akten, die Aufschluss geben könnten, gibt es nicht mehr.

Gerhard Wallis darf nach seiner Verurteilung nicht in den Schuldienst zurück. Er hält sich und seine Familie mit Gelegenheitsarbeiten über Wasser, arbeitet beim Dünenschutz und schließlich in einem HO-Ferienobjekt. 1959 wird er plötzlich per Schreiben aus Berlin rehabilitiert und kann wieder als Lehrer in Zingst arbeiten. Doch der Makel der Haft bleibt: Er darf nie Oberlehrer werden, bekommt Auszeichnungen immer zuletzt.

Bis zu seiner Pensionierung 1990 arbeitet er als Geschichtslehrer in Zingst, auch ich habe in den 1980er Jahren bei ihm Unterricht. 2003 sagt er rückblickend: *»Für mich war immer sehr wichtig, den Schülern mitzuteilen, dass die Geschichte der Menschheit bisher immer bewiesen hat, dass Diktaturen sich auf die Dauer niemals halten würden. Ob im Altertum, in der Antike, im Römischen Reich, ob im Mittelalter oder in Frankreich oder während der Nazizeit in Deutschland – Diktaturen sind letztendlich immer untergegangen. Ich bin immer froh gewesen, dass niemals ein Schüler die Frage gestellt hatte: ›Tja, Herr Wallis, was ist denn nun mit uns in der DDR? Wir sind doch die Diktatur des Proletariats?‹ Diese Frage ist Gott sei Dank nie gekommen.«*

Seinen Kindern erzählt Gerhard Wallis erst Weihnachten 1991 von seiner Verhaftung. Er wollte sie zu DDR-Zeiten mit diesem Wissen nicht belasten. Am 28. August 2005 stirbt er im Alter von 80 Jahren und wird auf dem Zingster Friedhof beigesetzt. Sein Mut und sein Einsatz, den er 1953 gezeigt hat, verdienen Anerkennung und bleibende Erinnerung.

Quellen

Archive

- Internationaler Suchdienst Bad Arolsen: Auszug aus dem Sterbebuch des Standesamtes Hamburg: Dokument Nr. 3465368#1; Auszug aus den Totennachweisbüchern des Konzentrationslagers Neuengamme: Dokument Nr. 3424880#1, Dokument Nr. 3417593#1 und Dokument Nr. 3417437#2; Sterbeurkunde Hermann Heurig (2009)
- KZ-Gedenkstätte Neuengamme: Auszug aus dem digitalen Totenbuch der KZ-Gedenkstätte (META Totenbuch-Version 2006); Standesamtsregister (Sterberegistereintrag); TOB Reviertotenbücher (2009)
- Landeshauptarchiv Schwerin: Mordsache Schmidt in Pasenow. Bestand 5.12-6/8 Landgericht Neustrelitz/Staatsanwaltschaft beim Landgericht Neustrelitz. Akten 215 bis 217 (2009)
- Landeshauptarchiv Schwerin: Rechtsanwalt und Notar Neubeck zu Schwerin i. M. Anklageschrift und Urteil gegen den Uhrmacher Adolf Seefeld. Bestand 10.8-N/1 Z 11/83 (1). Akten 27/1 bis 27/4 (Handakten des Rechtsanwaltes Neubeck [Z 16/60]) (2009)
- Landeshauptarchiv Schwerin: Strafsache gegen den Großknecht Josef Jakubowski in Palingen wegen Mordes und Strafsache gegen August Nogens und Genossen wegen Mordes und Meineides. Bestand 5.12-6/8 Landgericht Neustrelitz/Staatsanwaltschaft beim Landgericht Neustrelitz. Akten 353 bis 374, 439, 445 bis 450 (2009)
- Landeshauptarchiv Schwerin: Strafsache gegen den Landwirt Wilhelm Lemcke in Neustrelitz wegen Mordes 1912-13. Bestand: 5.12-6/8 Landgericht Neustrelitz/Staatsanwaltschaft beim Landgericht Neustrelitz. Akte 264 (2009)
- Landeshauptarchiv Schwerin: Strafsache gegen den Zimmermann Karl Jörend aus Neubrandenburg wegen Mordes. Bestand 5.12-6/8 Landgericht Neustrelitz/Staatsanwaltschaft beim Landgericht Neustrelitz. Akte 237 (2009)
- Landeshauptarchiv Schwerin: Strafsache gegen Hugo Grühn wegen Mordes. Bestand 5.12-6/8 Landgericht Neustrelitz/Staatsanwaltschaft beim Landgericht Neustrelitz, Akten 389 und 390 (2009)
- Museum Parchim: Materialsammlung und Dokumente zum Fall Walter Kadow (2009)
- Stadtarchiv Leipzig: StadtAL, Tit. LXII G (F) Nr. 23 b Bd. 2, Bl. 273 (2009)
- Stadtarchiv Neustrelitz: Witzke, Christiane: Torwitz in den Schlagzeilen. Unveröffentlichter Artikel (2009)
- Stadtarchiv Schwerin: »Akte Seefeld« (2009)
- Stadtarchiv Stralsund: Rep. 03: Das Gerichtswesen der Stadt Stralsund. 04.03.01 Morde, Nr. 6197a: Vollstreckung des gegen den Schneider Johann Joachim Lorenz gefällten Todesurteils 1855; Taufregister Stralsund 1812; Trauregister 1832 (2009)
- Stadtarchiv Wismar: Über 100 Aktenvorgänge zur Familie Martens aus der Zeit 1768-1888 in folgenden Beständen: Prozessakten des Magistratsgerichts, Testamente, Relationen des Wismarer Obergerichts, Prozessakten des Gewetts, Prozessakten des Kriminalgerichts, Ratsakten, Städtisches Waisengericht. Einige Akten sind digitalisiert in der Digitalen Bibliothek Mecklenburg-Vorpommern einsehbar auf: digitale-bibliothek-mv.de (2023).

Audio

- Lingnau, Bert: Zeitzeugen-Interview mit Brigitte und Otto von Eynern. Audioaufzeichnung am 08.01.2003 in Zarnekau. Länge: 1:19:25 min (2003)
- Lingnau, Bert: Zeitzeugen-Interview mit Gerhard Wallis. Audioaufzeichnung am 18.01.2003 in Zingst. Länge: 45:24 min (2003)
- Lingnau, Bert/Stippekohl, Siv: »Das wird man nie wieder los.« Die »Aktion Rose« im Frühjahr 1953. Zweiteilige Radiosendung. Ausgestrahlt als »Forum aktuell« am 10. und 11.02.2003 auf NDR 1 Radio MV (2003)
- Lingnau, Bert/Stippekohl, Siv: »Das wird man nie wieder los.« Die »Aktion Rose« an der Ostsee 1953. Audio-CD. Hrsg. v. NDR-Landesfunkhaus Mecklenburg-Vorpommern und der Stiftung zur Aufarbeitung der SED-Diktatur (2003)

Literatur

- 100 Jahre Badewesen Ostseebad-Zingst. Hrsg. v. Rat der Gemeinde Zingst (1981)
- Adreß-Buch der Stadt Wolgast 1910 (1910)
- Adreßbuch von Schwerin. Schweriner Wohnungsanzeiger 1916 (1915)
- Albrecht, Karl: Die Insel Rügen. Praktischer Reiseführer (1908-1909)
- Augat, Susanne: Ernst Barlach und das Hexenwesen (1998)
- Baerens, Matthias: Die »Arisierung« des jüdischen Kaufhauses Kychenthal in Schwerin (1998)
- Baier, Rudolf: Stralsundische Geschichten (1902)
- Bauer, Kurt: Vier Wahlreden Hitlers vom Juli 1932. Rede auf NSDAP-Versammlung in Stralsund (20. Juli 1932). Universität Wien (2008)
- Bemowsky, Heinz: Lilienthalstadt Anklam. Aus der Geschichte der Stadt. Teil I. Von den Anfängen bis 1918 (1989)
- Boll, Ernst: Geschichte Meklenburgs mit besonderer Berücksichtigung der Culturgeschichte. Erster Theil (1855)
- Boll, Ernst: Abriß der meklenburgischen Landeskunde (1861)
- Brückweh, Kerstin: Mordlust. Serienmorde, Gewalt und Emotionen im 20. Jahrhundert (2006)
- Brunner, Detlev: Mörder, Banden, Diebe. Kriminalität im Nachkriegsalltag. Mecklenburg-Vorpommern 1945/46 (2005)
- Buddrus, Michael/Fritzlar, Sigrid: Die Professoren der Universität Rostock im Dritten Reich. Ein biographisches Lexikon (2007)
- Büchner, Georg: Dichtungen. Verlag Philipp Reclam jun. (1976)
- Busdorf, Otto: Wilddieberei und Förstermorde. Band 1-3 (1993)
- Czok, Karl: Das alte Leipzig (1985)
- DDR-Justiz und NS-Verbrechen. Sammlung ostdeutscher Strafurteile wegen nationalsozialistischer Tötungsverbrechen. Band III. Die Verfahren Nr. 1064-1114 der Jahre 1955-1964. Bearbeitet von C. F. Rüter unter Mitwirkung von L. Hekelaar Gombert und D. W. de Mildt (2003)
- Diederichs, Helmut H.: Frühgeschichte deutscher Filmtheorie. Ihre Entstehung und Entwicklung bis zum Ersten Weltkrieg (1996)
- Dorsch, Nikolaus/Hauschild, Jan-Christoph: Clarus und Woyzeck. Bilder des Hofrats und des Delinquenten. In: Georg Büchner Jahrbuch 4/1984 (1984)
- Ewe, Herbert: Hiddensee (1984)
- Fallada, Hans: Wer einmal aus dem Blechnapf frißt. Aufbau Taschenbuch Verlag (1994)

- Fallada, Hans: Das Abenteuer des Werner Quabs. Verlag Ullstein (1988)
- Fallada, Hans: Damals bei uns daheim. Rowohlt Taschenbuch (1995)
- Fallada, Hans: Sein Leben in Bildern und Briefen. Hrsg. v. Gunnar Müller-Waldeck und Roland Ulrich unter Mitarbeit von Uli Ditzen (1997)
- Fallada, Hans: In meinem fremden Land. Gefängnistagebuch 1944. Hrsg. v. Jenny Williams und Sabine Lange (2009)
- Fellmann, Walter: Leipziger Pitaval (1978)
- Flügel, Wolfgang/Lühr, Merve/Müller, Winfried (Hrsg.): Urbane Kinokultur. Das Lichtspieltheater in der Großstadt 1895-1949 (2020)
- Fock, Otto: Rügensch-Pommersche Geschichten aus sieben Jahrhunderten. Band 4. Innerer Zwist und blutige Fehden (1866)
- Foth, Rudolf: Schwedisch-deutsche Regimenter der Garnisonsstadt Stralsund ab der 2. Hälfte des 18. bis zum Anfang des 19. Jahrhunderts (1990)
- Geschichte der Stadt Stralsund. Im Auftrag des Rates der Stadt Stralsund hrsg. v. Herbert Ewe (1984)
- Handbuch des Aberglaubens. Hrsg. v. Ulrike Müller-Kaspar unter Mitwirkung von Robert Kaspar, Ulrike Muss, Christine Wessely, Sabine Wimmer. 3 Bände (1996)
- Hitler, Adolf: Reden, Schriften, Anordnungen. Februar 1925 bis Januar 1933. Hrsg. v. Institut für Zeitgeschichte. Band 5: Von der Reichspräsidentenwahl bis zur Machtergreifung. April 1932 – Januar 1933. Teil 1: April 1932 – September 1932. Hrsg. und kommentiert von Klaus A. Lankheit (1996)
- Glück, Alfons: Der historische Woyzeck. In: Georg Büchner: Revolutionär – Dichter – Wissenschaftler (1813–1837). Der Katalog der Ausstellung Mathildenhöhe (1987)
- Görtemaker, Manfred (Hrsg.): Weimar in Berlin. Porträt einer Epoche (2002)
- Graichen, Gisela/Hammel-Kiesow, Rolf. Unter Mitarbeit von Hesse, Alexander: Die deutsche Hanse. Eine heimliche Supermacht (2011)
- Graßmann, Antjekathrin: Lübeckische Geschichte (1997)
- Groszherzoglich Mecklenburg-Schwerinscher Staatskalender. Hrsg. v. Großherzoglichen Statistischen Amt (Jahrgänge 1908 und 1913-1918)
- Gutachten des sächsischen Staats- und Justizministers a. D. Dr. h. c. Bünger über den Fall Jakubowski. Hrsg. v. Mecklenburg-Strelitzschen Staatsministerium (1928)
- Hacker, Hans-Joachim/Hardenberg, Harry: Die Schwedenstraße (2003)
- Handbuch des Grundbesitzes im Deutschen Reiche. Mecklenburg-Schwerin und -Strelitz, Oldenburgischer Landesteil Lübeck, Hansestädte Bremen, Lübeck, Hamburg. Nach amtlichen Quellen und direkten Angaben bearbeitet von Adolf Freiherr Maltzan (1924)
- Heinroth, Johann Christian August: Ueber die gegen das Gutachten des Herrn Hofrath D. Clarus von Herrn D. C. M. Marc in Bamberg abgefaßte Schrift »War der am 27. August 1824 zu Leipzig hingerichtete Mörder J. C. Woyzeck zurechnungsfähig?« (1824)
- Herbert, Ulrich/Orth, Karin/Dieckmann, Christoph (Hrsg.): Die nationalsozialistischen Konzentrationslager. Entwicklung und Struktur (2 Bände) (1998)
- Hirschfeld, Magnus/Linsert, Richard: Liebesmittel. Eine Darstellung der geschlechtlichen Reizmittel (Aphrodisiaca) (1930)
- Kasten, Dorina: Die letzte Hinrichtung. In: Schwarze Kunst – Scharf geschnitten.

Porträtsilhouetten und Scherenschnitte aus der Sammlung des Kulturhistorischen Museums. Katalog zur Ausstellung vom 14. Juni – 1. September 1996 im Kulturhistorischen Museum der Hansestadt Stralsund (1996)

- Klee, Ernst: Das Personenlexikon zum Dritten Reich. Wer war was vor und nach 1945 (2005)
- Kompisch, Anne-Kathrin: Wüstling – Werwolf – Teufel. Medienbilder von Serienmördern in der deutschen Massenpresse 1918-1945 (2008)
- Krause, Karl Ernst Hermann: Bantscow, Johannes (wismarischer Bürgermeister). In: Allgemeine Deutsche Biographie 2 (1875)
- Landeskundlich-historisches Lexikon Mecklenburg-Vorpommern. Hrsg. v. der Geschichtswerkstatt Rostock e.V. und dem Landesheimatverband Mecklenburg-Vorpommern e.V. (2007)
- Lange, Konrad: Das Kino in Gegenwart und Zukunft (1920)
- Liersch, Werner: Hans Fallada. Sein großes kleines Leben (1997)
- Lingnau, Bert: »Da muss man Leute totmachen«. Historische Kriminalfälle (2010)
- Lingnau, Bert: Die Tochter des Henkers. Spektakuläre Kriminalfälle (2011)
- Maase, Kaspar: Massenkunst und Volkserziehung. Die Regulierung von Film und Kino im deutschen Kaiserreich. In: Archiv für Sozialgeschichte. 41. Band (2001)
- Mann, Heinrich: Sieben Jahre. Chronik der Gedanken und Vorgänge (1929)
- Marc, Carl Moritz: War der am 27ten August 1824 zu Leipzig hingerichtete Mörder Johann Christian Woyzeck zurechnungsfähig? (1825)
- Marc, Carl Moritz: Die Zurechnungsfähigkeit des Mörders J. C. Woyzeck betreffend. An Herrn Dr. und Professor J. C. A. Heinroth in Leipzig, als Sachverwalter des Herrn Hofrathes Dr. Clarus (1826)
- Mayer, Hans: Georg Büchner und seine Zeit (1960)
- Mecklenburgisches Adreßbuch umfassend die Großherzogtümer Mecklenburg-Schwerin und Mecklenburg-Strelitz. Dritter Hauptband für das Jahr 1914 (1914)
- Meklenburgische Vaterlandskunde. Herausgegeben vom Advocaten W. Raabe. Zweite, durchaus verbesserte und vervollständigte, wohlfeile Ausgabe von Hempel's »Geographisch-statistisch-historischem Handbuch des meklenburger Landes.« Zweiter Theil. Specielle Landes- und die Volkskunde beider Großherzogthümer (1863)
- Moeller, Katrin: Dass Willkür über Recht ginge. Hexenverfolgung in Mecklenburg im 16. und 17. Jahrhundert (2007)
- Mussäus, Johann Jakob: Ueber die niedern Stände auf dem flachen Lande in Meklenburg-Schwerin. In: Jahrbücher des Vereins für meklenburgische Geschichte und Alterthumskunde. Zweiter Jahrgang (1837)
- Mussäus, Johann Jacob: Meklenburgische Volksmährchen. In: Jahrbücher des Vereins für meklenburgische Geschichte und Alterthumskunde. Fünfter Jahrgang (1840)
- Neues Adreß- und Geschäfts-Handbuch der Stadt Greifswald 1913 (1913)
- Neues allgemeines Deutsches Adels-Lexikon. Im Vereine mit mehreren Historikern hrsg. v. Ernst Heinrich Kneschke. Fünfter Band (1864)
- Neues Wiener Theater No. 53: Fatinitza. Komische Oper in drei Akten von Friedrich Zell und Richard Genée. Musik von Franz von Suppè (1876)
- Niebergall, Uwe/Nülken, Bärbel: Alltagsleben in Greifswald (2002)
- Niemann, Mario: Der Fall Kadow. Eine Fememord in Mecklenburg 1923 (2002)
- Niemann. Mario: »Mittel zur Zerstörung der nationalen Kultur«. Der Kampf

gegen die »Schmutz- und Schundliteratur« in der DDR in den 1950er Jahren. In: Wagner, Wolfgang Eric (Hrsg.): Ritter Runkel in seiner Zeit. Mittelalter und Zeitgeschichte im Spiegel eines Geschichtscomics (2018)
- Nowak, Kai: Kino, Filmzensur und Regionalismus in der Weimarer Republik. In: Informationen zur modernen Stadtgeschichte. Hrsg. v. Martin Baumeister, Christoph Bernhardt, Dorothee Brantz, Martina Heßler, Gerd Kuhn, Friedrich Lenger, Gisela Mettele, Susanne Rau, Jürgen Reulecke, Ralf Roth, Axel Schildt, Dieter Schott und Clemens Zimmermann. 1. Halbjahresband (2016)
- Palluch, Manuela: Beitrag zur Identifizierung vergessener Arzneipflanzen der nordöstlichen Regionen Deutschlands unter besonderer Berücksichtigung des Kräuterbuches von BESLER aus dem Jahr 1579 (2009)
- Pfeiffer, Hans: Der Zwang zur Serie. Serienmörder ohne Maske. Ein Tatsachenbericht (1997)
- Pyl, Theodor: Sarnow, Karsten. In: Allgemeine Deutsche Biographie 30 (1890)
- Pyl, Theodor: Wulflam, Bertram. In: Allgemeine Deutsche Biographie 44 (1898)
- Pyl, Theodor: Wulflam, Wulfhard. In: Allgemeine Deutsche Biographie 44 (1898)
- Redmer, Kurt: Die letzten und die ersten Tage. Dokumentation über Geschehnisse in Mecklenburg im 2. Weltkrieg und danach (2007)
- Regierungs-Blatt für das Großherzogtum Mecklenburg-Schwerin (Jahrgänge 1854, 1910, 1913)
- Richter, Lukas: Der Berliner Gassenhauer. Darstellung – Dokumente – Sammlung (2004)
- Rostocker Adress-Buch für 1910 (1910)
- Rudolph, Andrea: Alltagsmagie und Hexenverfolgungen in Geschichte, Kunst und Ideengeschichte. Rückblicke und Reflexionen einer kuratierenden Museumsleiterin. In: Acta Universitatis Lodziensis. Folia Historica 107 (2020)
- Sauer, Bernhard: Schwarze Reichswehr und Fememorde. Eine Milieustudie zum Rechtsradikalismus in der Weimarer Republik (2004)
- Sauer, Bernhard: Die »Schwarze Reichswehr« und der geplante »Marsch auf Berlin«. In: BERLIN in Geschichte und Gegenwart. Jahrbuch des Landesarchivs Berlin 2008 (2008)
- Schildt, Franz: Die Ermordung des Pastors Johannes Kökeritz zu Wendisch-Priborn 1588. In: Jahrbücher des Vereins für meklenburgische Geschichte und Alterthumskunde. Sechsundfünfzigster Jahrgang (1891)
- Schlie, Friedrich: Die Kunst- und Geschichts-Denkmäler des Grossherzogthums Mecklenburg-Schwerin, 5 Bände. Im Auftrag des Grossherzoglichen Ministerium des Innern hrsg. v. der Commission zur Erhaltung der Denkmäler (1896-1902)
- Schmerling, Alice: Kind, Kino und Kinderliteratur. Eine Untersuchung zum Medienumbruch in der Kinderliteratur der Kaiserzeit und der Weimarer Republik (2007)
- Schröder, M. Dieterich: Kurtze Beschreibung der Stadt und Herrschaft Wismar (1743)
- Schwabe, Klaus: Wurzeln, Traditionen und Identität der Sozialdemokratie in Mecklenburg und Pommern (2004)
- Sens, Ingo: Die Elektrifizierung im ländlichen Raum als Beispiel eines nichtindustriellen Modernisierungsprozesses. In: Möller, Kathrin: Beiträge zur Geschichte der Industrialisierung in Mecklenburg und Vorpommern (2002)
- Steinhauer, Fabian: Albert Hellwig und die Geschichte des Kinorechts (1911-1921).

»Erregung« und »Suggestivkraft« in der Kampagne um ein Lichtspielgesetz. In: Köhler, Sigrid G./Müller-Mall, Sabine/Schmidt, Florian/Schnädelbach, Sandra (Hrsg.): Recht fühlen (2017)
- Stern, Bernhard: Medizin, Aberglaube und Geschlechtsleben in der Türkei (1930)
- Stoll, Heinrich Alexander: Stralsundische Geschichten. Drei Novellen (2002)
- Stralsund. Ein heimatkundliches Lesebuch für unsere Schüler. Hrsg. v. der Kommission für Heimatkunde beim Pädagogischen Kreiskabinett Stralsund-Stadt und der Arbeitsgemeinschaft Natur- und Heimatfreunde – Fachgruppe Heimatgeschichte und Ortschronik – beim Kulturbund, Ortsgruppe Stralsund (1959)
- Tandel, Karl-Heinz: Zingst – Ein Fotoalbum (2007)
- Techen, Friedrich: Geschichte der Seestadt Wismar (1929)
- Volksbund Deutsche Kriegsgräberfürsorge e.V. (Hrsg.): Zwischen Usedom und Uznam. Die Geschichte der deutsch-polnischen Grenze 1945-1951 (2012)
- Volksdorf, Dietmar/Möller, Gunnar/Holst, Jens Christian: Das Scharfrichterhaus von Stralsund (2004)
- von Barner, Konrad: Beiträge zur Geschichte der Familie von Barner. Band 1. Familiengeschichte und Stammtafeln (1910)
- von dem Borne, Max: Die Fischerei-Verhältnisse des Deutschen Reiches, Oesterreich-Ungarns, der Schweiz und Luxemburgs (1881)
- von Stojentin, Max: Der große Hexenbrand in Neustettin von 1586-1592. In: Monatsblätter. Hrsg. v. der Gesellschaft für Pommersche Geschichte und Alterthumskunde. Zwölfter Jahrgang (1898)
- von Stojentin, Max: Das Hexen- und Zauberwesen in Pommern bis zum Jahre 1637. In: Aus Pommerns Herzogstagen. Kulturgeschichtliche Bilder aus den letzten 100 Jahren pommerscher Selbstständigkeit (1902)
- Wagner, Annalise: Beiträge zur Geschichte der Hexenprozesse und des Aberglaubens in Mecklenburg. 2 Teile. In: Carolinum. Historisch-literarische Zeitschrift (1989)
- Wendler, Otto: Geschichte Rügens von der ältesten Zeit bis auf die Gegenwart (1895)
- Wessels, Heinrich: Auf Gottes Waage. Die kleine Maria Goretti von Loitz. In: Butterwegge, Hubert/Erdle, Albert (Hrsg.): Auf Gottes Waage. Ein Diaspora-Lesebuch (1956)
- Willgeroth, Gustav: Die Mecklenburg-Schwerinschen Pfarren seit dem dreißigjährigen Kriege. Mit Anmerkungen über die früheren Pastoren seit der Reformation. Dritter Band (1925)
- Willgeroth, Gustav: Beiträge zur Wismarschen Familienkunde. Aus Kirchenbüchern, Bürgerbüchern, Volkszählungslisten, dem Stadtbuch und anderen Quellen zusammengestellt (1932)
- Williams, Jenny: Mehr Leben als eins. Hans Fallada. Biographie (2002)
- Witzke, Christiane: Domjüch. Erinnerungen an eine Heil- und Pflegeanstalt in Mecklenburg-Strelitz (2001)
- Wohnungs-Anzeiger für den Stadtkreis Stralsund auf das Jahr 1888 (1887)
- Wohnungs-Anzeiger (Adreß-Buch) für den Stadtkreis Stralsund 1911 bis 1914 (1910-1913)
- Würz, Anton: Reclams Operettenführer (1997)

Plattdeutsch

- Hermann-Winter, Renate: Kleines plattdeutsches Wörterbuch für den mecklenburgisch-vorpommerschen Sprachraum. 2. Auflage (1987)
- Hermann-Winter, Renate: Neues hochdeutsch-plattdeutsches Wörterbuch für den mecklenburgisch-vorpommerschen Sprachraum. 4. Auflage (2017)
- Hermann-Winter, Renate: Sprachbilder im Plattdeutschen. Redewendungen und Sprichwörter (2002)
- Müns, Heike (Hrsg.): Niederdeutsches Liederbuch. Volkstümliche Lieder aus fünf Jahrhunderten. 3. Auflage (1984)
- Plattdüütsch Gesangbauk. Rutgäben in'n Updrag von den Arbeitskrink Plattdüütsch Pasters in Mäckelborg un Vörpommern dörch Ulrich Nath (1989)

TV

- Baerens, Matthias/Tautz, Thilo: NDR-Dokumentation »Unsere Geschichte – Kychenthals Rückkehr. Leben und Sterben einer jüdischen Kaufmannsfamilie« (2014)

Webseiten

- Amt Penzliner Land: amt-penzliner-land.de (2023)
- Behnk, Wolfgang: Christian Science in Bayern. Auf: historisches-lexikon-bayerns.de (2023)
- BRIGITTE. Ein Loitzer Oratorium in sieben Szenen. Auf: nikolausschapfl.com (2023)
- Brigitte-Irrgang-Freundeskreis e.V.: brigitte-irrgang.de (2023)
- Christliche Wissenschaft (Boston): christianscience.com (2023)
- Christliche Wissenschaft e.V. (Hamburg): christliche-wissenschaft.de (2023)
- Dautzenberg, Norbert/Eggert, Wolfgang/Minter, Steffen: Vergnügungsteuer. Auf: wirtschaftslexikon.gabler.de (2023)
- Dederscheck, Otto Carl Albrecht. Auf: pacelli-edition.de (2023)
- Denkstätte Teehaus Trebbow e.V.: Negast: Karl Krull in Negast erschossen. Auf: widerstand-in-mv.de (2023)
- De.Wiki.de – Wiki-Artikel Sammlung: Maria Flint: dewiki.de/Lexikon/Maria_Flint (2023)
- »Die Damen werden recht herzlich gebeten, die Hüte abzunehmen!« Frühes Kino in Ostfriesland. Auf: massenmedien.de (2023)
- Echo Projects GmbH: Rögnitz (Glaisin). Auf: alleangeln.de (2023)
- emecklenburg.de (2023)
- Falconpedia: Karl Krull: falconpedia.de/index.php?title=Karl_Krull (2023)
- Familienforschung Masch: Familie Seyer und Baade aus Lichtenhagen; Familie Schlorf und Thielemann aus Hanstorf. Auf: wilsen.de (2023)
- Fatinitza. Komische Oper in 3 Akten. Auf: operetten-lexikon.info (2023)
- Felz, Sebastian: Staatsnothilfe und politischer Mord? Die Femeprozesse und der Gustloff-Prozess aus Sicht des Rechtsanwalts Friedrich Grimm (1888-1959). Auf: forhistiur.net (2023)
- Förderverein Völkerschlachtdenkmal e.V.: voelkerschlachtdenkmal.de (2023)
- Glaß, Reinhard: Martens, Gustav Ludolph. Auf: glass-portal.privat.t-online.de (2023)
- Heimatverein »an't Water« Zingst e.V.: heimatverein-zingst.de (2023)

- Hickley, Cathrine: Elfjährige katholische Märtyrerin mit Oratorium geehrt. Auf: Deutsche Welle (14.07.2017, dw.com) (2023)
- Institut für Frauen-Biographieforschung (Hannover/Boston): fembio.org (2023)
- Krause, Matthias: Chronik des evangelischen Kirchenchores Rehna. Auf: kirche-rehna.blogspot.com (2023)
- Krüger, Wolfgang: Todesurteile in der DDR 1959 bis 1981. Auf: kriminalia.de (2023)
- Kulturhistorisches Museum Rostock: Das Kloster zum Heiligen Kreuz. Auf: kulturhistorisches-museum-rostock.de (2023)
- Kulturverein für Reddelich und Brodhagen e.V.: Die Geschichte von Reddelich & Brodhagen. Auf: chroniken-reddelich.de (2023)
- Landesanglerverband Mecklenburg-Vorpommern e.V.: lav-mv.de (2023)
- Mahnke, Reinhard: Die Rostocker Luftwarte. Auf: physik.uni-rostock.de (2023)
- Martin, Andreas: Sühnekreuze, Kreuzsteine, Mordsteine in Deutschland und Europa. Auf: kreuzstein.eu (2023)
- Moeller, Katrin: Hexerei und andere Delikte in den Protokollbüchern und Spruchakten der Juristenfakultät Rostock 1630 bis 1720 (Abstracts und Transkriptionen). Band 6. Auf: opendata.uni-halle.de (2023)
- Moeller, Katrin: Hexerei- und Magiedelikte in den Gerichtsakten der Stadt- und Amtsgerichte Mecklenburgs (16./17. Jahrhundert). Band 5 und Band 21. Auf: opendata.uni-halle.de (2023)
- Müritz. Angeln an der Müritz – Unterwegs auf dem »kleinen Meer«. Auf: fisch-hitparade.de (2023)
- Museum »Alte Burg Penzlin«: alte-burg.amt-penzliner-land.de (2023)
- Ostseeheilbad Zingst: zingst.de (2023)
- Palingen – Perle Nordwestmecklenburg. Auf: palingen.de (2023)
- Rath, Martin: Das gefährliche Voodoo-Urteil des OLG München. Auf: lto.de (2023)
- Reichsgesetz über Straffreiheit vom 14. Juli 1928. Auf: pacelli-edition.de (2023)
- Scholz, Michael: Kurpfuscher, Quacksalber & Co. – Teil 1. Auf: onkelmichael.blog (2023)
- Staatsbibliothek zu Berlin – Preußischer Kulturbesitz: Dederscheck, Otto (-1926). Auf: kalliope-verbund.info (2023)
- Schützengesellschaft 1884 e.V. Reuterstadt Stavenhagen: schuetzengesellschaft-stavenhagen.de (2023)
- Stadt Barth: stadt-barth.de (2023)
- Stadt Brüel: stadt-brueel.de (2023)
- Stadtwiki Dresden: Dedrophon-Lichtspiele: stadtwikidd.de/wiki/Dedrophon-Lichtspiele (2023)
- Stadtwiki Dresden: Diskussion:Stephenson-Lichtspiele: stadtwikidd.de/wiki/Diskussion:Stephenson-Lichtspiele (2023)
- Stadt Wismar: wismar.de (2023)
- Stiftung Völkerschlachtdenkmal Leipzig: stiftung-voelkerschlachtdenkmal-leipzig.de (2023)
- Universität Rostock: Matrikelportal Rostock – Datenbankedition der Immatrikulationen an der Universität Rostock seit 1419. Hrsg. im Auftrag des Rektors der Universität Rostock von Kersten Krüger. Auf: matrikel.uni-rostock.de (2023)

- Verein für Computergenealogie (CompGen) e.V.: Historische Adressbücher. Einträge aus Adreßbuch der Stadt Ribnitz i. M. 1910. Auf: adressbuecher.genealogy.net (2023)
- Verein für Computergenealogie (CompGen) e.V.: Johann Joachim HEINRICH SEYER. Auf: gedbas.genealogy.net (2023)
- Viertel, Sabine: Ostseebad Wustrow. Tilsche Schellwegen – »Hexe vom Fischland«. Auf: fischland-darss-zingst.net (2023)
- von Keitz, Ursula: Filme vor Gericht. Theorie und Praxis der Filmprüfung in Deutschland 1920 bis 1938. Auf: difarchiv.deutsches-filminstitut.de (2023)
- Weber, Klaus (V. i. S. d. P.): Theater der Freundschaft Greifswald (Mecklenburg-Vorpommern). Auf: allekinos.com (2023)
- Weigel, Andreas: »Du bist verrückt mein Kind, Du mußt nach Berlin, / Wo die Verrückten sind, / dort gehörst Du hin«. »Wie Pontius ins Credo«. Zur Entstehung, Urheberschaft und Rezeptionsgeschichte eines Berliner Gassenhauers (Korrektur eines weit verbreiteten Missverständnisses) (2020). Auf: starsingars.wordpress.com (2022)
- Wikipedia: Adolf Seefeld: de.wikipedia.org/wiki/Adolf_Seefeld (2023)
- Wikipedia: Aktion Rose: de.wikipedia.org/wiki/Aktion_Rose (2023)
- Wikipedia: Albert Hellwig: de.wikipedia.org/wiki/Albert_Hellwig (2023)
- Wikipedia: Alfred Nobel: de.wikipedia.org/wiki/Alfred_Nobel (2023)
- Wikipedia: Alice Arnauld de la Perière: de.wikipedia.org/wiki/Alice_Arnauld_de_la_Perière (2023)
- Wikipedia: Bantzkowsche Sühnekapelle: de.wikipedia.org/wiki/Bantzkowsche_Sühnekapelle (2023)
- Wikipedia: Bertram Wulflam: de/wikipedia.org/wiki/Bertram_Wulflam (2023)
- Wikipedia: Brigitte Irrgang: de.wikipedia.org/wiki/Brigitte_Irrgang (2023)
- Wikipedia: Clemens Thieme (Architekt): de.wikipedia.org/wiki/Clemens_Thieme_(Architekt) (2023)
- Wikipedia: Deutscher Patriotenbund: de.wikipedia.org/wiki/Deutscher_Patriotenbund (2023)
- Wikipedia: Dynamit: de.wikipedia.org/wiki/Dynamit (2023)
- Wikipedia: Dynamitfabrik Krümmel: de.wikipedia.org/wiki/Dynamitfabrik_Krümmel (2023)
- Wikipedia: Elisabeth von Doberschütz: de/wikipedia.org/wiki/Elisabeth_von_Doberschütz (2023)
- Wikipedia: Emil Berliner: de.wikipedia.org/wiki/Emil_Berliner (2023)
- Wikipedia: Fatinitza: de.wikipedia.org/wiki/Fatinitza (2023)
- Wikipedia: Franz von Suppè: de.wikipedia.org/wiki/Franz_von_Suppè (2023)
- Wikipedia: Georg Büchner: de.wikipedia.org/wiki/Georg_Büchner (2023)
- Wikipedia: Geschichte Stralsunds: de.wikipedia.org/wiki/Geschichte_Stralsunds (2023)
- Wikipedia: Grammophon: de.wikipedia.org/wiki/Grammophon (2023)
- Wikipedia: Gustav Ludolf Martens: de.wikipedia.org/wiki/Gustav_Ludolf_Martens (2023)
- Wikipedia: Hecht: de.wikipedia.org/wiki/Hecht (2023)
- Wikipedia: Jägersprache: de.wikipedia.org/wiki/Jägersprache (2023)
- Wikipedia: Jakob von Kleist: de/wikipedia.org/wiki/Jakob_von_Kleist (2023)
- Wikipedia: Johann Bantzkow: de.wikipedia.org/wiki/Johann_Bantzkow (2023)

- Wikipedia: Johann Christian August Clarus: de.wikipedia.org/wiki/Johann_Christian_August_Clarus (2023)
- Wikipedia: Johann Christian Woyzeck: de.wikipedia.org/wiki/Johann_Christian_Woyzeck (2023)
- Wikipedia: Johann Friedrich (Pommern): de/wikipedia.org/wiki/Johann_Friedrich_(Pommern) (2023)
- Wikipedia: Johann Gottfried Martens: de.wikipedia.org/wiki/Johann_Gottfried_Martens (2023)
- Wikipedia: Johann Jacob Grümbke: de.wikipedia.org/wiki/Johann_Jacob_Grümbke (2023)
- Wikipedia: Johann Jacob Mussäus: de.wikipedia.org/wiki/Johann_Jacob_Mussäus (2023)
- Wikipedia: Josef Jakubowski: de.wikipedia.org/wiki/Josef_Jakubowski (2023)
- Wikipedia: Justizvollzugsanstalt Bützow: de.wikipedia.org/wiki/Justizvollzugsanstalt_Bützow (2023)
- Wikipedia: Kali- und Steinsalzbergwerk Conow: de.wikipedia.org/wiki/Kali-_und_Steinsalzbergwerk_Conow (2023)
- Wikipedia: Karl Brunner (Pädagoge): de.wikipedia.org/wiki/Karl_Brunner_(Pädagoge) (2023)
- Wikipedia: Karl Krull: de.wikipedia.org/wiki/Karl_Krull (2023)
- Wikipedia: Karsten Sarnow: de.wikipedia.org/wiki/Karsten_Sarnow (2023)
- Wikipedia: Kino in Dresden: de.wikipedia.org/wiki/Kino_in_Dresden (2023)
- Wikipedia: Kloster zum Heiligen Kreuz (Rostock): de.wikipedia.org/wiki/Kloster_zum_Heiligen_Kreuz_(Rostock) (2023)
- Wikipedia: Kulturhistorisches Museum Rostock: de.wikipedia.org/wiki/Kulturhistorisches_Museum_Rostock (2023)
- Wikipedia: Luftwarte Rostock: de.wikipedia.org/wiki/Luftwarte_Rostock (2023)
- Wikipedia: Maria Flint: de.wikipedia.org/wiki/Maria_Flint (2023)
- Wikipedia: Maria Goretti: de.wikipedia.org/wiki/Maria_Goretti (2023)
- Wikipedia: Mary Baker Eddy: de.wikipedia.org/wiki/Mary_Baker_Eddy (2023)
- Wikipedia: Melchior von Doberschütz: de/wikipedia.org/wiki/Melchior_von_Doberschütz (2023)
- Wikipedia: Müritz: de.wikipedia.org/wiki/Müritz (2023)
- Wikipedia: Nahrungsmittelgesetz: de.wikipedia.org/wiki/Nahrungsmittelgesetz (2023)
- Wikipedia: Nuscha Butze: de.wikipedia.org/wiki/Nuscha_Butze (2023)
- Wikipedia: Peter von Kameke: de/wikipedia.org/wiki/Peter_von_Kameke (2023)
- Wikipedia: Phonograph: de.wikipedia.org/wiki/Phonograph (2023)
- Wikipedia: Propst: de.wikipedia.org/wiki/Propst (2023)
- Wikipedia: Propstei (Kirche): de.wikipedia.org/wiki/Propstei_(Kirche) (2023)
- Wikipedia: Reichsstrafgesetzbuch: de.wikipedia.org/wiki/Reichsstrafgesetzbuch (2023)
- Wikipedia: Richard Eckermann (Paramilitär): de.wikipedia.org/wiki/Richard_Eckermann_(Paramilitär) (2023)
- Wikipedia: Ruhestörung: de.wikipedia.org/wiki/Ruhestörung
- Wikipedia: Schallplatte: de.wikipedia.org/wiki/Schallplatte (2023)
- Wikipedia: Schallplattenspieler: de.wikipedia.org/wiki/Schallplattenspieler (2023)
- Wikipedia: Schellackplatte: de.wikipedia.org/wiki/Schellackplatte (2023)

- Wikipedia: Schwarze Reichswehr: de.wikipedia.org/wiki/Schwarze_Reichswehr (2023)
- Wikipedia: Sietow: de.wikipedia.org/wiki/Sietow (2023)
- Wikipedia: Strandkorb. Als Motiv im Film: de.wikipedia.org/wiki/Strandkorb#Als_Motiv_im_Film (2023)
- Wikipedia: Theodor Martens: de.wikipedia.org/wiki/Theodor_Martens (2023)
- Wikipedia: Thomas Alva Edison: de.wikipedia.org/wiki/Thomas_Alva_Edison (2023)
- Wikipedia: Vergnügungsteuer: de.wikipedia.org/wiki/Vergnügungsteuer_(Deutschland) (2023)
- Wikipedia: Vernichtung durch Arbeit: de.wikipedia.org/wiki/Vernichtung_durch_Arbeit (2023)
- Wikipedia: Völkerschlacht bei Leipzig: de.wikipedia.org/wiki/Völkerschlacht_bei_Leipzig (2023)
- Wikipedia: Völkerschlachtdenkmal: de.wikipedia.org/wiki/Völkerschlachtdenkmal (2023)
- Wikipedia: Wendisch Priborn: de.wikipedia.org/wiki/Wendisch_Priborn (2023)
- Wikipedia: Wie sich das Kino rächt: de.wikipedia.org/wiki/Wie_sich_das_Kino_rächt (2023)
- Wikipedia: Wulfhard Wulflam: de.wikipedia.org/wiki/Wulfhard_Wulflam (2023)
- Wikipedia: Wulflamhaus: de.wikipedia.org/wiki/Wulflamhaus (2023)
- Wikipedia: Zingst: de.wikipedia.org/wiki/Zingst (2023)
- Wikisource: Gesetz, betreffend den Verkehr mit Nahrungsmitteln, Genußmitteln und Gebrauchsgegenständen: de.wikisource.org/wiki/Gesetz,_betreffend_den_Verkehr_mit_Nahrungsmitteln,_Genußmitteln_und_Gebrauchsgegenständen (2023)

Zeitungen und Zeitschriften

- Berliner Börsen-Zeitung (31.08.1912, Morgen-Ausgabe)
- Berliner Morgenpost (05.01.1928, 10.05.1928)
- Berliner Tageblatt und Handels-Zeitung (31.08.1912 (Morgen-Ausgabe), 13.11.1915 (Abend-Ausgabe), 14.11.1915 (Morgen-Ausgabe))
- Berliner Volks-Zeitung (31.08.1912, Morgen-Ausgabe)
- B. Z. am Mittag (09.10.1928)
- Das freie Wort (29.05.1929)
- Demminer Tageblatt (Jahrgänge 1910, 1911, 1912, 1913, 1914, 1916)
- Der Gerichtssaal. Band 84 (1916)
- Der Kinematograph (Jahrgänge 1910, 1912, 1913, 1924)
- Der Nervenarzt. Jahrgang 76. Nr. 5 (Mai 2005)
- Die Sonntags-Zeitung Nr. 3 (1928)
- Dresdner Nachrichten (04.08.1910, Frühausgabe)
- Dresdner Neueste Nachrichten (04.08.1910, 05.08.1910)
- Dresdner Volkszeitung (03.08.1910, 04.08.1910)
- Fortschritte der Neurologie-Psychiatrie. Jahrgang 74. Heft 10 (Oktober 2006)
- Greifswalder Zeitung (Jahrgänge 1910, 1912, 1913, 1914, 1915, 1916)
- Güstrower Zeitung (11.03.1888)
- Hamburger Abendblatt (04.10.2004)

- Heimatkalender für den Kreis Anklam (1966)
- International Journal of Legal Medicine. Volume 29. Number 3. Januar 1938 (2005)
- Jahresheft für Forensische Psychiatrie. 3. Jahrgang 2006 (2006)
- Kösliner Volksblatt (31.07.1919)
- Kreis-Anzeiger für den Kreis Greifswald (06.08.1888, 26.10.1888)
- Landes-Zeitung (03.03.1948, 30.08.1948, 01.04.1949)
- Landeszeitung für beide Mecklenburg und Nachbargebiete (01.10.1912, 02.10.1912, 03.10.1912, 16.02.1926, 24.05.1932, 27.05.1932, 23.02.1936, 24.05.1936)
- Lichtbild-Bühne (03.08.1912, 10.08.1912, 17.08.1912, 24.08.1012, 31.08.1912)
- Ludwigsluster Tageblatt (20.07.1913, 26.07.1913, 30.07.1913)
- Lübecker Volksbote (08.02.1910, 23.07.1913, 28.07.1913, 28.09.1918)
- Malchower Nachrichten (14.03.1888, 02.10.1889)
- Malchower Tageblatt (Jahrgänge 1908, 1909, 1910, 1912, 1913, 1914, 1915, 1919, 1920, 1925, 1929)
- Mecklenburger Nachrichten (Jahrgänge 1888, 1909, 1913, 1919)
- Mecklenburgische Monatshefte. Band 2 (1926) und Band 14, Heft 158 (Februar 1938)
- Mecklenburgische Volks-Zeitung (30.10.1909, 31.10.1909)
- Mecklenburgische Zeitschrift für Rechtspflege und Rechtswissenschaft (1912)
- Mecklenburgische Zeitung (Jahrgänge 1909, 1913, 1914, 1919, 1920, 1925, 1926, 1929, 1930, 1936)
- Monatszeitschrift für Kriminalpsychologie und Strafrechtsreform. 11. Jahrgang (April 1914 – März 1918)
- nmz – neue musikzeitung (11.08.2017)
- Neues Deutschland (14.01.1962, 16.01.1962, 18.01.1962, 19.01.1962)
- Neustrelitzer Zeitung (01.10.1912, 02.10.1912, 03.10.1912, 04.10.1912, 05.10.1912, 21.01.1913, 22.01.1913, 23.01.1913, 24.01.1913)
- Niederdeutscher Beobachter (16.02.1936, 18.02.1936, 19.02.1936, 20.02.1936, 21.02.1936, 22.02.1936, 23.02.1936, 23.05.1936, 24.05.1936)
- Norddeutsche Zeitung (02.04.1949)
- Nordkurier (23.12.2002)
- OHLSDORF - Zeitschrift für Trauerkultur. Ausgabe Nr. 112, I, 2011 (Februar 2011)
- OSTSEE-ZEITUNG (12.07.2016)
- Ostsee-Zeitung und Neue Stettiner Zeitung (23.05.1910 (Abend-Ausgabe), 24.05.1910 (Abend-Ausgabe), 26.05.1910 Abend-Ausgabe))
- Phonographische Zeitschrift (06.01.1910)
- Pilsner Tagblatt (06.08.1910)
- Rostocker Anzeiger (24.07.1925)
- Schweriner Volkszeitung (01.03.2001, 01.04.2001, 20.10.2006, 16.11.2014, 16.02.2016, 24.02.2016, 28.02.2017)
- Sozialdemokratischer Pressedienst (14.06.1929, 28.09.1929, 19.03.1930, 26.03.1930, 28.03.1930, 15.03.1930)
- Stralsunder Heimatbrief. 14. und 15. Ausgabe (1986)
- Stralsunder Tageblatt (05.03.1914, 27.06.1914)
- Stralsunder Zeitung (26.04.1930, 27.04.1930)

- Stralsundische Zeitung (Jahrgänge 1823, 1854, 1855, 1888, 1910, 1911, 1912, 1913, 1916)
- SUNDINE. Unterhaltungsblatt für Neu-Vorpommern und Rügen (21.09.1838 bis 09.01.1839, 15.05.1839 bis 10.07.1839)
- Tageblatt für Vorpommern (Jahrgänge 1912, 1914, 1915)
- Weltbühne (16.10.1928)
- WIR. Zeitschrift der Industrie- und Handelskammer zu Rostock (Dezember 2017)
- Wismar-Zeitung (09.02.2017)
- Wöchentliche Anzeigen für das Fürstenthum Ratzeburg (26.04.1889, 24.09.1889, 01.10.1889, 04.10.1889)
- Zeitschrift für die Staatsarzneikunde. Viertes Ergänzungsheft (1825)
- Zeitschrift für Germanistik. Neue Folge XVI – 2/2006 (2006)
- Zentralblatt für Okkultismus (Juli 1930 bis November 1930)
- Zur Geschichte der Pharmazie. Geschichtsbeilage der Deutschen Apotheker-Zeitung 1960 Nr. 2 (1960)

Die Zeitungen sind weitgehend digital einsehbar in der Digitalen Bibliothek MV, der Landesbibliothek MV (Mikrofilm), der Staatsbibliothek zu Berlin, der Sächsischen Landesbibliothek – Staats- und Universitätsbibliothek Dresden, der Universitätsbibliothek Rostock sowie frei im Internet.

Eine detaillierte Übersicht mit den jeweiligen Quellen zu den einzelnen Kriminalfällen ist beim Autor erhältlich.

Bildnachweis

Seite 8, 16, 20, 26, 28, 32, 34, 38, 41, 43, 46, 49, 52, 56, 59, 63, 70, 72, 75, 78, 81, 84, 90, 93, 102, 104, 110, 113, 116, 120, 122, 125, 128, 138, 142, 150, 160, 162, 166, 168, 174, 178, 186, 196, 198, 199: Bert Lingnau/Sammlung und Archiv Lingnau, Schwerin
Seite 13, 108: Universitätsbibliothek Rostock
Seite 22, 88, 96, 144, 180: Madlen Lingnau, Schwerin
Seite 66, 184, 192: Pixabay
Seite 132: Niteshift
Seite 148, 154, 156, 190: Dieter Dreilich, Stralsund
Seite 136, 172: Wikipedia

Danksagung

Mein Dank gilt meinen Eltern Christel und Klaus Lingnau (1940-2018), meiner Frau Madlen und meiner Tochter Marlene – Marlene lieferte die zeichnerische Vorlage für die rote Krabbe auf dem Buchumschlag. Vielen Dank auch an meine Schwiegermutter Margrit Dreilich, meine Schwester Annett Arlt, meinen Schwager Thomas Arlt und meinen Neffen Christoph Arlt. Ebenso an meine Tante Helga Schubel, meine Cousins Christian, Jörg, Thomas und Karsten Schubel sowie an meine Großeltern Else Lingnau (1918-2010) und Hans Lingnau (1914-1984). Sie alle haben – auf je eigene Art und Weise – zum Entstehen des Bandes beigetragen. Ebenso meine Zingster Lehrer Margarete Rückert, Gerhard Schneider (1938-2005) und Gerhard Wallis (1925-2005).

Ein besonderer Dank gilt meinem Schwiegervater Dieter Dreilich (1947-2022). Er war ein außergewöhnlicher und besonderer Mensch, lebensfroh, klug und großzügig. Ein Mann, der sich immer stark für andere eingesetzt und dafür oft eigene Bedürfnisse zurückgestellt hat.
Er unterstützte mich bei meinen Recherchen, hatte die Idee für den Buchtitel **Steile Hechte** und steuerte wieder Fotos bei. Dieter, ich habe die Gespräche mit Dir sehr geschätzt und vermisse sie. *Mak dat gaut un holl di fuchtig.*

Ich danke zudem meiner Verlegerin Angelika Kleinfeldt und meinem Berater Ulf-Gunnar Switalski für ihr Engagement.

Ihnen allen ist dieses Buch gewidmet.